Andy Lettau
BALKANBLUT

Andy Lettau

BALKANBLUT

© 2011 BLITZ-Verlag
Redaktion: Jörg Kaegelmann
Umschlaggestaltung und Satz: Mark Freier
Druck und Bindung: Bercker GmbH & Co. KG, Kevelaer
All rights reserved
www.BLITZ-Verlag.de
ISBN 978-3-89840-297-2

Für X.
Mögen die Angst und der Schmerz irgendwann nachlassen.

Für D.K.
Möge Ihre polizeipsychologische Arbeit weiterhin erfolgreich sein und das im Verborgenen liegende zu Tage fördern.

Nur die Toten haben das Ende des Krieges gesehen.
Plato

Als Trigger (engl. Auslöser) bezeichnet man Schlüsselreize, die plötzlich und mit großer Wucht Erinnerungen an alte Erfahrungen auffrischen und die Betroffenen aus dem Gleichgewicht bringen. Vergangenheit und Gegenwart vermischen sich in der jeweils erlebten Situation. Das eigene Verhalten kann unkontrollierbar werden.

Ovcara, Kroatien - 24. November 1991

Keine fünfzehn Autominuten von Vukovar, einer von Serben belagerten Kleinstadt im Osten Kroatiens; auf einer regendurchtränkten und von Landwirtschaft geprägten Ebene, deren abgemagertes Vieh sich unter einem deprimierenden wolkenverhangenen Himmel wie einem Ruf folgend auf das letzte Gras an den flachen Uferzonen der sich schlängelnden Donau zu bewegte, lag die heruntergewirtschaftete Schweinezuchtfarm Ovcara, ein nur wenige Hektar großes Areal mit mehreren flachen Gebäuden. Ein gutes Dutzend altersschwacher grauer Busse und olivfarbener Militärtransporter stand ohne erkennbares Muster auf dem Innenhof verteilt und wurde von einigen Angehörigen der jugoslawischen Volksarmee bewacht. Die zwanzig mit Kalaschnikows bewaffneten Männer redeten kein Wort und starrten grimmig auf das stark vom Verfall gezeichnete Hauptgebäude, eine einhundert Meter lange Halle mit abblätterndem Außenputz und rostigem Wellblechdach.

Keiner der Männer bedauerte den Umstand, dass es in diesen Minuten anfing zu regnen, da innerhalb der Mauern zu diesem Zeitpunkt ein bestialisches Schlachten stattfand und nasse Kleidung allemal besser war als blutbesudelte. Allerdings waren nicht Schweine die Opfer, sondern gut dreihundert Gefangene aus dem Krankenhaus von Vukovar. Nervös zogen die Soldaten an ihren glimmenden Zigaretten, während in unregelmäßigen Abständen Salven und einzelne Schüsse durch die zersplitterten Lüftungsfenster des Flachbaus drangen. Die flehenden Rufe und Schreie der zusammengetriebenen Zivilisten mischten sich unter das Grunzen einzelner Schweine, die noch immer in den ehemaligen Stallungen umherliefen.

Einer der Volksarmisten, ein pickliger Junge mit Sommersprossen um die Nase, übergab sich angesichts der Schreie an einer wackeligen Laternenstange, ohne dass ihm einer seiner Kameraden in irgendeiner Form zu Hilfe kam. Mittlerweile lief die Säuberungsaktion schon seit fünf Stunden, und die letzte Zehnergruppe war erst vor wenigen Minuten in das Innere geführt worden. Eine unsichtbare Sonne zog sich langsam an einen unbekannten Ort zurück und entließ ihre letzten nicht wärmenden Strahlen in den kalten Novembertag, welcher sich unheilvoll in die Dunkelheit verabschiedete. Von weit her trieb der Wind das klagende Läuten einer Kirchenglocke herbei, während die serbischen Freischärler ihren letzten Blutzoll des Tages einforderten.

*

Zdenka Badric stand frierend in einer Ecke der alten Schweinefarm und starrte auf den Leichenberg, den die Soldaten in der Mitte eines größeren Gatters aufgetürmt hatten. Sie war nackt bis auf einen einfachen Slip und traute sich nicht, ihre Hände vor den Brüsten zu verschränken, auf die ein grobschlächtiger junger Kerl mit Bart und verfilztem Haar unverhohlen starrte, während er unruhig mit seinen Stiefeln auf der Stelle trat und eine Waffe zwischen seinen prankenartigen Händen hin und her schwenkte.

„Bück dich und setz dieses Ding auf", sagte der Mann und deutete mit einer Kopfbewegung auf die weiße Haube, die noch sauber oben auf einem Bündel Kleidung am Boden lag. Ohne zu zögern ging die junge, schlanke Krankenschwester in die Hocke und langte nach der Kopfbedeckung, die sie seit zwei Wochen als Auszubildende im Krankenhaus von Vukovar tragen musste. Ihr zu einer Steckfrisur zusammengeflochtenes dunkelblondes Haar verschwand größtenteils unter der Haube, woraufhin sie der Mann argwöhnisch musterte. „Öffne dein Haar!"

Zdenka leistete dem Befehl Folge und entfernte die zwei kleinen Haarklammern, sodass ihr die langen und glatten Haare bis über die Schultern fielen. Sie versuchte die Angst zu unterdrücken, die sie seit der Erstürmung des Krankenhauses befallen hatte. Sie war noch zu jung, um alle Zusammenhänge dieses Krieges zu verstehen, aber eins wusste sie mit Sicherheit: Sie hatte sich nichts zuschulden kommen lassen, außer dass sie als Kroatin in einem jetzt von Serben beanspruchten Gebiet aufgewachsen war. Der Tod war ihr bisher noch nicht begegnet, selbst nicht im Krankenhaus von Vukovar; aber sie musste nur wenige Meter zur Seite schauen, um ihn hundertfach zu sehen, in Form entkleideter Männer und Frauen, deren von Kugeln durchsiebten Leiber wie Schlachtvieh übereinander getürmt wurden.

„Könntest Glück haben", grinste der Mann und trat einen Schritt auf sie zu, während sein Nikotinatem in ihr makelloses Gesicht fuhr. „Unser Anführer steht auf kleine Titten, schmale Lippen und grüne Augen." Dann strich der Serbe mit dem kalten Lauf seiner Pistole durch Zdenkas Haar und fuhr weiter hinab über die hohen Wangenknochen, den schmalen Hals, die vor Kälte aufgerichteten Brustwarzen und den flachen Bauch, der sich vor Anspannung wölbte und senkte.

Als die Waffe zwischen ihre Beine glitt und durch den Slip ihre Scham berührte, jagte ein elektrischer Schlag durch ihren Körper, der ihr einen einzigen, vielleicht lebensrettenden Satz entweichen ließ. „Sie wollen es doch auch, oder?"

Irritiert zog der Soldat die Waffe zurück und hielt für einen bedrohlichen Augenblick inne. Dann fuhr er sich mit dem Handrücken über den Mund und grinste. Ein Rest Speichel hing an seinem Mundwinkel. „Du verdammtes Miststück bist noch Jungfrau, stimmt`s?"

Noch bevor Zdenka etwas antworten konnte, peitschten Schüsse aus dem Nebentrakt und besiegelten das Schicksal von weiteren Kroaten, an die sie in diesem Moment nicht zu denken wagte. Ihre einzige Chance, diesem Wahnsinn zu entkommen, war das Argument ihrer Schönheit und Grazie. Bisher war sie unberührt, und anscheinend war dies ihre persönliche Trumpfkarte. Sie staunte über sich selbst, wie wenig es ihr ausmachte, sich kaltschnäuzig zu geben, ganz entgegen ihrem eigentlichen Wesen. Sie hatte das Gefühl, als ob sie genau in diesem Augenblick erwachsen wurde; den Schritt vom Mädchen zur Frau machte. Es war der pure Überlebenswille.

„Milan, wir sind hier fertig!", hallte eine düstere Stimme durch die Halle. „Bis auf ein Pärchen haben wir alle Bastarde abgeknallt. Der Chef will, dass du ihm jetzt die Schlampe zeigst."

Der Angesprochene packte Zdenka brutal am Arm und zog sie wie ein kleines Kind hinter sich her. Zwei völlig verdreckte Schweine machten widerwillig den Weg frei und strebten auf den großen Leichenberg zu, dessen Blut sich mit den Tierexkrementen im nach Jauche stinkenden Boden vermischte. Zdenka lief barfuß durch den morastigen Untergrund und dachte nur daran, der Situation zu entrinnen. Sie würde keine Spur von Angst zeigen; sie würde ihren Peinigern nicht das Gefühl geben, vor ihnen in die Knie zu gehen. Sie würde so tun, als ob sie vor starken Männern mit Maschinenpistolen in der Hand sexuelle Erregung empfand und es kaum abwarten könne, endlich entjungfert zu werden.

Sie war die anscheinend letzte Überlebende eines Massakers, von dem sie nicht wissen konnte, dass es später in den Geschichtsbüchern stehen würde. Sie war am Leben, während

Hunderte anderer bereits gestorben waren. Ihr Schicksal lag nicht in ihren Händen, aber sie würde die Waffen einer Frau einsetzen und alles tun, um nicht auf diesem Leichenberg zu landen. Sie erkannte sich nicht mehr wieder und schritt wie in Trance durch das aus den Angeln gehobene Verbindungstor, welches den Exekutionsbereich vom Rest des Geschehens trennte.

Als sie auf die Gruppe der Soldaten stieß, die einen Halbkreis um die zwei nackten Gestalten am blutgetränkten Boden bildeten, setzte ihr Herz für Sekunden aus. Das in Tränen aufgelöste Paar, das völlig entblößt Rücken an Rücken auf dem Boden kauerte und sie nicht anschauen durfte, war ihre ältere Schwester Janica und ihr Schwager Goran. Beide hatten vor noch nicht einmal einer Woche geheiratet und hätten eigentlich gar nicht hier sein dürfen. Die serbischen Freischärler mussten sie außerhalb von Vukovar aufgespürt und aus irgendeinem Grund am Leben gelassen haben.

„Kennst du die?", fragte einer der Soldaten, ein fast elegant wirkender, graumelierter Mittvierziger von athletischer Statur. Seine stahlblauen Augen fixierten Zdenka mit einer Mischung aus scheinbarer Gleichgültigkeit und tödlichem Wissen. Sie konnte förmlich spüren, wie der Mann in seiner Phantasie ihren Körper berührte und Dinge mit ihr anstellte, die ihm höchste Lust brachten. Es war eine vollkommen irreale Situation, halb nackt im Angesicht des Todes zu stehen und begehrt zu werden.

„Ob du sie kennst?", wiederholte Milan die Frage des Anführers und schlug ihr mit der flachen Hand ins Gesicht. Zdenka war von der plötzlichen Brutalität des Soldaten überrascht und spukte ihn instinktiv an. Dann tat sie etwas vollkommen Ungewöhnliches, indem sie ihm ein aufgesetztes lasziöses Lächeln schenkte. Die übrigen Männer stießen Laute der

Überraschung aus. Milan war aufgebracht vor Wut und hielt ihr seine Waffe an die Schläfe. „Verdammte Nutte, das wirst du bereuen!"

Zdenka blieb ruhig und kontrollierte ihre aufsteigende Angst. Vielleicht war es besser, durch eine schnelle Kugel zu sterben, als von einer Horde Barbaren nacheinander vergewaltigt zu werden. Sie hatte nichts zu verlieren und spielte ihr Spiel weiter. Ihre Zunge fuhr über ihre Lippen und sie nahm wie in Zeitlupe die Arme hoch, um sich durchs Haar zu fahren. Milan war so perplex, dass er die Waffe zurückzog. Zdenka bemerkte die Erregung der Männer, von denen einige lüstern pfiffen.

Der Anführer ging einen Schritt auf sie zu. Sein Gesicht war nur wenige Zentimeter von ihrem entfernt, und sie konnte sein Mundwasser, seinen Körpergeruch und die Spur von Aftershave riechen, das in dieser Distanz den Gestank des Schweinestalls überlagerte. „Du bist hübsch."

Zdenka hielt seinem Blick stand. In diesem Augenblick hätte draußen eine Granate explodieren können, ohne dass sie es wahrgenommen hätte. Sie konnte sich nicht erklären, warum dies so war und was hier eigentlich geschah. Obwohl der attraktive Anführer keine Anstalten machte, sie zu berühren, war die Situation von fast obszöner Intimität. Und erneut schoss ihr ein Gedanke durch den Kopf, den sie in einem einzigen Satz hauchend formulierte, ohne dass die Umstehenden und die am Boden Knienden ihn hören konnten. „Du auch."

Zdenka war sich insgeheim sicher, damit ihr eigenes Todesurteil unterschrieben zu haben. Sie hatte dem Anführer unvermittelt signalisiert, ihn weder zu siezen, noch ihm sonst wie unterwürfig entgegenzutreten. Ihr Leben hing an einem seidenen Faden, und der Anführer hatte es in der Hand, diesem grausamen Spiel ein Ende zu bereiten.

„Du bist mutig. Mutig und extrem hübsch."

Die junge Kroatin hatte keine Ahnung, was er ihr damit sagen oder worauf er hinaus wollte. Sie legte den Kopf ein wenig zur Seite und sah ihn aus den Augenwinkeln an. Sie nahm ihre Hand und biss sich in einer verlegenen Geste auf die Fingernägel. Zwei Reihen schneeweißer Zähne blitzten im faden Schein der flackernden Neonbeleuchtung auf. „Und? Wirst du mich jetzt vergewaltigen und dann töten?"

Die Spur eines Lächelns huschte über das braun gebrannte und schmale Gesicht des Mannes. Er wich einen Schritt zurück. „Das hängt von deiner Antwort ab."

„Von welcher Antwort?", fragte sie kaum hörbar.

„Ob du die beiden da unten kennst."

In Zdenkas Kopf explodierten die Gedanken und fuhren Achterbahn. Sie betrachtete die beiden zum Tode geweihten ohne dass diese ihren Blick erwidern konnten. Zwei Soldaten mit Kalaschnikows standen breitbeinig hinter den Gefangenen und zielten auf deren Genicke. Ihr Herz raste wie wild, als sie die Entscheidung ihres Lebens traf. „Nein."

In diesem Moment verwandelte sich das Gesicht des Anführers in eine undurchdringbare Maske aus Stein. Nur seine Augen, die mit denen von Zdenka zu verschmelzen schienen, drückten etwas aus, das wie neugierige Erwartung anmutete. „Knallt die beiden ab. Ich weiß alles, was ich wissen wollte."

Zwei Sekunden später fielen die Schüsse, ohne dass Zdenka und der Anführer ihre Blicke voneinander trennten. Von nun an wusste sie, dass sie am Leben bleiben würde. Doch noch mehr wusste sie, dass sie dem Fremden willenlos ausgesetzt war und alles über sich ergehen lassen musste, was dieser von ihr verlangte. Schon im nächsten Dorf könnte alles ganz anders sein und das Schicksal eine noch hübschere Gespielin unter den Todeskandidaten präsentieren.

„Wie heißt du, mein schönes Kind?"

„Zdenka."

„Zdenka? Ich mag diesen Namen. Und wie weiter?"

Sie war sich sicher, dass er ihren Namen ohnehin wusste. Als die Soldaten das Krankenhaus überfallen und alle verschleppt hatten, waren sämtliche Pässe eingesammelt worden.

„Zdenka Badric."

Wenn überhaupt etwas Erstaunen im Gesicht des Mannes verriet, dann war es das kurze Zucken einer Augenbraue. „Das dachte ich mir. Und du bist um Klassen attraktiver und intelligenter als deine tote Schwester. In diesem Krieg lohnt es sich nicht, heldenhaft zu sein. Wusstest du, dass sie einen Agenten der CIA gedeckt hat?"

Jetzt war es zum ersten Mal an Zdenka, sichtliches Erstaunen zu zeigen. Goran sollte für die Amerikaner gearbeitet haben? Sie verstand noch immer nicht die ganzen Zusammenhänge des ethnischen Konflikts, aber diese Neuigkeit war ihr wirklich nicht bewusst. Sie wollte etwas antworten, aber der Anführer legte seinen Zeigefinger auf ihre halb geöffneten Lippen. „Pssst! Sag nichts, mein Kind. Alles was du wissen musst ist, dass wir viel Spaß miteinander haben werden. Ab jetzt bist du meine Geliebte und auf der Seite des Rechts." Dann drehte sich der Anführer mit einem seltsamen Glanz in den Augen von ihr weg, ohne dass sie seinen Namen erfahren hatte. Mit einer Geste gab er seinen Leuten zu verstehen, von hier zu verschwinden. Er stieß einen lauten Befehl aus und unmittelbar darauf brachte ihr ein Serbe eine Militäruniform samt Springerstiefeln, Barrett und olivfarbener Unterwäsche.

Kurz darauf setzte sich der Konvoi in Bewegung und ließ den Ort des Grauens hinter sich zurück. Zdenka nahm auf der Pritsche des LKW überhaupt nicht wahr, dass Rauchsäulen über Vukovar standen. Die Gespräche der Schlächter drangen an ihr Ohr, ohne wirklich gehört zu werden. Mit ihren Gedanken war sie Lichtjahre entfernt, irgendwo in der Zukunft, die nur eine bessere sein konnte. Sie würde um ihre Schwester und Goran trauern, sobald sich die Zeit dafür erübrigen ließe. Doch vorher würde sie den Mann töten, der ihr das Herz aus dem Leib gerissen und sie ihrer Seele beraubt hatte.

Essen, Deutschland – 22. Juli

Der Autostellplatz zwischen einer heruntergekommen wirkenden Häuserschlucht im Essener Norden diente für insgesamt dreißig Fahrzeuge unterer bis mittlerer Preiskategorie als vorübergehender Aufenthaltsort. Bunte Papierfahnen, die quer über den Platz gespannt waren, verunstalteten mehr das Angebot an Gebrauchtwagen als dass sie es verzierten. Inmitten der betonierten Fläche stand ein einfaches Gebäude mit Flachdach, durch eine breite Glasfront transparent wirkend. Auf dem Dach war eine defekte Leuchtreklame angebracht; innen lag die Leiche eines Ausländers. Drei Polizeiwagen mit flackernden Blaulichtern und ein Krankenwagen blockierten die Zufahrten und hielten Schaulustige ab. Dass hier ein Mord geschehen war, hatte sich in Windeseile herumgesprochen. Die Gaffer wollten auf ihre Kosten kommen, die Beamten verdarben ihnen aber das zweifelhafte Vergnügen. Dem Opfer fehlte der halbe Hinterkopf; überall an der hinteren Wand klebten Blut- und Gehirnreste. Zwei Männer von der Spurensicherung waren damit beschäftigt, kleine Aufsteller mit Nummern an den entsprechenden Fundorten abzusetzen. Gelegentlich war das Surren und Klicken einer Kamera zu hören.

„Was für eine Sauerei", sagte Bernd Anderbrügge und biss in ein Sandwich, aus dem seitlich Mayonnaise quoll. Der knapp Vierzigjährige war nicht besonders groß gewachsen, dafür aber umso korpulenter. Sein friedfertiges und gutmütiges Gesicht kontrastierte zu dem Ort, an dem er sich als ermittelnder Beamter der Mordkommission aufhielt. Seit wenigen Minuten inspizierte er den Tatort.

Anderbrügge steckte sein Sandwich, ohne weiter darüber nachzudenken, in die Innentasche seines billigen, grauen Jacketts und wischte sich mit der Hand über den Mund. Dann fingerte er nach zwei Plastikhandschuhen in seiner Jeans und zog diese über seine kalkweißen Hände. Die mit Klebeband am Bügel zusammengehaltene Sonnenbrille drohte ihm von der Nase zu rutschen, er nahm sie ab und steckte sie an die weit geöffnete Knopfleiste seines altmodisch karierten Hemdes. Die schwülwarme Luft des wolkenlosen Vormittags sorgte bereits jetzt dafür, dass sich auf Anderbrügges Halbglatze eine feine Schweißschicht gelegt hatte.

„Zdenka?", brüllte er in das Büro des Autohändlers, in der Hoffnung, irgendjemand würde ihn draußen hören und seine Partnerin herbeischaffen. Die beiden Kollegen von der Spurensicherung zuckten kurz zusammen und widmeten sich dann wieder routiniert ihrer Arbeit. Einige Sekunden später sahen sie verstohlen auf, als die Gerufene den Raum betrat.

„Steht bereits hinter dir", drang eine angenehme aber bestimmt klingende Frauenstimme an Anderbrügges Ohr. Sie klang verkatert. „Musste nur mal eben kotzen."

Anderbrügge machte sich erst gar nicht die Mühe, aus der Hocke nach oben zu kommen und die Kommissarin zu bedauern. Er und Zdenka Rogowski waren seit fünf Jahren ein Team. Sie kannten die Gewohnheiten des jeweils anderen nahezu auswendig. Er hatte es aufgegeben, ihr den Hof zu machen, weil er einfach nicht ihr Typ war. Sie war nur unwesentlich jünger, Ende Dreißig, aber eine Nummer für sich. Auf wen oder was sie genau stand, konnte Anderbrügge nicht sagen, wahrscheinlich waren es Lesben oder durchtrainierte Bodybuilder ohne Hirn, irgendwas in der Richtung. Bei Gelegenheit, wenn sie beide mal wieder eine Sauftour durch die Gemeinde unternahmen, würde er sie zum wiederholten Mal fragen. Und natürlich würde er wie immer keine Antwort bekommen, lediglich einen Kuss auf den Mund und auf die blanke Stelle auf seinem Schädel, was ihn jedes Mal zur Weißglut brachte.

Als er erstmalig ihr neues Parfüm wahrnahm, das ihm eine Note zu herb erschien, drehte er sich um. Und erschrak. „Scheiße, Zdenka, ich hab dich auf der Hinfahrt gar nicht genau angesehen, du siehst ja fürchterlich aus. Ich meine damit nicht diese, äh, geilen schwarzen Klamotten von Versace oder weiß der Geier woher; ich meine ..."

„Sehe ich so aus, als könnte ich mir Klamotten von Versace leisten? Erspar dir einfach jeglichen Kommentar, Kleiner. War 'ne harte Nacht und mehr musst du nicht wissen", versetzte die Kommissarin und steckte sich einen Streifen Kaugummi in den Mund, bevor sie ihr übernächtigt wirkendes Gesicht hinter einer überdimensionierten Gucci-Sonnenbrille verschwinden ließ. „Also, wer ist das tote Schätzchen hier?"

Rogowski hatte bereits genügend Leichen in ihrem Leben gesehen, als dass ihr deren Anblick noch Übelkeit bereitete. Dass sie sich vor wenigen Minuten übergeben hatte, lag ursächlich an mindestens einem Wodka zu viel und einem gesunden Abendessen zu wenig. Rogowski verfluchte sich für die letzte ausschweifende Nacht und schwor sich, in dieser Woche keinen Tropfen Alkohol anzurühren. Wenn sie nicht langsam ihren Lebenswandel änderte, konnte das schlimme Konsequenzen haben, privater wie auch beruflicher Natur. Sie und Anderbrügge waren dem Staatsanwalt ohnehin ein Dorn im Auge, wobei die Antipathie auf Gegenseitigkeit beruhte.

„Wenn du dich schon mitten in der Woche sinnlos besäufst,

sag mir demnächst Bescheid. Mir fällt zu Hause nämlich auch die Decke auf den Kopf", nahm Anderbrügge seine Kollegin zur Seite und schenkte ihr einen freundlichen Dackelblick.

„Hey, mir war danach, alleine auszugehen, okay? Und jetzt quatsch mich nicht weiter voll, sondern lass uns unseren Job machen. Wer ist dieser Kerl?"

Die beiden Männer von der Spurensicherung grinsten, während Anderbrügge ihnen wortlos den Mittelfinger zeigte. Schließlich zog er einen Ausweis aus der Geldbörse des Toten und brummelte etwas vor sich hin. „Vladimir Midic, Jahrgang 1960, geboren in ... in irgendeinem unaussprechlichem Kaff in Serbien. Ist wohl seit vier Jahren in Deutschland, wenn ich mir das Ausstellungsdatum ansehe."

„Hm", bemerkte Rogowski und setzte sich hinter den Schreibtisch des Opfers.

Das schmucklose Büro war verziert mit ein paar vergilbten Werbeplakaten die Autozubehör zeigten, einer blinkenden Miniatur-Verkehrsampel und einem Terminkalender mit den Pin-Up-Girls eines Reifenherstellers. In einer Ecke hing neben einem Aktenschrank ein verstaubter Spiegel, in den sie nicht zu schauen wagte. Ihre stark getönte Sonnenbrille hielt gnädig das rücksichtslos einfallende Sonnenlicht von ihren Netzhäuten, hinter denen es gewaltig im Schädel pochte. Sie zündete sich eine Zigarette an und benutzte einen der beiden leeren Aschenbecher auf dem Tisch. Sie langte nach einem der Ordner mit dem Aufdruck *STEUERN* und blätterte vorsichtig einige Seiten mit einem Kugelschreiber um. Nach einer Weile klappte sie den Ordner wieder zu. „Auf den ersten Blick hat er pünktlich seine Gewerbesteuern abgeführt. Ebenso die Miete für den Platz hier."

„Abwarten", erwiderte Anderbrügge gelangweilt.

„Der ganze Mist kommt mit aufs Präsidium. Klär du mit

dem Finanzamt ab, ob es irgendwelche Unregelmäßigkeiten gab. Welche Waffe richtet übrigens einen solchen Schaden an?"

Anderbrügge gab Rogowski einen Plastikbeutel, in den er den Ausweis des Toten und dessen Schlüsselbund steckte. Dann setzte er sich mit seinem fülligen Hintern auf die Kante des Schreibtisches. „Muss was Großkalibriges gewesen sein."

Rogowski schwenkte mit übereinandergeschlagenen Beinen in dem Drehsessel herum. Ihr knapp über die Knie reichender Rock rutschte etwas nach oben, sodass Anderbrügge den Ansatz der halterlosen schwarzen Strümpfe erkennen konnte.

„Anderbrügge, glotz mich nicht an wie ein Lustmolch. Heb dir das für deine Frau auf."

„Ex-Frau", korrigierte Anderbrügge zähneknirschend.

„Wie? Ist die Scheidung endlich durch?", fragte sie überrascht.

„Nächste Woche."

„Dann machen wir einen drauf. Falls ich bis dahin nicht an Kopfschmerzen gestorben bin. Hat jemand eine Aspirin?"

„Fragen Sie doch den Rettungssanitäter draußen", meldete sich einer der Spurensucher zu Wort. Der rothaarige Mann war jung, vielleicht Ende zwanzig.

„Scheiße, das ist mir jetzt zu anstrengend", erwiderte Rogowski.

Der ältere Spurensucher, ein wortkarger Mittfünfziger mit Brille und Schnäuzer, langte währenddessen mit einer Pinzette in einem abgetropften cremigen, hellgräulichen Haufen Gehirnmasse. Zwischen Knochenpartikeln glitzerte ein kleines Metallstück. „Sieht nach dem tödlichen Projektil aus."

„Und? Was sagt der Experte?", fragte Anderbrügge.

Der Mann begutachtete das zusammengedrückte Stück Metall und mutmaßte. „Vielleicht von einer 500er Smith & Wesson, Magnum Kaliber. Über 12 Millimeter. Abgefeuert aus einem Revolver. Eher selten anzutreffen. Zu platt gedrückt, als dass man es mit Bestimmtheit sagen könnte. Muss das Labor genauer analysieren."

„12 Millimeter", murmelte Anderbrügge.

„Haben wir die Hülse dazu schon gefunden?", wollte Rogowski wissen.

„Nein, die hat der Täter wohl mitgehen lassen", murmelte der kleine Rothaarige.

„Sonstige Anzeichen von Gewalteinwirkung beim Opfer?"

„Negativ. Er wurde anscheinend ganz einfach nur erschossen", sagte der Ältere und überreichte Rogowski den Plastikbeutel mit dem Projektil.

Die beiden Kommissare hielten sich eine weitere Stunde am Tatort auf und inspizierten jeden Winkel des kleinen Gebäudes. Anschließend begutachteten sie die meist preiswerten Gebrauchtwagen und verhörten einige Anwohner, die meinten, etwas gehört und gesehen zu haben. Doch nach einer weiteren Stunde stand fest, dass sämtliche Aussagen unbrauchbar waren. Niemand hatte den oder die Mörder gesehen. Es gab keinen Anhaltspunkt für eine Phantomzeichnung, kein Kennzeichen eines auffällig gewordenen Fahrzeugs, einfach nichts. Irgendwer war einfach in das Büro des serbischen Gebrauchtwagenhändlers marschiert und hatte ihm den halben Schädel weggeschossen.

Anderbrügge kam zurück zu dem dunkelblauen BMW, hinter dessen getönten Scheiben es sich Rogowski zwischenzeitlich schlummernd auf dem Beifahrersitz bequem gemacht hatte. Anderbrügge schüttelte nur den Kopf und weckte seine Partnerin. „Zumindest haben wir die ungefähre Tatzeit. Die Putzfrau war bis acht Uhr hier, der Postbote hat Midic um fünf Minuten nach Neun gefunden und sofort über sein Handy die Zentrale angerufen."

„Was? Was ist? Die Putzfrau hatte einen Schlüssel?", nuschelte Rogowski und kam langsam aus der Traumwelt zurück. „Bin ich etwa eingeschlafen?"

„Zweimal ja. Sie war seine Mutter. Nichts Ungewöhnliches."

„Habe gar nicht mitbekommen, wie du zwischendurch mit ihr geredet hast."

Anderbrügge unterdrückte ein Lachen. „Du scheinst heute so einiges nicht mitbekommen zu haben. Die Mutter kam noch mal zurück, weil sie Midic was zum Frühstück bringen wollte. Die Streifenhörnchen haben sie an der Absperrung aufgehalten und ich habe mit der alten Dame gesprochen."

Eine kurze Pause entstand. Ein paar Beamte schauten zum Wagen.

„Scheiße, ich habe irgendwie einen kompletten Aussetzer", entschuldigte sich Rogowski und fuhr sich durch die schulterlange dunkelblonde Haarmähne.

„Lass uns von hier verschwinden und irgendwo einen starken Kaffee trinken. Alternativ könnte ich dich natürlich auch direkt in die Betty Ford Klinik fahren. Mit etwas Glück hast du Liz Taylor als Zimmernachbarin."

Rogowski verzog die Augenbrauen und presste die Lippen zu einem schmalen Schlitz zusammen. Dann kramte sie eine leere Zigarettenschachtel aus dem Handschuhfach des BMW und zerknüllte sie enttäuscht. „Weißt du was, Anderbrügge?"

„Hm?"

„Leck mich ganz einfach am Arsch."

Anderbrügge machte ein eingeschnapptes Gesicht und ließ den Motor aufheulen. Dann setzte sich der Wagen in Bewegung und fädelte sich in den laufenden Verkehr ein. Sie fuhren durch den von alten Zechenhäusern und grauer Tristesse geprägten Norden von Essen, dem die Stadtverwaltung mit diversen Baumpflanzaktionen und Radwanderwegen ein grüneres Image zu geben versuchte. Hier und dort ragten stillgelegte Fördertürme in den Himmel und erzählten Geschichten von früheren Zeiten, als das schwarze Gold eine ganze Region geprägt hatte. Sie überquerten auf einer Schnellstraße den Rhein-Herne-Kanal und sahen in der Ferne die Skyline der Stadt, deren höchstes Rathaus Deutschlands und einige andere unspektakuläre Bürotürme den Wandel zum Dienstleistungsstandort verkündeten.

Während Anderbrügge nach einem passenden Musiksender suchte und die Route zum Polizeipräsidium wählte, beschäftigte sich Zdenka mit den wenigen Anhaltspunkten, die dieser Mordfall bisher bot. Nach einigen Minuten stellte sie fest, dass sie sich einfach nicht konzentrieren konnte und mit ihren Gedanken in die Vergangenheit abschweifte. Den Schlüsselreiz dafür lieferte ein leer stehendes dunkelbraunes Gebäude, dessen mehrstöckige fensterlose Fassade den Schandfleck an einer großen Straßenkreuzung bildete. Die Wände waren mit primitiven Graffitis und staatsfeindlichen Parolen verschmiert, doch stach ein Symbol ganz besonders ins Auge. „Das einzig Schöne an diesem hässlichen Klotz ist die Taube."

Anderbrügge blickte desinteressiert in Richtung Beifahrerseite und begriff zunächst nicht, was seine Partnerin meinte. Dann entdeckte er die große weiße Taube, die als Logo der Friedensbewegung auf einem großen blauen Tuch von einem baufälligen Gerüst wehte. „Ja, klar. Wenn du das sagst."

Rogowski nickte nur stumm und stieß einen Seufzer aus. Sie hatte Anderbrügge nie Details aus ihrem früheren Leben erzählt und verdrängte dieses so gut es ging. Doch ab und zu griffen die dunklen Schatten der Vergangenheit nach ihr, so als ob etwas ungeklärt geblieben sei und unbedingt gerade gerückt werden musste.

„Lass uns da drüben an der Pommes-Bude halten. Ich brauch

jetzt eine Currywurst. Und du solltest auch was Fettiges essen", sagte Anderbrügge, als die Ampel auf Grün umsprang.

„Okay, und Zigaretten."

„Die gibt es dort, falls dies dein einziges Problem ist."

Mein einziges Problem ist, dass ich innerlich tot bin, dachte Rogowski und sah im Rückspiegel, wie sich die Taube aus ihrem Blickwinkel entfernte, als würde sie gen Himmel steigen.

Vukovar, Kroatien - 25. November 1991

Ein kleiner Schwarm Vögel flatterte mit lauten Flügelschlägen in das verwaschene Grau-Schwarz über Vukovar empor und verschwand als Ansammlung diffuser Punkte im Nirgendwo. Zdenka lag mit angewinkelten Beinen in ihrer Armeeuniform auf dem Bett eines gemütlich eingerichteten Zimmers, dessen Besitzer längst geflüchtet oder tot waren. Durch ein großes Fenster vor dem Balkon konnte sie sehen, wie der Vogelschwarm mit dem Hintergrund verschmolz und sich auflösende Rauchwolken über den Dächern der ausgestorbenen Stadt verteilten. Gelegentlich hörte sie kurze Feuerstöße und Explosionen, welche die Scheiben in den alten Holzrahmen zum Zittern brachten. Es musste sich um serbische Freischärler handeln, die grölend und plündernd ihren fragwürdigen Sieg auskosteten. Die jugoslawische Armee hatte Vukovar eingenommen, mit Hilfe schwerer Artillerie und der Unterstützung durch Kampfjets.

Der heimelige Anschein des in dunklen und warmen Erd- und Ockertönen gehaltenen Schlafraums mit dem knisternden Kaminfeuer und den vergoldeten Bilderrahmen stand im krassen Widerspruch zu dem, was der Anblick draußen in den Gassen bot. Fast fünfzehnhundert Tote gab es in der Stadt zu beklagen, die Szenerie erinnerte an Bilder aus dem Zweiten Weltkrieg. Mitten in Europa tobte ein Kampf unter Brüdern; zwischen Christen und Muslimen.

Zdenka war seit fast einem Tag eine Gefangene in dem Zimmer, dessen deprimierende Aussicht auf das zusammengeschossene Schloss Eltz ging. Die Männer, die das Massaker in der alten Schweinefarm zu verantworten hatten, waren irgendwo in den Etagen unter ihr, vielleicht auch schon an anderen Orten. Sie wusste es nicht. Sie hatte die letzte Nacht und den jetzigen Tag alleine verbracht, lediglich mit einem Laib Brot und einer Karaffe Wasser ausgestattet. Ab und zu hatte sie Schritte vor ihrer Tür gehört, sowie klagende Laute aus dem Stockwerk unter ihr. Sie malte sich aus, wie in diesem ehemals bürgerlichen Haus Zlatkos entfesselte Männer die schönsten Frauen der Stadt nacheinander vergewaltigten und sie bisher nur deshalb verschont geblieben war, weil der Anführer seinen Anspruch auf sie geltend machte.

Zlatko, der Anführer. Immer wieder rief sie sich seinen Namen in Erinnerung. Ein paar Mal hatte sie ihn gestern aufschnappen können, während der Rückfahrt von Ovcara und bei der Besetzung der kleinen Stadtvilla. Irgendwann hatte er ihr einen Blick zugeworfen und sie dann wegbringen lassen. Seitdem war er verschwunden. So wie ihre Eltern und Freunde. Wie vom Erdboden verschluckt. Tränen liefen über ihr Gesicht und sie versuchte, die Gedanken an die Lieben zu verdrängen, sich ganz auf die vorstehende Begegnung mit Zlatko zu konzentrieren. Sie durfte keinen Fehler machen und musste nach seinen Regeln tanzen.

Bisher hatte sie die vielen kleinen Accessoires und Einrichtungsgegenstände in dem Zimmer lediglich wie durch einen Schleier wahrgenommen. Der ganze Raum kam ihr wie ein surreales Gemälde vor, das der Zeit und den Geschehnissen widerstanden hatte, während draußen ein schwarzes Loch das Leben, die Pracht und die Schönheit verschluckte. Erst jetzt sah sie die kleinen Porzellanfiguren, die verzierten Blumenvasen mit den Trockenblumen, die flauschigen Teppiche, die holzgetäfelten Wände und die Radierungen in den Bilderrahmen, die stilisierte Körper und angedeutete Landschaften darstellten. Sie sah die zwei mächtigen weißen Dachbalken, an denen Tonteller und Krüge hingen. Sie erhob sich von dem breiten Bett mit dem blankpolierten Messinggestell und der schweren goldenen Tagesdecke und ging über den flauschigen hellen Teppich, unter dem die alten blankpolierten Holzdielen laut knarrten und ächzten.

Auf einer kleinen kunstvoll verzierten Kommode stand ein altes Grammophon mit Handkurbel. Der gebogene trichterförmige Lautsprecher aus Kupfer hatte an einigen Stellen Patina angesetzt, schien aber wie der Rest technisch intakt zu sein. Neben dem antiquierten Abspielgerät lagen einige Schallplatten, säuberlich und akkurat zu einem Stapel geschichtet. Zdenka inspizierte die bunten Cover der alten Vinylscheiben, und ihre düstere Stimmung hellte sich ein wenig auf. Musik bedeutete ihr viel. Die meisten Interpreten und Bands waren ihr bekannt, da es sich um volkstümliche Musik handelte. Einige Schallplattenhüllen verrieten einen klassischen Inhalt: Beethoven, Mozart und Verdi.

Eine Schallplatte erregte Zdenkas besonderes Interesse, da die quadratische Papphülle mit ihren schreienden bunten Farben aus dem Rahmen fiel. Im Mittelpunkt eines farbenprächtigen und pulsierenden Universums war die Silhouette eines Kopfes aufgemalt, dessen Zyklopenauge den Betrachter anstarrte. Zwei weitere angedeutete Gesichter entließen aus ihren Augen Lichtstrahlen zu den Rändern des Weltalls. Die Platte trug den viel versprechenden Namen *Box of Pearls* und enthielt Songs von Janis Joplin. Zdenka hatte noch nie etwas von dieser Sängerin gehört.

Sie überlegte, ob sie das Risiko eingehen sollte, die Platte abzuspielen. Vielleicht war dies nicht der richtige Zeitpunkt, um Musik zu hören. Vielleicht würde die Musik ihre Bewacher gegen sie aufbringen. Vielleicht waren der Musikstil und die Stimme der Sängerin einfach nur schrecklich.

Vielleicht, vielleicht, vielleicht. Zdenka tat es ganz einfach, einem verrückten Impuls folgend. Falls sich jemand von den Soldaten oder Zlatko selber beschweren sollte, konnte sie immer noch sagen, dass sie für ihn tanzen wollte und das entsprechende Musikstück brauchte. Kurzentschlossen kurbelte sie an dem braunen Holzkasten und setzte die alte Nadel auf die schwarze Scheibe. Ein kratzendes Geräusch erfüllte den Raum. Eine Minute später war sie gefangen von der kraftvollen Stimme, die in einer Mischung aus Blues, Gospel und Rock *Cry Baby* in die Welt hinaus rief. Zdenka schloss die Augen und lehnte sich rücklings an den Stützbalken mitten im Raum. Ihre Arme und Hände umschlangen das kantige Holz und sie begann sich in langsamen und rhythmischen Bewegungen wie eine langstielige Blume im Wind zu wiegen. Sie versank ganz in der Melodie und dem sehnsüchtigen Gesang, dessen Inhalt sie nicht mit Worten übersetzen aber in ihrem Herz spüren konnte. Das Zimmer verwandelte sich in einen kleinen Mikrokosmos, durch den die Worte Liebe und Begehren schwebten.

Ohne zu merken, dass die Nadel immer wieder auf das gleiche Lied sprang, begann Zdenka um den alten Pfosten herum zu tanzen und ihre Arme und ihr geöffnetes Haar anmutig und lockend zugleich zu bewegen. Ihre Augen waren geschlossen und hielten die Tränen zurück, die mit Traurigkeit und Schmerz getränkt waren. Sie tanzte und tanzte und tanzte. Und sie bemerkte nicht, wie sich leise der Schlüssel im Schloss umdrehte und ein Mann seinen Fuß in den Raum setzte, um sie minutenlang zu beobachten.

Zlatko war zurückgekehrt.

Essen, Deutschland - 22. Juli

„Meinst du eigentlich nicht, dass du heute ein bisschen zu gestylt angezogen bist?", fragte Anderbrügge Rogowski und stieß den kleinen bunten Plastikspieß auf die in rot-weißer Soße liegenden Pommes. Er hatte sich eine doppelte Portion bestellt, dazu die obligatorische Currywurst. Aus dem Augenwinkel heraus behielt er die rotierenden Scheiben des Glücksspielgeräts im Blick, auf dem das Guthaben langsam aber kontinuierlich gegen Null ging. Rogowski stocherte lustlos in einem Salat, welcher jegliche Raffinesse vermissen ließ. Bis auf die alte Frau hinter der Theke und zwei Bauarbeiter, die ab und zu verstohlen zu ihr hinsahen und dabei jeder für sich einen halben Hahn in seine Bestandteile zerlegten, war der kleine Imbiss mit der billigen Einrichtung leer.

„Hatte keine Zeit mich großartig umzuziehen, als du mich aus dem Bett geklingelt hast", erwiderte sie und nippte an einer Diät-Cola.

„Du hast in den Klamotten gepennt?"

„War leider keiner da, der sie mir hätte vom Leib reißen können."

Anderbrügge schüttelte den Kopf und drückte auf eine der blinkenden Tasten an dem Wandautomaten. Ein nervendes Geräusch begleitete die Aktion und kündigte die Möglichkeit der Verdoppelung der Gewinnchance an. „Hättest nur einen Ton sagen müssen. Ich wäre in fünf Minuten zur Stelle gewesen."

Rogowski verdrehte die Augen hinter ihrer Sonnenbrille und

verfolgte desinteressiert Anderbrügges Bemühungen, den richtigen Moment beim Drücken der Risikotaste zu erwischen. Wie immer kam er den entscheidenden Bruchteil einer Sekunde zu spät.

„Verdammte Kiste!", fluchte Anderbrügge.

„Dann schmeiß halt Geld nach. Das Gebimmel von diesem Ding geht mir auch überhaupt nicht auf die Nerven."

Anderbrügge drehte sich zu ihr um und nahm ihr die Sonnenbrille ab. Nachdenklich betrachtete er ihr müde wirkendes Gesicht, das trotz der dunklen Ringe unter den Augen und der verschmierten Wimperntusche attraktiv wie eh und je war. Obwohl sich auf der Stirn und um den Mund die ersten kleinen Falten bildeten und der Ausdruck ihrer Augen wie immer unnahbar und etwas abweisend wirkte, liebte er diesen Anblick. Auf eine ihm unerklärliche Art und Weise mochte er die Härte und Distanziertheit, die daraus sprachen. Umgekehrt schien Rogowski zu wissen, dass ihr Partner sich von ihr angezogen fühlte.

„Was guckst du mich so an? Ich weiß selber, dass ich schon mal frischer aussah."

„Das ist es nicht", sagte Anderbrügge und nahm ihre Hand. „Ich mache mir Sorgen um dich. Du lässt es in letzter Zeit irgendwie schleifen. Du kommst zu spät zu den Besprechungen, vernachlässigst den Papierkram, treibst dich bis tief in die Nacht was weiß ich wo rum und isst viel zu wenig. Irgendwas stimmt doch nicht. Falls du mal über alles reden willst ..."

„Bist du jederzeit da, ich weiß", vollendete Rogowski den Satz. „Und ich weiß das zu schätzen. Aber im Grunde genommen kann ich dir auch nicht sagen, was momentan mit mir los ist. Vielleicht sollte ich mir mal eine längere Auszeit nehmen. Dieser ganze Mist frisst mich langsam innerlich auf."

Anderbrügge war über die unverblümte Reaktion erstaunt und wusste auf die Schnelle nichts Gescheites zu antworten. Verlegen schob er die leeren Pappteller zusammen und faltete eine Papierserviette zu einem perfekten Dreieck zusammen. Dann ging er an die Theke, um das Essen, die Getränke und die Zigaretten zu bezahlen.

Als er zurückkehrte, stand sie bereits auf dem Gehweg und rauchte. Der Lärm der vorbeifahrenden Fahrzeuge beschallte die tristen und engstehenden Häuserzeilen dermaßen, dass man den Eindruck hatte, sie würden jeden Moment wie fette Bässe in Lautsprechern anfangen zu vibrieren.

„Ich hätte nicht gedacht, dass dich der Job so mitnimmt", schrie Anderbrügge gegen eine kreischende Straßenbahn an. „Vielleicht solltest du mal mit unserem Psychologen sprechen. Wir haben alle mal unsere schlechten Phasen."

„Eigentlich ist es gar nicht der Job. Eigentlich ist es die Leere, die in mir ist. Jeden Tag sehen wir uns diese Scheiße an und nehmen ein Stück davon mit nach Hause. Wenn man immer nur Dreck und Elend sieht, geht es einem irgendwann selber dreckig und elendig."

Anderbrügge überlegte eine Sekunde und nickte dann. So offen hatte sie noch nie zu ihm gesprochen. Dennoch vermutete er mehr dahinter. „Oder liegt es doch an etwas anderem?"

„Was meinst du?"

„Naja, eine fehlende feste Partnerschaft und so."

Rogowski lachte. „Das habe ich mir schon abgeschminkt. Ich bekomme das wahrscheinlich gar nicht auf die Reihe. Seit der Scheidung vor drei Jahren treffe ich außerdem nur noch Idioten. Freundliche Idioten ohne Eier. Waschlappen mit Interesse an Festgeldkonten und Mittelklassewagen mit den besten CW-Werten."

„Hm, irgendwelche Ziele muss sich halt jeder setzen. Du hast doch sonst immer mehr Power gehabt als unsere Elektrizitätswerke."

„Toller Spruch. Du solltest Mental Coach werden."

„Hey, ich habe nicht gesagt, dass ich eine psychologische Wunderwaffe bin. Wenn du reden willst, sollten wir das in Ruhe machen. Nicht hier, wo man vor lauter Lärm sein eigenes Wort nicht versteht. Wir können ja heute Abend Essen gehen. Ich lade dich ein."

„Du hast mich gerade schon eingeladen."

„Habe ich das?"

„Du hast bezahlt."

„Stimmt. Und wenn ich`s mir genau überlege, zahle ich eigentlich immer", sagte Anderbrügge.

„Das ist der Nachteil, wenn man einen Schwanz hat."

„Dann sollten wir mal die Regel ändern."

Rogowski schmunzelte. „Solange du zahlst, hältst du dir die Chance offen, irgendwann mal bei mir zu landen."

„Und wie stehen meine Chancen?"

„Ziemlich beschissen."

Anderbrügge biss sich auf die Unterlippe und grinste. Dann öffnete er ihr die Wagentür. „Irgendwann wirst du mir nicht mehr widerstehen können, das garantiere ich dir."

„Schon möglich. Aber dann bin ich wahrscheinlich runzelig wie eine achtzig Jahre alte Rosine und nicht mehr ganz klar im Kopf."

Anderbrügge ersparte sich einen weiteren Kommentar und startete den Wagen. „Fahren wir ins Präsidium. Das bringt uns auf andere Gedanken. Schließlich haben wir einen Mord aufzuklären."

„Als ob sich irgendwer für dieses tote Arschloch interessieren würde."

Anderbrügge war kaum angefahren, als er den Wagen schon

wieder an einer Bushaltestelle stoppte. „Was hast du gerade gesagt?"

„Du hast mich genau richtig verstanden."

„Wolltest du vielleicht sagen, dass sich niemand für dieses serbische Arschloch interessiert?" Rogowski betätigte den elektrischen Fensterheber und blickte die Wartenden unter dem kleinen Dach der Bushaltestelle an. Dann drehte sie sich zu ihrem Partner um und fixierte ihn mit einem entschlossenen Blick. „Hör zu! Dieser Fall ist für mich ein Fall wie jeder andere auch. Serbe hin oder her. Das hat nichts mit meinen kroatischen Wurzeln zu tun, verstanden?"

Anderbrügge sah sie an und nickte stumm. Hinter ihm betätigte der genervte Fahrer eines Linienbusses die Lichthupe und zwang ihn dazu, weiterzufahren. „Du hast mit mir nie großartig über deine Vergangenheit geredet. Und wenn du das nicht willst, belassen wir es auch dabei. Ich bitte dich nur darum, endlich wieder die alte Zdenka zu sein, die mit Leidenschaft Polizistin ist. Die mit Leib und Seele bei der Sache ist."

Ich war schon immer mit Leib und Seele bei der Sache, dachte Rogowski und zündete sich eine weitere Zigarette an. Dann schenkte sie Anderbrügge ein warmes Lächeln und wies ihn freundlich darauf hin, sich auf den Verkehr anstatt auf ihre Beine zu konzentrieren.

Vukovar, Kroatien - 25. November 1991

Zdenka schauderte innerlich, als sie die Augen öffnete und Zlatko auf sich zukommen sah. Sie hielt in ihren anmutigen tanzenden Bewegungen inne und fühlte sich ertappt. So als habe sie etwas vollkommen Verbotenes getan.

„Tanz weiter, du bewegst dich wie eine Göttin", sagte Zlatko und umfasste sie mit beiden Armen, ohne sie wirklich zu berühren. Seine Hände hielten sich an dem Stützbalken fest, während Zdenka zwischen diesem und dem Körper des Soldaten kaum Platz für Bewegungen hatte.

„Du warst fort?", fragte sie ihn und versuchte den Rhythmus der Musik wieder aufzunehmen.

„Ja, und ich hoffe, es ist dir in der Zeit gut gegangen."

Sie warf einen verstohlenen Blick auf den kleinen Tisch, auf dem die Karaffe mit dem Wasser stand und das Brot lag.

Zlatko verzog den Mundwinkel. „Das ist alles, was sie dir gegeben haben? Wasser und Brot?"

Zdenka richtete den Blick auf den Boden. Sie hatte keinen Hunger gehabt; verspürte auch jetzt keinen. Das spartanische Essen war ihr geringstes Problem. Sie lebte, wohingegen ihre Schwester und ihr Schwager tot waren. Fast schämte sie sich dafür, dass sie überhaupt noch am Leben war. Doch das durfte sie unter keinen Umständen zeigen.

„Ich werde dafür sorgen, dass man dir reichlich Speisen und Getränke bringen wird. Und diesem Milan werde ich eine Kugel in den Kopf jagen, wenn er dich noch einmal so missachtet."

Sie spürte seinen heißen Atem auf ihrem Hals, als er sich vornüber beugte, um den Duft ihrer Haut einzusaugen. Er löste eine Hand vom Balken und fuhr ihr damit durchs Haar. „Du hast mir gefehlt", hauchte er in ihr Ohr und presste seinen Körper gegen den ihren. Zwischen seinen Beinen spürte sie etwas Hartes. Sie schloss die Augen und stöhnte auf. Seine Hand glitt seitlich an ihrem olivfarbenen T-Shirt hinab, bis hinunter zu ihrer Hüfte. Dann tastete sie sich wieder nach oben und umfasste ihre kleine Brust. Es war das erste Mal, dass ein Mann sie so berührte. In ihrem Kopf fand eine Explosion statt; tausend Gedanken auf einmal verwirbelten zu einem chaotischen Bild, das an ein Gemälde von Hieronymus Bosch erinnerte:

Der Garten der Lüste, der Garten Eden und die musikalische Hölle. Sie dachte in diesem Moment an die ausschweifenden, wollüstigen und erschütternden Bilder auf dem Triptychon des mittelalterlichen Malers, dessen Werk sie vor kurzem in einem alten Lexikon gesehen hatte. Lust und Leiden, Leben und Sterben, der ewige Kreislauf.

Es lief ihr heiß und kalt den Rücken runter, ihr Herz begann wie wild zu schlagen. Zlatkos Hand glitt wieder weiter abwärts, hinab zu dem Gürtel, der die viel zu große fleckengetarnte Armeehose umspannt hielt. Er versuchte die Schnalle zu öffnen und schaffte es auf Anhieb, so als ob er in diesen Dingen geübt sei. Dann löste sich der Stoff von der Haut und fiel in einer lautlosen Bewegung auf den Boden. Mit einem einzigen brutalen Ruck riss er ihr den Slip durch und warf ihn achtlos zur Seite. Er hob ihre Arme in die Höhe und streifte ihr das T-Shirt über den Kopf. Nun stand sie vollkommen nackt vor ihm und keuchte.

Sein Gesicht schmiegte sich an ihres, dann spürte sie die feuchte Zunge an ihrem Ohr. Er suchte ihren Mund und sie öffnete diesen. In Erregung und Passivität gleichermaßen gefangen, lehnte sie an dem Pfosten und spürte das raue Holz in ihrem Rücken und auf ihrem Gesäß. Zlatko griff mit beiden Händen nach ihren Brüsten und knetete sie. Ihre Brustwarzen richteten sich auf und sie merkte, wie sich ein wohltuender und schmerzhafter Druck zugleich in ihrer Hüfte aufbaute. Sie verdrängte die letzten grausamen Bilder aus ihren Gedanken und ließ sich auf das Unvermeidliche ein. Sie versuchte sich einzureden, das Begehren des fremden Schlächters als lustvoll zu empfinden und konzentrierte sich ganz auf das bevorstehende Spiel der Körper. Sie fing damit an, seine immer heftiger und brutaler werdenden Griffe und Stöße ihrerseits zu erwidern, indem sie an seiner Uniformjacke zerrte und einige

Knöpfe vom Stoff riss. Ihre Hände streiften über seinen harten und für sein Alter erstaunlich durchtrainierten Oberkörper, wanderten tiefer zwischen seine Beine, wo sie sein Glied unter der Hose spürte und in zunehmender Stärke zudrückte und rieb. Er selber öffnete den Gürtel und zog diesen komplett aus dem Hosenbund. Zdenka spürte das warme und erigierte Glied in ihrer Hand und streichelte es zunächst zaghaft. Mit seiner eigenen Hand gab er ihr zu verstehen, forscher zu werden. Sie streifte seine Hose hinunter und spürte den Widerstand zwischen ihren Beinen. Mit einer einzigen brutalen Aufwärtsbewegung drang Zlatko in sie ein, sodass sie vor Lust und Schmerz aufschrie.

Wenig später landeten sie auf dem großen Bett, wo Zdenka für eine halbe Stunde zwischen Himmel und Hölle schwebte. Als er sich mehrmals in und über ihr ergoss, hatte sie ihre Unschuld verloren. Und einem Mann den ersten Orgasmus ihres Lebens vorgespielt. Als Zlatko sich anzog und mit einem seltsam abwesenden Blick durchs Fenster hinaus in die Nacht blickte, ahnte sie, dass er bekommen hatte was er wollte und es nur eine Frage der Zeit war, bis er das Interesse an ihr verlieren würde. Sie unterdrückte ihre Tränen und ihre Angst und spielte weiterhin ihre einzige vermeintliche Trumpfkarte aus. „Du warst unglaublich. Ich will mich dir ganz hingeben. Was immer du von mir verlangst und mit mir anstellen möchtest … ich werde es tun."

Zlatko zündete sich eine Zigarette an und erwiderte nichts. In aller Ruhe, mit den Gedanken bereits meilenweit entfernt von diesem Zimmer, nahm er das Nikotin in seine Lungen auf und verteilte in regelmäßigen und ruhigen Stößen kleine Rauchkringel in der Luft. „Wir werden sehen." Er verließ das Zimmer und schloss ab.

Essen, Deutschland - 23. Juli

In den kühlen und tristen Räumlichkeiten der Rechtsmedizin des Universitätsklinikums summte eine defekte Neonröhre eintönig vor sich hin und warf einen flackernden hellblauen Schein auf die erkaltete Person; Vladimir Milic, den ermordeten Autohändler. Der Leichnam lag aufgebahrt auf dem kalten Metall des Obduktionstisches und war lediglich bis knapp über das Genital mit einem weißen Laken bedeckt. Auf einem Beistelltisch am Kopfende lagen die blutigen Sezierinstrumente; daneben stand ein kleiner zylinderartiger Rollwagen mit der Autopsiesäge. Der Leichnam war geöffnet, das Gesicht mit weit aufgerissenem Mund gegen die Decke gerichtet. Die entnommenen Organe lagen in diversen nierenförmigen Schüsseln, abgewogen und mit kleinen Schnitten versehen, die von den entnommenen Proben herrührten.

Rogowski gönnte sich trotz des strikten Rauchverbots eine Zigarette. Mit einem nachdenklichen Blick setzte sie sich auf einen der einfachen Plastikstühle, der normalerweise den jungen Studenten vorbehalten war, denen beim erstmaligen Anblick der geöffneten Leichen die Knie weich wurden. Rogowski inhalierte einen tiefen Zug des Nikotins und schnippte die Asche in einen runden Metalleimer, den irgendein Scherzkeks mit einem Aufkleber versehen hatte. *Reinkotzen = 50 Euro.*

Dr. Helmut Eisel, der kurz vor seiner Pensionierung stehende, hagere und bebrillte Leiter des Instituts für Rechtsmedizin, hatte persönlich die Autopsie durchgeführt und strafte Rogowski mit einem vernichtenden Blick und dem Fingerzeig auf das RAUCHEN VERBOTEN Schild. Eisel hatte vor drei Stunden mit einem Skalpell den Y-Schnitt angesetzt, der von beiden Schlüsselbeinen wie ein V runter zum Brustbein und von dort weiter in die Intimzone führte. Zur Seite geklappt legten die Fleischlappen das Innere des Körpers frei, den Blick auf eine gallertartige Masse aus glänzendem Rot, Lila, Violett und Dunkelbraun eröffnend. An einigen Stellen klafften Lücken. Eisel nahm die abgewogenen Organe und platzierte sie wieder zurück an die entsprechenden Stellen. Platschende Geräusche begleiteten das Werk des erfahrenen Mediziners, der in allen Fragen der Beweismittelsicherung an toten Körpern ein alter Hase war.

Der Geruch des Tabaks verdrängte nur mühselig die unangenehmen Ausdünstungen der Leiche. Es roch nach Fäulnis und Desinfektionsmitteln. Rogowski steckte die glimmende Zigarette in eine mitgebrachte Dose Cola. Mit einem zischenden Geräusch erlosch die Glut. Anderbrügge, ihr Kollege, knabberte in der Ecke des Raums an einer Minisalami und verfolgte aufmerksam, wie Dr. Eisel schließlich die Plastikhandschuhe abstreifte und seine Hände wusch.

„Und? Können Sie schon was sagen?", fragte Rogowski und erhob sich vom Stuhl. Sie ging an den Obduktionstisch, um sich ein letztes Mal das Werk des Rechtsmediziners anzusehen. Vladimir Milic musste sofort tot gewesen sein, als ihm durch den Schuss der Hinterkopf weggerissen worden war. Sein Gehirn – oder das, was davon noch zusammenhängend übrig geblieben war – lag in einem größeren Behältnis aus Metall. Eisel war dem Standardprozedere gefolgt und hatte das Gehirn auf Einfärbungen und Spuren von Alkohol, Giften und Drogen untersucht. Ebenso wie die Organe. Vorausgegangen war die äußere Untersuchung der Leiche, zu deren Zeitpunkt Rogowski und Anderbrügge noch im Polizeipräsidium gewesen waren.

„Wir brauchen natürlich noch die Laborwerte. Aber auf den ersten Blick sieht es so aus, als ob es hier nichts Auffälliges zu entdecken gibt. In zehn Jahren wäre er wahrscheinlich ohnehin an Lungenkrebs gestorben."

Rogowski warf einen Blick auf die Packung Zigaretten, die sie die ganze Zeit in der Hand hielt, und steckte sie in die Innentasche ihrer schwarzen Lederjacke. Eisel trocknete sich die Hände ab und legte seinen blutverschmierten Kittel ab. Er schnappte sich sein Diktiergerät, in das er die ganze Zeit die Obduktionsschritte für seinen späteren Bericht gesprochen hatte, und sah Rogowski an. „Rein organisch betrachtet war der Mann völlig unversehrt, wenn man einmal von den üblichen Randerscheinungen des Lebens, wie einem kleinen Nierenstein, einer Gefäßverengung und einem leichten Leberschaden absieht. Die Suche nach äußerer Gewaltanwendung hat keine Erkenntnisse gebracht; ebenso wenig die bisherige Toxikologie. Ich gehe mal davon aus, dass er nicht durch andere Umstände als das da getötet wurde." Mit einem Kopfnicken deutete er in Richtung des fehlenden Hinterkopfs. „Also wie gesagt, warten Sie noch die molekulargenetischen Ergebnisse ab. Wenn sonst nichts mehr ist, würde ich mich jetzt gerne von Ihnen verabschieden. Muss mich ohnehin schon beeilen, um das Pokalspiel zu sehen."

„Und? Wer gewinnt?", fragte Anderbrügge, sein erster Satz seit über zwei Stunden. „RWE oder Schalke?"

„Wer nach Abpfiff mit mindestens einem Tor führt." Damit war die Sache für Eisel erledigt, und er bugsierte die beiden Kommissare hinaus auf den Flur. Ein paar Sekunden später hatten ihn die weitläufigen und wenig einladenden grauen Gänge verschluckt.

Rogowski und Anderbrügge schlenderten ohne Eile dem Ausgang entgegen und vermerkten beim Pförtner ihren Ausgang in der Besucherliste. Draußen empfing sie eine drückende Hitze. Die Stadt schien unter einer Glocke zu liegen, was Anderbrügge erfreute, da er überall Miniröcke sah. Das Polizeipräsidium war nur einen halben Kilometer entfernt, dennoch nahmen sie den klimatisierten Wagen.

„War doch klar, dass sich da nichts ergeben würde.", kommentierte Rogowski den Besuch und rekapitulierte in Gedanken die bisherigen Untersuchungen. Den gestrigen Tag hatten sie genutzt, um sich in der Wohnung des Opfers umzusehen. Milic hatte alleine gelebt, ohne feste Beziehung. Die Nachbarn hatten ihn als unauffällig und freundlich bezeichnet; selten habe er Frauen mit nach Hause gebracht. Seine Finanzen schienen in Ordnung zu sein, auch wenn der Autohandel nur wenig abwarf. Er verfügte über kein größeres Vermögen, jedenfalls nicht in Deutschland und auf einem offiziellen Konto. Zeugenbefragungen in unmittelbarer Nähe des Autohandels hatten nichts Brauchbares zutage gefördert, wenn man einmal von den wenigen überzogenen und theatralischen Aussagen einiger älterer Anwohner absah, die von Kanaken und sonstigem Gesindel sprachen, was sich angeblich ab und zu auf Milic` Platz herumgetrieben hatte. Die Mutter stand noch unter Schock und war keine wirkliche Hilfe. Sie schien die Letzte zu sein, die wissen konnte, wer für den Tod ihres Sohnes verantwortlich war. Der Tatort war mit mehreren Dutzend unterschiedlichen Fingerabdrücken übersät, der langjährigen Liste der Autokäufer entsprechend. Die Geldbörse des Toten war unangetastet geblieben, Raubmord schien also auszuscheiden. Alles was zurzeit weiterhelfen konnte, waren das ungewöhnlich große Kaliber der Mordwaffe und das Handy von Milic, dessen Nummernverzeichnis inklusive der Liste der letzten Anrufe von einem Kollegen auf der Wache über den Provider recherchiert wurde. Es würde eine langwierige und aufwändige Recherchearbeit werden, sämtliche Verbindungsdaten des Umfelds von Milic zu erstellen und ihm ein Opferprofil zu geben. Rogowski hasste den Fall schon jetzt, bevor die Arbeit eigentlich richtig begonnen hatte.

„Vielleicht hat das LKA was auf seinem PC gefunden", holte Anderbrügge sie aus den Gedanken.

„Glaub ich nicht. Die alte Kiste hatte noch nicht einmal einen Internetanschluss."

„Vielleicht finden die trotzdem was."

„Vielleicht schlägt RWE heute auch Schalke im Pokal, falls du an Wunder glauben willst."

„Seit wann kennst du dich mit Fußball aus?", fragte Anderbrügge schmunzelnd. „Übrigens wollte ich mir heute Abend das Spiel ansehen. Ein Freund von mir ist krank geworden und ich habe eine Karte übrig. Hast du Lust mitzukommen?"

„Anstelle des Essens, das du mir spendieren wolltest?"

„Hey, das Essen ist deshalb ausgefallen, weil du dich gestern nach Dienstschluss in deiner Bude verrammelt und nachträglich deinen Rausch ausgepennt hast."

„Stimmt. Aber das holen wir nach. Und dass die Rot-Weißen verlieren, kann ich auch morgen in der Zeitung nachlesen. Ich denke, ich werde den Abend im Büro verbringen."

Anderbrügge lenkte den Wagen auf den großen Parkplatz vor dem Polizeipräsidium, das an einer belebten Hauptstraße in einem der beliebtesten Stadtviertel Essens lag. Das große helle Gebäude befand sich nur einen Katzensprung von der Staatsanwaltschaft, dem Landgericht und dem Knast entfernt. Vor dem Präsidium standen diverse Polizeiwagen unter den Schatten spendenden Eichen. Im renovierten Inneren war es angenehm kühl.

„Willst du einen Kaffee?", fragte Anderbrügge, als sie über den langen, hellen Flur gingen und einen Getränkeautomaten passierten. Rogowski schüttelte den Kopf und winkte ab. Einige zufällig auf dem Flur stehende Beamte sahen ihr nach und tuschelten.

„Was gibt's, Kollegen?", wollte Anderbrügge von den Männern wissen. Die Beamten in Dienstuniform grinsten nur, hielten sich aber bedeckt. Anscheinend hatte sich das nicht gerade vorbildliche Verhalten seiner Partnerin schon rumgesprochen. Am Tatort einzuschlafen war etwas, was nicht jeden Tag geschah. Als ob Rogowski ahnte, was hinter ihrem Rücken abging, rief sie den Männern über die Schulter etwas zu.

„Falls Ihr meinen Arsch klasse findet, könnt ihr es mir auch ins Gesicht sagen. Frauen in meinem Alter finden Komplimente grundsätzlich klasse."

Anderbrügge drückte die Taste des Kaffeeautomaten und sah dabei zu, wie die schwarze Brühe über den Rand des Bechers lief. Er schnappte sich das heiße Teil und kleckerte den Boden voll. „Wenn Ihr Knalltüten das mit den Komplimenten nicht hinbekommt, werde ich ihr mal folgen und den Anfang machen."

Vukovar, Kroatien - 03. Dezember 1991

Seit Tagen verbrachte Zdenka die Zeit mit ungewissem Warten und der Vorstellung, Zlatko könnte ein letztes Mal wiederkommen, mit ihr eine Stunde im Bett verbringen und sie dann seinen gewalttätigen Männern überlassen. Drei Abende hintereinander war der Serbe auf ihr Zimmer gekommen, hatte sich kurz erkundigt, ob das Essen zu ihrer Zufriedenheit gewesen sei, dann hatte er mit ihr Sex gehabt. Und dreimal hatte sie ihm vorgespielt, dass sie selber Gefallen an seinem ungestümen und rohen Liebesspiel hatte. Mittlerweile fiel ihr nichts mehr ein, was den Anführer noch schärfer machen konnte und ihn vielleicht für eine ganze Nacht zum Bleiben veranlasste. Natürlich würde sie es nicht wirklich genießen, eine solch lange Zeit nackt in seinen Armen zu verbringen. Aber sie redete sich ein, dass mit jeder Minute, die er länger in ihrer Gegenwart war, die Chance auf eine Gewöhnung an sie größer würde und so etwas wie eine Beziehung entstand. Eine Beziehung, die ihr das Leben in den Kriegswirren verlängern konnte.

Zwei Nächte in Folge war sie nun alleine geblieben und hatte keine Ahnung, wo Zlatko war und was er trieb. Bisher hatte sie sich nicht getraut, ihn nach seinem Tagesablauf zu fragen und welchen Standpunkt er eigentlich in diesem Krieg vertrat. Sie befürchtete, dass er sie verhöhnen, auslachen oder gar Schlimmeres mit ihr anstellen würde. Sie war noch nicht einmal halb so alt wie er. Ein junges naives Ding, wie er vermuten musste. Zeit ihres Lebens hatte sie das Land nicht verlassen, war immer in der Nähe von Vukovar geblieben und hatte einen eher traditionellen Lebensstil gepflegt, eingebettet im konservativen Wertesystem ihrer Eltern. Alles was sie von der Welt außerhalb ihres kleinen Mikrokosmos wusste, hatte sie aus Büchern und über das Fernsehen erfahren. Welcher Befehlshaber einer paramilitärischen Einheit hatte schon Interesse daran, sich mit einem Kind über die große Politik zu unterhalten? Lediglich Zdenkas frauliche Reize waren Grund genug, warum Zlatko sich mit ihr abgab. In diesem Punkt bestand überhaupt kein Zweifel. Ihr anfänglicher Glaube, sie könne so etwas wie Gefühle ihm gegenüber empfinden oder sich von ihm körperlich angezogen fühlen, entpuppten sich als Trugschluss. Sie verachtete sich mittlerweile dafür, dass sie so hatte empfinden können. Vielleicht waren es die Hormone und das Adrenalin gewesen, die ihren Blick getrübt und die Realität ausgeblendet hatten. Jedenfalls sah sie die Dinge nach mehreren Tagen der Gefangenschaft und nach einigen zaghaften Versuchen, den Panzer des Mannes zu durchbrechen, inzwischen deutlicher. Sie musste sich nichts mehr vormachen, und diese Erkenntnis brachte ihr einen Gewinn. Sie war seine Sexsklavin und hatte zu funktionieren, wenn er es wollte.

Bei seinem letzten Besuch hatte er ein Päckchen dagelassen. Ein kleines mit braunem Packpapier verschnürtes Bündel, dessen Inhalt er sie gebeten hatte, beim nächsten Besuch zu tragen. *Falsch*, korrigierte sie sich bei dem Gedanken selber. *Er hat mich nicht gebeten. Zlatko bittet niemanden, er befiehlt. Er kleidet seine Forderungen in kurze und süße Sätze, hinter denen sich Bestrafung und Tod verbergen. Er ist ein Wolf im Schafspelz, ein Sendbote des Teufels. Er gibt etwas, um im Gegenzug viel mehr zu nehmen.*

Zdenka hatte das Bündel längst geöffnet und den Inhalt zunächst verunsichert zur Seite gelegt. Erst nach Stunden war sie in der Lage gewesen, ihre Hand durch die diversen Kleidungsstücke gleiten zu lassen, die allesamt schwarz glänzten und aus Latex waren. Eine enge Korsage, die sich bis um den Hals schloss und die Konturen darunter abzeichnete. Lange, bis zu den Oberarmen reichende Handschuhe. Stiefel, die über die Knie reichten. Eine Maske, die einen zwang, durch den Mund zu atmen. Und eine Peitsche, deren kurzer fester Griff aus Metall ein langes Bündel Lederriemen einfasste, die sich wie die Arme eines Kraken in alle Richtungen schlängelten.

Breitbeinig stand sie vor dem Spiegel und betrachtete sich. Sie hatte ihr Haar mit einem Knoten streng nach hinten gelegt und fühlte, wie sie unter dem Material schwitzte. Draußen war längst die Dunkelheit hereingebrochen, ohne dass sie eine Vorstellung hatte, wie spät es war. Nichts in dem Zimmer verband sie mit der Außenwelt. Kein Fernseher, kein Telefon. Nicht einmal die Zeiger einer einfachen Uhr drehten die Stunden hinunter. Sie war gefangen in einem grausamen, zeitlosen Nichts. In isolierter Schwärze, einbetoniert in Kälte.

Als sie bereits die Müdigkeit überkam und sie damit rechnete, eine weitere Nacht alleine verbringen zu müssen, fing sie an, die Korsage aufzuknüpfen, um sich auszuziehen und unter die Bettdecke zu kriechen. Doch genau in diesen Sekunden hörte sie Schritte hinter der Tür. Schritte, die von schweren Stiefeln kündeten, welche die knarzenden Treppenhausstufen hinauf kamen.

Dann drehte sich ein Schlüssel im Schloss und ein Soldat stand in der Tür, das Gewehr übergeschultert. In seinem Mundwinkel hing lässig eine fast abgebrannte Zigarette. Zdenka konnte im Halbdunkel des Zimmers nicht erkennen, um wen es sich handelte, aber Zlatko war es mit Sicherheit nicht. Die gedrungene Statur und die plumpe breitbeinige Position deuteten auf einen anderen Mann hin. Auf jemanden, den sie fürchtete. Dessen Bekanntschaft sie bereits auf der alten Schweinefarm in Ovcara gemacht hatte, als sie sich zum ersten Mal hatte ausziehen müssen.

Milan.

„Schätzchen, heute Abend werden wir beide das Vergnügen haben. Zlatko hat die Gegend verlassen. Unsere Einheit wurde in zwei Teile aufgelöst. Hier habe ich jetzt das Kommando."

Zdenkas Magen verkrampfte sich und sie merkte, wie Übelkeit in ihr aufstieg. Der grobschlächtige bärtige Kerl war ein primitiver Rohling, um Klassen einfältiger als Zlatko, den sie in diesem Moment fast herbeisehnte. Unfähig zu antworten, ließ sie den Mann weiterreden. „Was ist denn das für ein beschissenes Licht hier? Mach die Lampe auf der Kommode an. Ich will sehen, was du mir zu bieten hast!"

Zdenka wagte nicht zu widersprechen. Rückwärts ging sie auf das Möbelstück zu und langte nach dem Schalter, von dem sie mittlerweile auswendig wusste, wo er sich befand. Im Nu erhellte sich der Raum um einige Nuancen und sie konnte deutlich das Profil von Milan erkennen, dessen Bart und Haarwuchs seit ihrer letzten Begegnung einen noch ungepflegteren Eindruck machten. Anscheinend vernachlässigte der Mann seine Körperpflege, obwohl in diesem Haus fließend heißes Wasser vorhanden war.

„Hey, deine Figur gefällt mir. Aber nicht dieser Fummel. Zieh diesen Scheiß aus, ich steh nicht auf diese Art von Spielchen!"

„Zlatko hat gesagt, ich soll es für ihn tragen", antwortete sie. Zdenka meinte zu hören, dass ihre Worte fest und entschlossen klangen. Die Kostümierung gebar ein anderes, düsteres Ich.

„Was Zlatko gesagt hat, interessiert mich nicht. Und jetzt zieh` die Klamotten aus. Ich will dich nackt ficken!", brüllte Milan und kam bis auf einen Meter an sie heran.

Zdenka roch seinen Schweiß, obwohl sie die Maske trug. Wenn sie schon Sex mit diesem Monster haben musste, dann nur in der Verkleidung. Das würde ihr das Gefühl vermitteln, ihn ein wenig auf Distanz zu halten. Mit Nachdruck in der Stimme ging sie ihm entgegen. Sie überragte ihn um wenige Zentimeter, da sie die hohen Stiefel trug. Kräftemäßig war sie ihm natürlich in keiner Weise gewachsen, sodass ein Kampf nur einseitig enden konnte. Sie musste ihn anders rumkriegen. Wieder einmal nahm sie ihren ganzen Mut zusammen. „Du willst Großmütterchensex? Ein bisschen an mir rumfummeln? Mann, das wird bestimmt aufregend", sagte sie mit einem gespielten, aber täuschend echt klingenden Gähnen in der Stimme.

Milan brauchte einen Moment, um die Antwort zu verdauen. Er hatte mit einer ängstlichen Reaktion und mit keiner Gegenwehr gerechnet, und nun starrte ihn diese Schwarzgekleidete an, ohne dass er ihre Augen wirklich sehen konnte. Die Situation überforderte ihn. „Ich hab gesagt, du sollst die Sachen ausziehen."

Milan klang schon etwas zaghafter, weniger fordernd. Zdenka entschied sich zu einer riskanten Lüge. „Zlatko hat mir gesagt, dass es nur wenige Frauen gibt, die ihn faszinieren. Er wollte mich mitnehmen, irgendwohin ins Ausland, wenn der Krieg vorbei ist. Und er versprach mir, jeden umzubringen, der mir auch nur ein Haar krümmt. Da ihr aber anscheinend Freunde seid, werde ich mit dir schlafen. Du musst aber ein Kondom benutzen. Ich habe mir irgendwas eingefangen, was verdammt juckt."

Milan schien vollkommen perplex. Er wusste nicht, ob ihn dieses Mädchen komplett narrte oder einfach nur die Wahrheit sagte. Schon in dem Schweinestall bei dem Massaker hatte sie unter den anderen herausgeragt. Sein Hirn arbeitete auf Hochtouren, als er sich durch seinen verfilzten Vollbart fuhr. „Du versuchst mich zu verarschen, oder? Zlatko würde niemals einer wie dir solche Dinge versprechen!" Er spuckte auf den Boden.

„Hast du mit ihm geschlafen oder ich?", kam es zischend aus Zdenkas Mund geschossen. Innerlich erschrak sie selber über die Heftigkeit ihrer Antwort. Dieser verdammte Krieg schaffte es, Menschen auf wundersame Weise zu verformen, ihnen eine zweite Haut überzustülpen, die schwarze Seite der Seele nach außen zu kehren.

„Ich werd dir dein verdammtes Maul stopfen, du dreckiges Miststück!", brach es unvermittelt aus dem Soldaten heraus.

„Und du wirst dir den Tripper deines Lebens und die Rache Zlatkos einhandeln, das schwöre ich dir!", fauchte Zdenka zurück.

Ohne Vorwarnung nahm Milan sein Gewehr von der Schulter und schlug ihr mit dem Kolben in den Unterleib. Sie stöhnte auf und taumelte. Wie ein Fisch auf dem Trockenen schnappte sie nach Luft, als der Gewehrkolben ein zweites Mal traf, diesmal noch viel heftiger. Sie musste sich krümmen und an der Kommode festhalten, so stark waren die Schmerzen. Dann kam der dritte Schlag, der sie endgültig zu Boden gehen ließ. Zdenka hatte das Gefühl, zu ersticken, zumal ihr die Maske die Möglichkeit nahm, richtig durch die Nase zu atmen. Ihr wurde kurzzeitig schwarz vor Augen, als sie nach oben blickte und Milan mit einem triumphierenden Grinsen über sich stehen sah.

„Das soll dir eine Lehre sein, du Flittchen. Und glaube mir, ich komme wieder, das verspreche ich dir. Wenn unser Doc dich untersucht hat. Zwischen den Beinen."

Als der schwungvolle Tritt seines Stiefels ihren Kopf traf, stöhnte sie noch einmal vor Schmerz auf. Dann wurde sie von einem höhnischen Lachen, das sich immer weiter von ihr entfernte, in eine fast angenehme Bewusstlosigkeit verabschiedet.

Essen, Deutschland - 24. Juli

Es war kurz nach Mitternacht, als Rogowski den Computer ausschaltete und eines der Fenster zum Innenhof des Polizeipräsidiums öffnete, um frische Luft in das behördenmäßig eingerichtete Büro zu lassen. Sie blickte hinauf in den wolkenlosen Nachthimmel und rieb sich eine Schläfe. In ihrem Kopf hämmerte es, als ob ihr jemand von innen einen Tritt verpasst habe. Es musste an dem mangelnden Sauerstoff, dem stundenlangen Blick auf den Bildschirm, viel zu viel Kaffee und der zweiten Schachtel Zigaretten gelegen haben, dass sie sich wie gerädert fühlte. Sie entschied sich dazu, endlich Feierabend zu machen und nach Hause zu gehen.

Alles was sie über das familiäre und freundschaftliche Umfeld des toten Autohändlers hatte recherchieren können, war nun in die entsprechenden Datenbanken ihres PCs eingetragen. Sie hatte am Abend diverse Telefonate geführt, unter anderem auch mit Autohändlern, mit denen Vladimir Midic ab und zu Geschäfte gemacht hatte. Einige von ihnen waren ihr sogar persönlich in Erinnerung, da es in der Gebrauchtwagenszene immer wieder zu Ermittlungen kam. Doch alle Gespräche waren ergebnislos verlaufen; scheinbar war Midic einer der wenigen Händler gewesen, mit dem niemand Probleme gehabt hatte. Wer ihn aus der Branche kannte, hatte ihn als zuverlässigen und vertrauenswürdigen Mann beschrieben, mit dem man ohne Probleme Geschäfte machen konnte. Niemand konnte einen Hinweis liefern, ob der Mann vielleicht Feinde oder sonstige Probleme hatte.

Anderbrügge hatte das familiäre Umfeld geklärt, wobei es dort auch nichts zu vermelden gab. Midic war Mitte der 1990er Jahre nach Deutschland gekommen; seine Mutter hatte er später nachgeholt. Seinem Asylantrag war seinerzeit stattgegeben worden, sein Vorstrafenregister war sauber. Es gab keine verlassene Ehefrau, keine unehelichen Kinder, keine weiteren Verwandten. Der Mann schien der geborene Einzelgänger gewesen zu sein, dessen Passion das Bauen und Sammeln von Automodellen war. Als sie gemeinsam mit Anderbrügge Midics Wohnung untersucht hatte, war es ihr vorgekommen, als ob sie sich in einem Museum für Miniaturen bewegt hatte. Hunderte Modelle hatten dort in Vitrinen und Regalen gestanden, und Rogowski konnte sich beim besten Willen nicht vorstellen, dass ein Mann mit dem Interesse für Miniaturwelten ernsthaft in zwielichtige Geschäfte verwickelt gewesen war, die einen Mord zur Folge hatten.

Sie hoffte inständig darauf, dass die Auswertung der letzten unterdrückten Nummer auf dem Display seines Handys einen entscheidenden Hinweis bringen würde. Dummerweise hatte es beim zuständigen Provider einen Systemausfall und einen Mitarbeiterwechsel gegeben, sodass sie diesen Anbieter bereits jetzt verfluchte und für sich entschied, niemals privat dort einen Vertrag abzuschließen. Möglicherweise war der letzte entgegengenommene Anruf der entscheidende Tipp auf den oder die Mörder und sie vertrödelte hier wertvolle Zeit mit überflüssiger Recherchearbeit.

Sie schloss das Fenster und wollte gerade gehen, als ihr Handy klingelte. Anhand der Nummer erkannte sie, dass es Anderbrügge war. Er klang angetrunken.

„Olé, Olé Olé Olé, wir sind die Champions, Olé!"

Rogowski schüttelte den Kopf und ließ sich in den Drehstuhl vor ihrem Schreibtisch fallen. Wenn sie irgendetwas hasste, dann waren es Gespräche über Fußball nach Mitternacht.

„Spinnst du, Anderbrügge? Hast du mal auf die Uhr geguckt? Wenn du dich bei mir ausheulen willst, weil deine Gurkentruppe einen auf den Sack bekommen hat, lege ich sofort wieder auf. Ich bin auch nicht daran interessiert, dich in deiner spießigen Vereinskneipe zu treffen."

Aus dem Hintergrund drangen Geräusche durchs Telefon, die an Fangesänge erinnerten. Eine simple Melodie wie aus dem Musikantenstadel schepperte bei viel zu lauten Bässen.

„Ich sach' nur ... 1:0!", lallte er ins Telefon.

„Schön für dich, Gratulation. Wir sehen uns morgen."

„Hey, warte mal. Ich ruf wegen was anderem an. Is' wichtig."

„Lass mich raten, du hast deinen ganzen Mut zusammengenommen und willst mir sagen, dass du mich jetzt gerne befummeln möchtest. Kein Interesse, spiel mit dir selber!"

Im Hintergrund hörte sie eine Türklingel, die gegen den Lärm ankämpfte. Es war ein schrilles, durchdringendes Geräusch. Anscheinend wurde der Nachbar gerade wahnsinnig von dem Lärm in Anderbrügges Wohnung.

„Warte mal, bin gleich wieder da. Das ist Thies, mein Nachbar. Schalke-Arschloch."

Rogowski konnte sich ein Schmunzeln nicht verkneifen. Anderbrügges sportliches Weltbild war in ein ziemlich einfach strukturiertes Schema gepresst. Es gab Rot-Weiße, das waren die Guten. Und es gab Blau-Weiße, das waren die Bösen. Der Rest interessierte nicht.

Es folgte ein etwas heftigerer Disput, dann knallte eine Tür. Kurz darauf wurde die Musik deutlich leiser. „Der kann es nicht ab, dass Schalke verloren hat."

„Wahnsinnig interessant. Und was willst du mir jetzt eigentlich sagen?"

„Die haben mich angerufen", antwortete Anderbrügge als ginge er davon aus, sie müsste die Bedeutung dieses Satzes sofort erfassen.

„Und wer sind *die*?"

„Die Telefonfuzzis. Die von Mi ... Mi ..."

„Midic heißt unser Mann. Vladimir Midic, falls du den meinst", schloss sie seine kleine Gedächtnislücke. „Der Telefonprovider hat sich also bei dir gemeldet, wie toll."

„Ja, du hattest auch meine Nummer angegeben."

Rogowski fragte sich ernsthaft, was in dem Laden für Amateure arbeiteten. Sie beschloss, dem dortigen Entscheider morgen einen gewaltigen Anschiss zu verpassen, da er nicht wie vereinbart sie, sondern ihren Kollegen über ein möglicherweise wichtiges Detail informiert hatte. Im schlimmsten Fall konnte der Zeitverzug dramatische Konsequenzen haben.

„Der letzte Anruf von Mi ... dem Serben, kam von einem Typen namens ... Warte, ich habe das irgendwo aufgeschrieben, als ich im Stadion war. Muss mal meine Fanjacke holen." Geschlagene drei Minuten später war Anderbrügge zurück am Telefon. Er klang wieder etwas nüchterner und schien sich ein wenig zu schämen, die Info nicht rechtzeitig an sie weitergegeben zu haben. „Also, sorry, hätte dich direkt informieren sollen. Aber da war gerade Elfmeter und …"

„Den Namen. Wenn es geht, heute noch."

„Der Anschluss gehört einer gewissen Dunja Milosevic."

„Wie der ehemalige Staatspräsident?"

„Äh, ja, glaube schon. Warte, ich gebe dir die Nummer."

Rogowski notierte sich die Mobilfunknummer und stellte in Gedanken die ersten Vermutungen an. Handelte es sich um eine Autokäuferin? Eine unbekannte Geliebte? Eine alte Bekannte? Eine Prostituierte? Sie entschied sich, der Sache trotz fortgeschrittener Stunde auf den Grund zu gehen.

„Du?", fragte ihr Kollege.

„Ja?"

„Was sollen wir jetzt machen?"

Sie lächelte. Anderbrügge konnte richtig süß sein, wenn er was getrunken hatte. Zum Glück kam das mit der Sauferei nicht besonders häufig vor. Im Gegensatz zu ihr selber, wenn sie an die letzten Wochen dachte. Und just in diesem Moment verspürte sie den Drang, noch einen Abstecher in eine nahe gelegene Kneipe zu machen, um wenigstens noch ein Bier zu trinken. Doch dafür bewegte sie der Name *Dunja Milosevic* zu sehr. „Du solltest dich aufs Ohr hauen und von deinem Sieg träumen. Ich versuche herauszufinden, wer die Frau ist."

„Um die Zeit?", fragte Anderbrügge. „Vielleicht ist das nur eine Kundin, die sich bei Mi…, bei dem Opfer nach einem Wagen erkundigen wollte."

„Vielleicht. Vielleicht auch nicht."

„Wie du meinst."

„Genau. Und jetzt: gute Nacht! Wir sehen uns um acht Uhr zur Dienstbesprechung."

„Scheiße."

„Du sagst es."

Dann beendete sie das Gespräch und warf den PC erneut an. Wer auch immer Dunja Milosevic war, sie wollte es jetzt wissen. Während das Programm hochfuhr und nach dem Passwort fragte, blätterte sie das Telefonbuch von Essen durch. Allerdings fand sie keinen Eintrag unter dem Namen der Frau. Sie überlegte, ob sie Anderbrügge noch einmal anrufen sollte, um nach der Adresse zu fragen, verwarf dann aber die Idee. Frau Milosevic würde schon über das vernetzte Melderegister transparent werden.

Kurz darauf hatte sie sich die entsprechenden Daten angeschaut und ausgedruckt. Dunja Milosevic war gebürtige Deutsche, in München geboren und im Ruhrgebiet aufgewachsen. Sie lebte in Oberhausen, war Jahrgang 1969, geschieden, und Mutter einer zwanzigjährigen Tochter. Es gab einen etwas älteren BZR-Eintrag, der auf ein Vergehen gegen das Betäubungsmittelgesetz verwies. Die Strafe war wegen Besitzes einer kleineren Menge Kokain zur Bewährung ausgesprochen worden. Zurzeit war sie ohne Führerschein, da ihr dieser wegen eines Unfalls mit Fahrerflucht abgenommen worden war. Dem Eintrag nach war es nur ein Blechschaden gewesen, verursacht mit unter 1,0 Promille Alkohol im Blut. Das Verfahren war gerade in der Schwebe. Als Beruf hatte die Frau *freischaffend* angegeben, was genügend Raum für Spekulationen ließ.

Rogowski schaute auf die Uhr und sah, dass es bereits kurz vor ein Uhr war. Wahrscheinlich lag Dunja Milosevic bereits im Bett und schlief. Aber irgendein Gefühl in der Bauchgegend sagte ihr, dass dies nicht so war. Sie wählte von einer Nebenstelle mit Rufunterdrückung und wartete dreißig Sekunden. Als sie gerade auflegen wollte, um es am frühen Vormittag erneut zu versuchen, meldete sich eine tiefe Frauenstimme.

„Ja?" Im Hintergrund waren gedämpfte Stimmen und klirrende Gläser zu hören. Ein englischer Song mit lasziven Gestöhne schwebte durch den Hörer. Rogowski hatte sofort den Eindruck, in einer Bar oder einem Club gelandet zu sein.

„Spreche ich mit Dunja Milosevic?"

Es dauerte eine Weile, dann kam die Antwort. „Ja. Und wer ist da bitte?"

„Mein Name ist Rogowski, Kripo Essen. Entschuldigen Sie die späte Störung, aber anscheinend sind Sie ja noch wach. Ich benötige eine Auskunft von Ihnen, besser noch einen kurzfristigen Termin. Wo kann ich Sie innerhalb der nächsten Stunde treffen?"

Die Frau am anderen Ende der Leitung schien sich mit dem Handy von der Musik und den Stimmen fortzubewegen, es wurde leiser. Dann führte sie das Gespräch anscheinend aus einem Nebenraum weiter. „Von der Kripo sind Sie? Was hat er denn jetzt schon wieder angestellt?"

Rogowski wusste nicht, was die Frau meinte und hakte nach. „Wer soll was angestellt haben? Wen meinen Sie?"

„Sie rufen doch bestimmt wegen meinem Nachbar an, Timo Wagner. Der randaliert öfters mal besoffen im Haus."

Sie notierte sich den Namen auf einem Blatt Papier und wollte diesem Punkt später nachgehen. Entweder hatte die Frau wirklich keine Ahnung, worum es ging, oder sie war die perfekte Lügnerin. „Ich rufe wegen Ihnen an, und zwar wegen eines Tötungsdeliktes. Ich ermittle in einem Mordfall."

„Mord?" Die Frau klang entsetzt. „Damit habe ich nichts zu tun. Wie kommen Sie darauf, ich könnte etwas mit einem Mord zu tun haben?"

„Sagt Ihnen der Name Vladimir Midic etwas?"

Die Frau am anderen Ende der Leitung schien plötzlich sehr aufgeregt zu sein und rang nach Worten. In ihrer Stimme schwang Unsicherheit mit. „Vladimir Milic? Ich habe den Namen nie gehört. Wer soll das sein? Hören Sie, das muss ein Irrtum sein, eine Verwechslung. Sie machen mir jetzt ehrlich gesagt ein bisschen Angst."

„Haben Sie von dem Mord an dem Essener Autohändler gehört?", fragte Rogowski und stellte fest, dass die Frau vollkommen akzentfrei sprach.

„Ich habe davon in der Zeitung gelesen, ja. Aber was soll ich damit zu tun haben? Ich arbeite hier als Barfrau und ich habe alle Alibis, die sie brauchen. Ich fahre auch gar kein Auto, weil ich, äh, im Moment keinen Führerschein habe."

Zumindest log Milosevic in diesem Punkt nicht. Alles andere galt es herauszufinden. „Wann machen Sie Feierabend? Ich würde Sie gerne wenn möglich gleich noch sprechen. Ganz diskret natürlich."

„Ich ... weiß nicht", stammelte die Frau. Die Sache schien ihr unangenehm zu sein. „Normalerweise macht der Happy Club um diese Zeit dicht. Aber es sitzen noch zwei Typen drüben an der Bar, die ordentlich spendieren. Ob die noch, äh, ... mit einem der Mädchen, äh, ich weiß nicht, wie ich das jetzt sagen soll, in unsere Sauna ..."

Rogowski verdrehte die Augen. Dass in einem Saunaclub nicht ausschließlich gesaunt wurde, brauchte man ihr nicht erklären. „Hören Sie, ich bin nicht von der Sitte, verstanden? Ich bin von der Mordkommission. Und Sie haben jetzt genau zwei Möglichkeiten. Entweder stehe ich in dreißig Minuten bei Ihnen am Tresen oder draußen vor der Tür. Alternativ können wir uns auch bei Ihnen in Oberhausen treffen, die Adresse habe ich."

„Nein, warten Sie ... Bei mir zu Hause ist nicht so gut. Ich werde den Laden gleich dicht machen und die Typen vor die Tür setzen. Sie können mich in der Seitenstraße, also Ecke

Annastraße, treffen. Normalerweise fahre ich selber, aber da mein Führerschein gerade, äh, ... Ich will das auch nicht hier im Laden."

„Schon verstanden. Sie haben den Lappen weg und wollen auch nicht, dass Ihr Chef von unserem Treffen was mitbekommt. Ich bin in dreißig Minuten da. Wir unterhalten uns im Wagen."

„Oh, mein Chef ist eine Chefin. Sie ist nicht da. Aber es ist wirklich besser, wenn wir das privat machen."

„In einer halben Stunde also. Seien Sie bitte pünktlich." Rogowski legte auf, fuhr den Computer herunter und hinterließ an Anderbrügges gegenüberliegendem Schreibtisch eine Notiz mit den wichtigsten Eckdaten zu Dunja Milosevic. Es war unüblich, alleine zu ermitteln, aber ihre Menschenkenntnis sagte ihr, dass in diesem Fall kein Risiko bestand. Obwohl sie sich natürlich fragte, wer, wenn nicht diese Frau, den letzten Anruf an Vladimir Midic getätigt hatte.

Sie schaltete das Licht im Büro aus und schritt über den dauerbeleuchteten Flur, der vollkommen verwaist war. Von irgendwo waren Stimmen zu hören, die Nachtschicht der Streifenbeamten. Über Funk bekam sie ein paar Wortfetzen mit. Es ging um eine nächtliche Schlägerei am Hauptbahnhof. Schließlich verließ sie das Präsidium und ging auf den dunklen BMW zu. Sie öffnete die Tür, setzte sich in den Wagen und ließ den Motor an. Sie überprüfte kurz das Magazin in der Waffe und steckte diese zurück in das Holster unter der Lederjacke. Sicher war sicher. Dann bog sie auf die leere Hauptstraße ein und fuhr zum vereinbarten Treffpunkt, der im belebtesten Viertel der Stadt lag, keine fünf Autominuten entfernt.

Um diese Zeit, in der Nacht von Donnerstag auf Freitag, war wenig los. Einige betrunkene Studenten verließen die schließenden Pubs und Kneipen und torkelten heimwärts. Nur die wenigen Suchenden irrten noch rastlos umher, in der Hoffnung, jemanden an den Abschlepphaken zu bekommen. *Einsamer sucht Einsame zum Einsamen,* fiel Rogowski in diesem Zusammenhang ein alter Kalauer ein, den Anderbrügge bei solchen Gelegenheiten immer wieder gerne losließ und sich dabei auf die Schenkel klopfte. Als sie kurz darauf die beschriebene Annastraße erreicht hatte, sah sie an der Ecke die unscheinbare Neonreklame des Happy Clubs. Sie parkte auf der entgegengesetzten Seite und schaltete das Licht aus.

Ihr Kopf hämmerte, und sie musste ein Gähnen unterdrücken. Sie drehte das Radio an und war mit einem Mal hellwach. Die CD-Funktion war aktiviert und ein Song von Modern Talking penetrierte sie mit brutaler Grausamkeit. Sie drückte die Eject-Taste und nahm Anderbrügges CD aus dem Schacht. Dann ließ sie das Fenster auf der Fahrerseite runter und entsorgte Dieter Bohlens Werk in einen Gully. *Sorry, Anderbrügge, den Dreck kann sich keiner anhören. Es wird Zeit, dass sich mal jemand um deinen Musikgeschmack kümmert.*

Sie öffnete eine Getränkedose, die im Halter in der Mittelkonsole stand. Der Energy-Drink war alles andere als kalt, sollte aber angeblich Flügel verleihen. Und die hätte sie sich in diesen Tagen am liebsten gewünscht, um irgendwohin in den Süden zu fliegen, runter zum Meer. Doch daran war im Moment nicht zu denken, da es einen Fall aufzuklären galt und der Urlaubsplan einen späteren Zeitpunkt vorsah. Sie lehnte sich bequem im Sitz zurück und behielt ein paar Minuten den Eingang des Clubs im Auge. Dann überkam sie die Müdigkeit wie eine Welle und riss sie fort in eine andere Welt.

Vukovar, Kroatien - 05. Dezember 1991

Der alte Doktor mit der abgewetzten kleinen Ledertasche rückte seine Hornbrille mit den dicken Gläsern zurecht und blickte ausdruckslos aus dem Fenster. Es war taghell und die angeblich schöne blaue Donau schlängelte sich wellenlos und spiegelglatt in einiger Entfernung durch die flache Uferzone an Vukovar vorbei, so als habe sie mit den Kriegsgeschehnissen nicht das Geringste zu tun. Einige Punkte trieben ihr auf der einmündenden Vuka auf dem Wasser entgegen, die nur mit einem Fernglas als Leichen erkennbar waren. Die Wolkendecke brach gelegentlich auf und ließ Sonnenstrahlen die zerbombten Dächer und Straßenzeilen abtasten. Lange Schatten rutschten von den zerstörten Häuserfronten und wanderten langsam durch die sterbende Stadt. Mancherorts stieg Rauch auf, sich ohne Eile im schwachen Wind verflüchtigend.

Zdenka hatte sich komplett ausgezogen und stand vor einem kleinen Holzstuhl, den Blick auf die zerschlissene grobe Kleidung des Arztes gerichtet, den sie auf über Siebzig schätzte und nie zuvor in ihrem Leben gesehen hatte. Es war früher Nachmittag und kalt in dem Raum. Entweder hatte jemand die Heizung abgedreht oder sie war schlichtweg mangels Öl ausgegangen.

Der Arzt schlurfte die wenigen Schritte vom Fenster bis zum Stuhl mit gebückter Haltung auf Zdenka zu und gab sich alle Mühe, so ungerührt wie möglich angesichts ihrer Nacktheit zu erscheinen. Sein von Pigmentflecken übersäter haarloser Schädel war klein; das Gesicht aschfahl und eingefallen. Hinter seinen blassen und schmalen Lippen mahlte ein schief sitzendes Gebiss mit knirschenden Geräuschen. Seine zittrigen Hände umklammerten ein Stethoskop, mit dem er ihre Atemwege und ihre Lunge abhorchen wollte. Sein Auftrag lautete, die Kroatin zu untersuchen, insbesondere auf Geschlechtskrankheiten. Dass sie komplett entblößt vor dem alten Mann stehen musste, hatte Zdenka Milan zu verdanken, der auf diese Schikane bestanden hatte und sich momentan irgendwo anders aufhielt, wahrscheinlich im Erdgeschoss des Hauses.

„Mein Mädchen, ich würde dir das auch gerne ersparen, aber es ist mir befohlen worden", flüsterte der Alte und wagte es nicht, ihr in die Augen zu sehen. Seine Stimme klang niedergeschmettert und belegt, so als ob er sich selber in Trauer befand und es vermeiden wollte, mehr zu sagen als unbedingt notwendig.

„Ich bin vollkommen gesund", erwiderte Zdenka und sah an die Decke, während sie regelmäßig ein- und ausatmete. Das kalte Metall des Stethoskops kroch über verschiedene Stellen ihres Rückens, wobei die wie in Pergament eingehüllten knochigen Finger des Doktors gelegentlich klopfende Bewegungen entlang ihrer Wirbelsäule ausführten. Sie hatte keine Ahnung, was der Mann dort tat, aber mit einer professionellen Untersuchung hatte das wenig zu tun. Dennoch vermied sie es, ihn darauf anzusprechen. Alles was sie wollte, war ein baldiges Ende dieser Prozedur, deren unangenehmer Teil noch ausstand. Zdenka hatte einen riesigen Bluterguss an ihrer Seite und wahrscheinlich eine Rippenprellung. Ihre rechte Schläfe und ihr Haar waren blutverkrustet, ein Auge halb zugeschwollen. Milans Tritte hatten ihre Wirkung nicht verfehlt, und sie konnte nur hoffen, dass er sie in diesem Zustand nicht attraktiv genug fand, um direkt nach der peinlichen Untersuchung in ihr Zimmer zu stürmen und sie zu vergewaltigen. Es war verrückt, aber sie wünschte sich in diesem Moment Zlatko herbei, von dem sie sich erhoffte, dass er Milan in die Schranken weisen würde. Sie konnte sich nicht vorstellen, dass Zlatko solche Anweisungen gegeben hätte. Zumindest redete sie sich das ein.

Seit dem Vorfall mit dem schmuddeligen Soldaten hatte man sie alleine gelassen, ohne Verpflegung oder sonstige Hilfe. Und nun befingerte sie dieser Greis, ein angeblicher Landarzt aus Banja Luka, einem, in diesen Tagen, Lichtjahre weit entfernten Ort.

„Was tun Sie da eigentlich?", wollte Zdenka wissen, als das Stethoskop fast auf ihren Hüften lag und sie meinte, von seinen kurzen Bartstoppeln am Rücken berührt worden zu sein.

„Ruhig, ganz ruhig, mein Mädchen. Ich untersuche dich."

„Nennen Sie mich bitte nicht *Mein Mädchen*."

„Wie du meinst." Dann räusperte sich der Alte und kam um sie herum. Er war fast zwei Köpfe kleiner als sie und musste den Kopf in den Nacken legen, um nicht direkt auf ihre Brüste zu schauen. Die Situation war peinlich, erniedrigend, schamlos und grotesk zugleich. Zdenka hätte heulen können vor Scham und schreien vor Wut. Doch am wahrscheinlichsten war, dass sie in Kürze einen hysterischen Lachanfall bekam. Der Mann hatte nicht die geringste Ahnung, was er dort tat. Wahrscheinlich war er selber nur instrumentalisiert worden. Mit dem Stethoskop berührte der Alte nun ihren Hals, ihr Dekolleté und ihre Brüste, wobei er diese ganz besonders intensiv abhorchte. „Einatmen. Ausatmen. Ganz langsam!"

Zdenka atmete angestrengter. Von diesem angeblichen Arzt ging keine Gefahr aus. Sollte der bedauernswerte Kerl etwas von ihr wollen und sie unsittlich berühren, würde sie sich ohne Weiteres zur Wehr setzen. Allerdings stand die eigentliche Untersuchung ja noch bevor und es kam ihr langsam so vor, als ob der Mann bewusst die Sache hinauszögerte, um Zeit zu gewinnen.

„Hören Sie, ich habe zwar noch nicht lange hier in Vukovar im Krankenhaus gearbeitet, aber ich weiß, dass man so nicht mit dem Stethoskop umgeht. Ich glaube nicht, dass Sie ein richtiger Arzt sind."

Der alte Mann tat zunächst so, als ob er sie nicht verstanden habe. Daraufhin wiederholte Zdenka ihre Worte, diesmal deutlich lauter. Der Greis drehte sich kurzerhand von ihr weg und sprach mit einer Stimme, die so leise war, als käme sie von ganz weit weg, zu ihr. „Ich bin kein Doktor, verzeih mir, mein Mädchen."

In diesem Moment waren Schritte im Treppenhaus zu hören. Schritte, die eindeutig von schweren Stiefeln herrührten. Und wieder einmal wurde ein Schlüssel im Schloss umgedreht. Mit einem lüsternen Blick stand Milan im Türrahmen. Der alte Mann drehte sich so schnell er konnte, zu Zdenka um.

„Wie ich sehe, sind Sie mitten in der Untersuchung, Doktor", sagte Milan und genoss den Anblick. „Haben Sie schon ... Sie wissen schon?"

„Nein, soweit bin ich noch nicht", antwortete der Alte.

„Dann wird es aber Zeit. Sie soll sich aufs Bett legen und die Beine spreizen. Sie wissen, was Sie zu tun haben."

Zdenka hielt ihre Brüste und ihre Scham bedeckt und sah den Soldaten an. Er sah gefährlich aus. Sein irrer Blick jagte ihr erneut einen Schauer ein. Erst jetzt verstand sie, was hier wirklich abging. Milan wollte der Voyeur bei einer Art Doktorspiel sein. Und der gebrechliche Alte sollte so tun, als untersuche er sie. Das war krank. Krank und absolut pervers.

„Hören Sie", bettelte der Greis. „Ich kann das nicht. Ich kann das einfach nicht. Das ist so erniedrigend für das Mädchen. Bitte verlangen Sie das nicht von mir."

„Du hältst die Schnauze, alter Mann, ist das klar?", brüllte Milan und legte seine Hand drohend auf die Pistole an seinem Gürtel. „Sie hat es nicht anders verdient, mach dir darüber keine Gedanken. Sie hat eiskalt ihre Schwester und ihren Schwager in den Tod geschickt, da ist das hier für sie geradezu ein lustiges Unterhaltungsprogramm."

Zdenka merkte, wie der fragende Blick des vermeintlichen Doktors sie streifte. Sie schaffte es ihrerseits nicht, ihm in die Augen zu sehen. Und in gewisser Weise hatte Milan sogar recht. Dennoch schämte und ängstigte sie sich zu Tode vor dem, was nun kam.

„Okay, ich bin vollkommen gesund", zwang sie sich zu einer Antwort, die sie nun als Lügnerin entlarvte. „Ich habe mir nichts eingefangen und muss nicht untersucht werden. Lass ihn aus dem Spiel und nimm mich." Der Drang zum Weinen war übergroß und sie brachte eine fast übermenschliche Selbstbeherrschung auf, um ihren Gefühlen nicht nachzugeben.

Milan schien es ihr anzumerken und grinste sadistisch. „Er wird dich untersuchen. Und wenn er will, soll er dabei seinen Spaß haben. Ich habe genug Zeit. Stunden, wenn es sein muss. Ich werde mir das Schauspiel in aller Ruhe anschauen. Bevor ich mich selber bediene, du verdammtes Miststück."

„Warum?", fragte sie mit belegter Stimme. „Warum tust du das? Warum zwingst du Menschen, so etwas zu tun?"

Milan lachte kurz auf und sah auf den alten Mann, der mit leerem Blick in seine Richtung starrte. Seine Arme hingen schlaff vom Körper herab, er machte den Eindruck eines gebrochenen Mannes. Milan zog langsam die Pistole aus der kleinen Ledertasche am Gürtel und machte ein paar Zielübungen auf imaginäre Gegner. „Warum ich das mache? Weil Krieg ist. Und weil ich auf der Seite derer stehe, die den Ton angeben. Der Krieg bietet eine einmalige Chance, Dinge zu tun, die uns ansonsten versagt bleiben."

Zdenka ertappte sich dabei, wie sie Milan Recht gab. Denn wenn sie sich eins wünschte, dann war es ein langsamer und qualvoller Tod für den Mann, den sie sich zum Feind gemacht hatte. Ein Feind, den sie vor einer Woche noch nicht einmal gekannt hatte und der es ihr nicht verziehen hatte, dass er von ihr vor den anderen Männern bloßgestellt worden war. Langsam ging sie rückwärts auf das Bett zu und legte sich auf die Matratze, zog ihre Knie an und spreizte sie in einem Winkel auseinander. Sie schwor sich, keine einzige Träne zu vergießen. Sie würde nicht weinen. Sie würde sich nur rächen, falls sie das hier überleben sollte.

Sie hörte nicht, wie der alte Mann anfing zu schluchzen. Sie hörte nicht, wie Milan mit primitiven und vulgären Ausdrücken auf diesen einredete. Und sie hörte nicht, wie draußen ein Gewitter aufzog und Donner die Stadt wie Bombenhagel überzog. Zdenkas Blick war einfach nur starr zur Decke gerichtet, als das Martyrium zwischen ihren Beinen begann.

Essen, Deutschland - 24. Juli

Als Rogowski die Augen öffnete, suchte sie für einen Moment nach einem Orientierungspunkt. Der verschwommene Himmel über ihr war das Dach des Dienstwagens. Die feine Struktur des Leders erinnerte an die Maserung von Holz, und irgendwie hatte sie das Gefühl, gerade ganz anderswo gewesen zu sein. Erst jetzt nahm sie das Klopfen an der Fensterscheibe neben sich wahr. Eine Frau mit schwarzen Haaren, falschen Wimpern, dicker Kajalkontur und einer Lippenstiftfarbe, die an die 1980er Jahre erinnerte, präsentierte sich selbstsicher unter dem Schein einer Laterne und deutete mit einem Finger abwechselnd zu sich und dem erloschenen Neonlicht über dem Happy Club.

„Scheiße", fluchte Rogowski und rappelte sich hoch. Sie war eingenickt und hätte es fast vermasselt. Sie drückte auf einen Knopf in der Mittelkonsole und ließ das Seitenfenster runter.

Die Frau auf dem Gehsteig fing sofort an zu reden. „Ich habe zufällig das Blaulicht auf dem Beifahrersitz gesehen. Sind Sie die Kommissarin vom Telefon?"

„Ja. Und Sie sind …"

„Dunja Milosevic. Soll ich einsteigen?"

Rogowski nickte. Die Frau ging um die Motorhaube herum und stieg ein. Sie war ganz in Schwarz gekleidet, mit hohen Absatzschuhen und einem langen dünnen Mantel, unter dessen aufgeschlagenem Ausschnitt sich eine üppige Oberweite präsentierte. Sie hatte ein aufdringliches Parfüm aufgelegt und trug reichlich Goldschmuck an den Händen. Oberhalb ihres Busens war ein kleines Tattoo auf der offensichtlich sonnenbankgebräunten Haut angebracht. Es stellte einen Delfin dar. Es war zudem offensichtlich, dass die Frau eine Perücke trug. Ein langes blondes Haar auf dem Kragen verriet dies.

„Stören Sie sich nicht an dem Outfit, die Kerle stehen darauf. Kann ich hier rauchen?", begann Milosevic ohne Umschweife das Gespräch und kramte in ihrer monströsen Handtasche, in der sich ein halbes Einkaufszentrum befand.

„Ja, qualmen Sie, von mir aus.", antwortete Rogowski und betrachtete die Frau auf dem Beifahrersitz. „Aber das Fenster muss runter, sonst bekommt mein Kollege morgen einen Anfall."

„Ich will es mir auch längst abgewöhnen. Klappt aber irgendwie nicht. Abends an der Bar, Schampus und Kippen, das gehört irgendwie zusammen. Wenn einen die Typen vollquasseln, schaltet man meist ohnehin auf Durchzug. Aber wenn ich dabei nicht rauchen könnte, würde ich kaputt gehen."

Rogowski nickte kurz. Somit war das auch geklärt. Sie fragte nach dem Personalausweis und Milosevic händigte diesen nach einer längeren Kramaktion aus.

„Läuft nächste Woche ab. Sie müssen unbedingt einen neuen beantragen."

„Echt? Na gut, ich werde mich darum kümmern. Aber jetzt

sagen Sie mir doch bitte, was Sie eigentlich von mir wollen? Ich kannte diesen Autohändler nicht. Den Toten, meine ich."

„Von Ihrem Handy ging aber der letzte Anruf aus, bevor man ihn umbrachte."

„Was? Das kann nicht sein. Ich rufe doch nicht irgendwelche Autohändler an. Und schon gar nicht nach dieser Sache mit dem Führerschein. Dieser scheiß Unfall, ich könnte mir in den Arsch beißen. Das wird teuer."

„Könnte ich bitte Ihr Handy haben?", fragte Rogowski freundlich aber mit Nachdruck in der Stimme.

„Äh, ja, natürlich. Warten Sie!" Erneut kramte sie in ihrem Überraschungssortiment und fand schließlich das Mobiltelefon. Es war in kitschigem Pink gehalten, passend zum Lippenstift, der wiederum überhaupt nicht mit der Perücke harmonierte. „Hier. Schick, oder?"

„Klar, sehr ausgefallen." Rogowski nahm das Handy mit einem Taschentuch entgegen, überprüfte den Speicher im Display und sah die Nummer des Autohändlers. Zweifelsohne war von diesem Gerät am Abend vor der Tat Vladimir Midic angerufen worden. Aber irgendwas passte nicht zusammen. Die Frau machte einen überdrehten und nicht sonderlich intelligenten Eindruck. Sie schien alles andere als eiskalt und berechnend zu sein. Rogowski hatte schon Mörderinnen überführt, denen man zunächst auch nichts angemerkt hatte. Aber diese Frau hier? Es war schwer vorstellbar. „Ist beschlagnahmt", sagte sie und ließ das Handy in einer Plastiktüte verschwinden.

„Wie jetzt? Beschlagnahmt? Und wie soll ich telefonieren? Etwa von Telefonzellen aus?"

„Sie bekommen es wieder, aber das kann dauern. Und so wie es aussieht, muss ich Sie jetzt bitten, mit zur Wache zu kommen. Es sei denn, Sie können mir hier ein hieb- und stichfestes Alibi liefern, wo Sie zur Tatzeit gewesen sind."

Dunja Milosevic wirkte plötzlich verärgert. „Was ist denn das jetzt für ein Scheiß? Ich weiß doch überhaupt nicht, wann dieser Kerl umgenietet wurde."

Rogowski nannte die ungefähre Uhrzeit, zu der das Verbrechen verübt worden war. Außerdem wollte sie wissen, wo sie sich im Moment des Anrufs aufgehalten hatte.

Die Frau überlegte kurz und machte einen Vorschlag. „Jetzt müssen wir doch in den Laden zurück. Wir haben da drin so einen Raum mit Kamera. Ich quatsche manchmal mit Leuten im Internet und ziehe mich dabei aus. War 'ne Idee der Chefin, bringt dem Laden Kohle und geht alles über Kreditkarte. Und erkennen tut einen sowieso keiner, mit Schminke und Perücke. Neulich hatte ich sogar einen in der Leitung, den ich aus der Nachbarschaft kenne. Treudoofer Familienpapa. Der hat nix gemerkt. Für ihn war ich Chantal."

„Ehrlich?"

„Ja. Und da drinnen ist so ein Buch, da stehen die Zeiten drin, wer wann auf der Couch war. Das lässt sich dann bestimmt nachverfolgen, über den Server und so. Noch nicht einmal meine Tochter weiß davon. Scheiße, ist das peinlich Ihnen so was zu sagen."

„Das muss es nicht", sagte Rogowski und lächelte. „Ich habe ehrlich gesagt auch schon mal daran gedacht. Bei der Kripo wird man nämlich auch nicht gerade reich."

Die Bardame blies Luft durch ihre geschminkten Lippen.

„Wenn Sie mögen: Wir haben Kaffee da, natürlich auch Hochprozentiges, falls Ihnen danach ist."

„Kaffee reicht." Rogowski lächelte schief, sie stiegen aus und gingen auf den Saunaclub zu. Milosevic schloss die Tür auf und machte das Licht an. Es roch nach ätherischen Ölen, Tabak, Alkohol, billigem Parfüm und Sex.

„Dann machen wir mal die Weihnachtsbeleuchtung an",

sagte Milosevic. Das kleine aber gemütlich in Rattan und Holz eingerichtete Entree erstrahlte in rötlichem Licht, das von der verspiegelten Decke und einer silbernen Discokugel tausendfach in den Raum reflektiert wurde. Im Neon bestrahlten Tresenbereich standen zehn Barhocker, der Boden war mit flauschigem Teppich ausgelegt. Ein großes Flaschensortiment bildete angestrahlt den bunten Kontrast zum ansonsten in Beige und Ocker gehaltenen Ambiente, das von der Größe her nicht weiträumiger war als ein durchschnittliches Wohnzimmer einer x-beliebigen Doppelhaushälfte. Eine einladende Sitzlandschaft aus Leder lud zum gemütlichen Verweilen ein.

Rogowski konnte sich lebhaft vorstellen, wie dort bei Champagner geknutscht und gefummelt wurde, bevor es hinter die drei Türen ging, wo sich wohl der Saunabereich und zwei Separee befanden. An den Wänden hingen Ölbilder mit stilisierten Aktaufnahmen. Unerwartet geschmackvoll, wie Rogowski fand. Eine mit Silberrahmen eingefasste Getränkekarte auf der Bar erinnerte an die Gepflogenheiten des Hauses. Die Preise für Nichtalkoholisches und Bier waren moderat; die Flasche Champagner kostete hingegen einhundertfünfzig Euro, dreißig Minuten prickelnde Gefühle inklusive. Alles in allem sah der Laden aus wie jeder andere kleine Saunaclub, den Rogowski im Laufe ihrer Dienstzeit aus beruflichen Gründen hatte aufsuchen müssen.

„Den Kaffee schwarz oder mit Milch und Zucker?"

„Schwarz. Wie das nebenbei verdiente Geld vor der Kamera."

Dunja Milosevic lächelte gezwungen und schwieg. Sie betätigte den Knopf der Maschine und legte einen Filter ein. Dann gab sie das Kaffeepulver hinzu. „Soll ich schon mal das Buch mit den Webcam-Einträgen holen?"

„Ich bitte darum."

„Gut, bin sofort wieder da. Falls Sie den Raum sehen wollen, kommen Sie einfach mit."

Rogowski winkte ab. Ein Bett mit PC und einer Kamera davor interessierte sie nun wirklich nicht. Lediglich die Fakten zählten. Sie ging um den Tresen herum, einem Instinkt folgend. Sie öffnete eine Schublade, in der Cocktailbesteck und Papierservietten verstaut waren. Eine weitere Schublade enthielt allerlei Krimskrams, von Kondomen bis Heftpflastern, von Nähgarn bis Kartenspielen mit nackten Frauenbildern. In der dritten Schublade lagen Visitenkarten und diverse Quittungsblöcke. Insbesondere die Visitenkarten interessierten sie. Bekannte Namen tauchten auf den Karten nicht auf. Lediglich die Logos verrieten, dass sich hier vom Malermeister bis zum Rechtsanwalt, vom Inhaber einer Werbeagentur bis hin zum Controller in einem Energiekonzern, jeder mal die Klinke in die Hand gab. Der Happy Club schien wie eine kleine Familie zu sein; eine verschworene Gemeinschaft intimer Geheimnisträger.

„Geht das überhaupt ohne Durchsuchungsbefehl?", fragte die mit einer kleinen Kladde in der Hand zurückkehrende Milosevic. Etwas irritiert und misstrauisch sah sie dabei zu, wie Rogowski mit einer Visitenkarte in ihrer Hand spielte.

„Einen Durchsuchungsbefehl hätte ich in einer Stunde", antwortete sie, wohlwissend, dass sie um diese Zeit den Staatsanwalt in der Rufbereitschaft nur ungern mit dieser Sache behelligen wollte. „Wo ist übrigens die Inhaberin dieses Etablissements?"

„Ramona? Die ist seit zwei Wochen in Florida. Falls Sie das überprüfen wollen, da vorne liegt die Nummer."

Rogowski folgte dem Fingerzeig und notierte sich die Nummer von dem Florida-Prospekt mit der abgebildeten Appartementanlage. „Hat sie eine Handynummer?"

Milosevic goss Kaffee ein und überreichte die kleine Kladde. „Klar, die steht in meinem Handy. Unter Ramona."

Rogowski überprüfte die Einträge und stellte fest, dass die *Freischaffende* zur betreffenden Tatzeit eingetragen war. Das besagte natürlich noch gar nichts, aber die Login-Zeiten der Videokonferenzen ließen sich über den Anbieter und Provider ermitteln. Als sie die Seiten durchblätterte, stieß sie am Ende auf einen eingeklebten Zettel, auf dem die Telefonnummer eines Systemadministrators stand, der für technische Fragen zuständig war. Anderbrügge könnte dies am Vormittag überprüfen. Die Arbeit würde ihm mit Sicherheit Spaß machen. Sich dienstlich auf Sexportalen rumtreiben zu müssen, war nicht der schlechteste Job.

„Könnte sein, dass wir das gegenchecken. Der Provider wird die Videosequenzen nicht aufgezeichnet haben. Lediglich die IP-Adressen der Rechner, die zu diesem Zeitpunkt kommunizierten."

„Davon verstehe ich nichts", sagte Milosevic beiläufig. „Aber das könnte unangenehm für die Typen werden, die mit mir gechattet und sich einen runtergeholt haben."

„Wir gehen diskret vor."

„Die müssen sich alle per Kreditkarte anmelden, an die Namen kommen Sie also. Wenn deren Frauen davon Wind bekommen, kann das ganz schön peinlich für die Wichser werden."

„Wie gesagt, wir gehen diskret vor."

Es entstand eine kurze Pause, in der Milosevic ihre Lippen schminkte. Rogowski trank einen Schluck Kaffee und sah ihr dabei zu. „Machen Sie das eigentlich schon länger?"

„Was meinen Sie? Typen an den Eiern spielen?"

„Zum Beispiel."

Milosevic zündete sich eine Zigarette an und paffte den Qualm unter die Decke. Dann kippte sie sich einen kleinen

Schluck Cognac in den Kaffee. „Ich muss da mal was klarstellen. Ich mach hier nur die Animiertante. Die Show vor der Kamera, das Ausziehen, das Fummeln an den Titten und wo der Kunde es sonst noch haben will, ist mein Privatvergnügen. Meinem Freund macht das nichts aus. Er findet es sogar klasse, wenn sich andere an mir aufgeilen. Mit fremden Typen in die Kiste hopsen, ist nicht mein Ding. Zumindest seit ein paar Jahren nicht mehr. Ich bin sauber."

Rogowski hakte nicht weiter nach. Es stand ihr nicht zu, über die moralischen Vorstellungen anderer zu urteilen. Die Frau war eine Dienstleisterin in Sachen Lust, und solange ihr Lebensgefährte kein Problem damit hatte, war die Sache auch in Ordnung. „Sie haben eine Tochter?"

„Ja. Wir sehen uns ab und zu. Ist das wichtig für Ihre Ermittlungen?"

„Nicht wirklich. Was macht sie?"

Das Thema schien Milosevic unangenehm zu sein. Verlegen schaute sie in einen Spiegel mit Bierwerbung und richtete ihre Perücke. „Sie studiert. In München. Irgendwas mit Sozio …". Ihr fiel das Wort nicht ein.

„Soziologie?"

„Kann sein. Weiß der Teufel, wozu das gut sein soll."

Rogowski beließ es dabei und legte eine der Visitenkarten auf den Tresen. Sie gehörte einem Autohändler. „Verraten Sie mir, wer das ist?"

Milosevic nahm die Karte auf. Nichts in ihrem Gesicht verriet Erstaunen oder Unsicherheit. „Dragoslav Bokan, ein Arschloch. Kommt ab und zu rein und versucht Geschäfte zu machen. Autos und so. Von den Mädchen rührt er keine an, dafür ist er viel zu geizig. Trinkt immer nur Wasser und legt für den Abend einen Hunderter hin. Das ist billiger für ihn, als wenn er Schampus spendieren müsste."

„Naja", sagte Rogowski, „Hundert Euro für ein bisschen Wasser ist doch ganz ordentlich."

„Wenn man das so sieht, ja. Aber der redet immer nur über Autos und angebliche Riesengeschäfte. Er hatte vor Jahren mal was mit der Chefin. Hat sich aber zerschlagen. Sie duldet ihn hier, mehr auch nicht. Ich würde bei ihm keinen Wagen kaufen. Der Typ ist ein Schlitzohr."

Rogowski erwiderte nichts und nippte an ihrer Tasse. Die Wirkung des Kaffees blieb aus. Sie war hundemüde und es fiel ihr schwer, sich zu konzentrieren. „Verkehren hier noch andere Autohändler? Oder Kunden, die den Toten vielleicht kannten?"

Milosevic drückte ihre Zigarette im Aschenbecher aus und überlegte. „Keine Ahnung. Ich weiß nicht immer, was unsere Kundschaft beruflich macht. Manche sind so abgefüllt, dass sie ihre Visitenkarten hierlassen und denken, die Mädchen würden sie heimlich privat aufsuchen. Damit es billiger wird. Aber so läuft das nicht, da achtet die Chefin schon drauf."

„Das war nicht meine Frage."

„Ob hier noch andere Autohändler verkehren?"

„Ja."

„Ab und zu kommen welche rein, ja. Die sind aber harmlos, wollen nur bumsen. Soweit ich sie weiß, schreib ich Ihnen die Namen auf. Vielleicht kannten die den Toten, kann sein. Sicher bin ich aber nicht. Es gibt hunderte Autohändler in der Stadt, und unsere Gäste kommen nicht nur aus Essen."

Rogowski nahm den Zettel an sich, auf dem Milosevic die Namen notierte. Es waren insgesamt vier, allesamt Deutsche. Die Namen sagten ihr nichts. Sie würde sie trotzdem routinemäßig überprüfen müssen. Blieb nur noch eine Frage zu klären, und zwar die entscheidende. „Haben Sie eine Idee, wer noch von ihrem Handy aus telefonieren kann? Ich meine den fraglichen Anruf kurz vor dem Mord an Vladimir Midic."

„Nein! Ich war hier, irgendwo an der Theke. Oder vor der Kamera. Steht doch in dem Buch."

„Im Moment besagt das noch gar nichts", versetzte Rogowski. „Fakt ist, dass irgendjemand aus Ihrem Umfeld das Opfer angerufen haben muss. Weshalb auch immer. Die Verbindungsdaten sind eindeutig."

„Und was heißt das jetzt? Wollen Sie mich etwa festnehmen? Ich habe mit dem Mord nichts zu tun, verdammt noch mal. Wenn mein Handy hier zufällig lag und sich ein Kunde damit aufs Klo verdrückt hat, konnte ich das wohl kaum verhindern, oder?"

Rogowski sah die Frau an und spürte, dass sie die Wahrheit sagte. Milosevic machte nicht den Eindruck, als ob sie eine besonders gute Lügnerin sei. Sie sprach direkt und ganz unverblümt.

„Hören Sie, Frau Kommissarin! Ich mag vielleicht meinen Kunden Honig ums Maul schmieren können und so tun, als ob ich sie alle für tolle Hechte halte. Aber sehe ich etwa wie eine eiskalte Killerlady aus?"

„Ich habe keine Ahnung, wie eine Killerlady aussieht", antwortete Rogowski trocken. „Sie stecken aber trotzdem erst einmal irgendwie mit drin. Nach Sachlage kann man theoretisch zumindest von Komplizenschaft ausgehen." Rogowski bluffte. Ein Anruf war vielleicht ein Indiz, aber kein Beweis für irgendwas.

„Komplizenschaft, dass ich nicht lache", sagte Milosevic mit einem bitteren Unterton in der Stimme. „Wessen Komplizin sollte ich wohl sein? Die Komplizin von meinem Alten? Der macht Schichtdienst bei Krupp, der wird ein wasserdichtes Alibi haben. Und nebenbei habe ich mit keinem anderen was laufen, das können Sie mir glauben. Wir haben unsere regelmäßige Kohle. Da können wir zwar keine großen Sprünge machen, aber es reicht. Wenn ich jemand wegen Geld abmurksen würde, dann bestimmt keinen Autohändler."

„Sondern?"

Milosevic trommelte mit ihren langen Fingernägeln auf dem Edelstahl der Spüle und lachte gezwungen. „Ich würde überhaupt keinen abmurksen. Ich würde vielleicht die Sparkasse überfallen und dem Kreditheini eine aufs Maul hauen. Diesem Krawattenheini mit null Check von Irgendwas. Der mir damals keine Knete geben wollte, als ich mal tief in der Scheiße hing. Bevor ich Jürgen kennenlernte."

Rogowski merkte, dass das Gespräch in eine Sackgasse lief. Bei Milosevic hatte sie es mit einer Frau zu tun, die zwar nicht zu den oberen Zehntausend der Gesellschaft zählte, dafür aber wenigstens kein Blatt vor den Mund nahm und sich auf ihre Art durchs Leben boxte. Die Frau war ihr sympathisch, obwohl sie dies nicht zeigen durfte. Sie konnte sich sogar vorstellen, mit ihr ein Bier trinken zu gehen, falls der Mordfall in naher Zukunft zu einem aufklärenden Abschluss kam. Im Grunde genommen tat es ihr leid, Dunja Milosevic so in die Zange zu nehmen. Aber das war nun mal der Job, und es galt, ein Kapitalverbrechen aufzuklären. „Ich muss wissen, wer am Vorabend des Mordes, genauer: in der frühen Nacht hier gewesen ist. Vladimir Midic wurde gegen drei Uhr morgens von Ihrem Handy aus angerufen. Er hat den Anruf entgegengenommen, soviel steht fest. Das Telefonat dauerte keine zwei Minuten. Ein paar Stunden später war er tot. Sein halber Kopf war weg. Wir reden hier über einen eiskalten Mord, zu dem Ihr Handy der Schlüssel sein könnte."

Der scharfe Ton von Rogowski schien der Frau zuzusetzen. Sie sah sich plötzlich in die Ecke gedrängt und schüttete sich einen Cognac ein, diesmal ohne zusätzlichen Kaffee. Sie ging um den Tresen herum und setzte sich auf einen der Hocker. Gedankenverloren spielte sie mit dem falschen Schmuck an ihren Händen und zündete sich eine weitere Zigarette an. „Scheint in letzter Zeit irgendwie alles dumm zu laufen. Der blöde Unfall mit der Karre ..."

„Sie meinen die Geschichte mit der Fahrerflucht?"

„Ach, das wissen Sie schon?" Milosevic bot ihr eine Zigarette an, die Rogowski aber ablehnte.

„Ist durch unser Revier aufgenommen worden. Sie hatten ordentlich was intus."

Die Frau nickte und umkreiste mit der Zigarette den Rand des Aschenbechers. „Ich war voll, total besoffen. Weiß auch nicht, wie das passieren konnte. Manchmal verliere ich die Kontrolle und bekomme einen Moralischen, wenn mir der ganze Mist bis zum Hals steht. Aber das mit den harten Drogen ist längst Vergangenheit."

„Danach hab ich nicht gefragt."

Dunja Milosevic lächelte plötzlich und ergriff die Hand von Rogowski. „Glauben Sie mir, das hier ist alles nicht so einfach. Man spielt eine Rolle und fragt sich manchmal, wieso eigentlich. Das ist alles nur Lüge und Schein. Eine Schampuswelt unter Neonlicht und Perücken. Freundschaften entstehen da nicht, nur Leidensgenossenschaften." Sie stieß einen Kringel Rauch in die Luft und betrachtete sich im Spiegel hinter den Flaschen, während sie beiläufig die fremde Hand weiter streichelte. „Leidensgenossenschaften. Wie sich das anhört! Ich sollte aufhören, einen auf Philosophin zu machen."

Rogowski fühlte sich seltsam erregt durch die streichelnde Hand. Ein Schauer lief ihr über den Rücken und irgendetwas verkrampfte sich in ihrer Magengegend. Es war eine der ungewöhnlichsten zwischenmenschlichen Situationen, die sie jemals als Beamtin erlebt hatte. Eine völlig fremde Person, dazu noch eine Frau, die möglicherweise im Zusammenhang mit der Tat stand, berührte sie körperlich wie seelisch. Für einen Moment vergaß sie völlig, warum sie eigentlich hier war. Die Fragerei schien bedeutungslos zu werden. Die Bar schrumpfte auf die Größe einer Telefonzelle zusammen, in der zwei etwa gleichaltrige Frauen standen und wie durch Magie zueinander fanden. Es war vollkommen irreal und absurd. Gegen jede Regel der Ermittlung und damit absolut unprofessionell und unverantwortlich. Dennoch konnte Rogowski sich keinen Ruck geben und die Hand zurückziehen. Stattdessen überkam sie das Gefühl, diese Hand schon einmal berührt zu haben. Ohne zu wissen, wann und wo das gewesen sein konnte, verband sie den Kontakt mit einem angenehmen Eindruck, der weit zurückliegend etwas in ihr auslöste. Es schien, als durchlebe sie völlig paralysiert eine Situation noch einmal.

Als Dunja Milosevic die Zigarette ausdrückte und die Perücke abnahm, schien eine unsichtbare Barriere zu fallen. Die modische blonde Kurzhaarfrisur unter dem falschen Aufsatz verwandelte Milosevic in eine völlig andere Person. Sie wirkte jetzt natürlicher, attraktiver, reifer. Trotz der falschen Wimpern, dem kräftigen Rouge auf den Wangen und dem aufdringlichen Lippenstift.

Milosevic griff hinter die Theke und stellte eine Rolle Abrollpapier auf den Tresen. Sie löste sich von Rogowski und wischte sich das Pink von den Lippen, dann nahm sie ihre Handtasche und kramte nach einem Schminkspiegel. Sie tat dies ohne jegliche Scheu, so als sei sie vollkommen allein in dem Raum. Sie nahm die falschen Wimpern ab und legte sie in ein kleines Plastikschälchen. Mit einem Abschminktuch entfernte sie die angetrocknete Fassade von ihrer Haut. „Doktor Jekyll und Mister Hyde", sagte sie beiläufig und spitzte die Lippen. „Einer hässlicher als der andere".

Rogowski fielen erst jetzt die kleinen attraktiven Grübchen auf, die Milosevics Mund umspielten. Eine Spur von Verlebtheit in Form von Falten um die Augenpartie herum kontrastierte widersprüchlich dazu. Es war jene Widersprüchlichkeit, die anziehend auf Rogowski wirkte. Sie meinte, etwas sagen zu müssen; wollte die Frau aufheitern, obwohl sie das eigentlich nichts angehen sollte. „Jekyll und Hyde waren Monster. Sie hingegen sind eine attraktive Frau. Und das wissen Sie auch, oder?"

Milosevic drehte den Kopf und sah sie an. „Attraktiv? Sie wollen nett sein, danke! Aber ich bin wohl eher das, was man abgehalftert nennt. Billige Klamotten, billiges Outfit. Nuttig, würden andere sagen. Sonnenbankbräune mit faltigem Dekolleté, aufgepumpten Möpsen und bunten Krallen, die an Kirmes erinnern."

Rogowski musste unwillkürlich schlucken. So also sah diese Frau sich selber. Unprätentiös, selbstkritisch, ungeschminkt ehrlich. Obwohl sie dabei ein wenig übertrieb. „Machen Sie sich selber nicht runter. Ein bisschen Nagellackentferner, mal richtig ausspannen, vielleicht eine Woche Urlaub an der frischen Luft und eine kleine Vitalkur auf einer Wellnessfarm. Sie werden wie runderneuert sein."

„Falls Sie mir das nötige Kleingeld spendieren, komme ich darauf gerne zurück." Milosevic lächelte, wirkte verlegen, gar nicht mehr selbstsicher und dominant. Erneut nahm sie Rogowskis Hand und hielt diese. „Könnte ich die Zeit zurückdrehen, würde ich es tun. Und nochmal komplett neu anfangen."

„Das können Sie immer noch. Es ist nie zu spät." Die Worte hallten in ihrem Kopf nach und klangen wie daher gesagt. „Was ich eigentlich meine …"

„Sag einfach nichts." Milosevic wechselte unvermittelt in

eine Vertrautheit über, die mit der Gewalt eines Orkans durch Rogowski raste. Was passierte hier eigentlich? Sie kannte die Frau gerade mal eine Stunde und fühlte sich unerklärlich von ihr angezogen.

„Ich ...", unternahm sie den zaghaften Versuch eines Widerstandes.

„Pssst", hauchte Milosevic und rückte ein kleines Stück näher an sie heran. „Vergiss die Polizistin in dir. Vergiss, dass ich irgendwas mit dieser Sache zu tun haben könnte. Ich werde mich erinnern und dir die Namen aller Gäste sagen, die an dem Abend hier waren. Zumindest jene, die mir bekannt sind. Du wirst den Fall aufklären und man wird dir einen Orden um den Hals hängen."

„Ich weiß nicht, ob ich es gut finde, dass wir uns ..." Weiter kam sie nicht. Die Frau kam noch näher an sie heran und umfasste ihre Hand nun beidhändig. Sie sah sie durchdringend an, ihre Augen waren wie kristallklare Seen, die zum Schwimmen im Mondschein einluden.

„Ich habe keine Ahnung, was mit dir los ist, aber du scheinst ein Riesenproblem mit dir rumzuschleppen. Und das hat nichts mit deinem Fall zu tun. Ich spüre das. Und wenn du willst, höre ich dir gerne zu. Auch wenn es schon verdammt spät ist", sagte sie und ihre Stimme klang fast beschwörend. „Wer bist du, Kommissarin?"

Rogowski war wie vom Blitz getroffen. Gelähmt stand sie da und vibrierte innerlich. Die Berührung der Hände war wie ein elektrischer Schlag. Sie fühlte sich aufgeladen, unter Spannung stehend, erregt. Sexuell erregt wie lange nicht mehr. In ihrem Kopf kreisten tausend Gedanken; Erinnerungen an früher, Erinnerungen an Kroatien, an Peinigung und Schändung, an unglaubliches Leid und Verachtung dem Leben gegenüber; an Menschen, die man als solche gar nicht bezeichnen konnte.

Fetzen einer missglückten Ehe flogen durch einen grauschwarzen Nebel, der jegliche Farbe abzuhalten schien. Sie sah die vielen Toten im Krieg, die Ermordeten an den Tatorten, die Leichen in den kühlen Räumen der Gerichtsmedizin. Sie sah die Trauer und das Elend, welches immer dem Verbrechen folgte, und hätte am liebsten mit einem Mal alle Wut und allen Hass auf die Welt hinausgeschrien. Hier in dieser Rotlichtfalle, der Spielwiese falscher Gefühle, dem Zentrum der Sünde. Vor einer Frau, deren Anwesenheit sie schockierte und befremdete; sie aber auch anzog und in ein Ungleichgewicht versetzte. Sie drohte eine Klippe hinabzustürzen; hinein in eine neue Erfahrung, die dennoch rätselhaft vertraut war und bereits einmal erlebt zu sein schien.

Sie fühlte plötzlich die fremde Hand an ihrem Ohr; dann feuchte Lippen. Sie nahm die Hand und legte sie an ihre Brüste. Wie in Trance ließ sie sich sanft hinziehen zu dem Gegenüber, das sich warm und weich an sie schmiegte und sie umspielte. Sie schloss die Augen und stellte sich vor, an einem Strand zu liegen, über den eine heiße Sommerbrise hinweg wehte. Ein Feuer stieg in ihr auf, loderte wohltuend zwischen ihren Hüften und kroch hinab zwischen ihre Schenkel, wo es sich in einen Flächenbrand verwandelte und gelöscht werden wollte. Sie wünschte sich, aus ihren engen Kleidern entfliehen zu können und nackt zu sein. Ein Mund umspielte ihren Hals und setzte fordernd seinen Weg fort zwischen Leder und Stoff und sich wie von Geisterhand öffnenden Knöpfen. Sie spürte Atem auf ihren Brüsten und in ihrem Bauchnabel und wurde fast wahnsinnig dabei. Sie schien vollständig die Kontrolle über sich und ihren Körper zu verlieren, als sich festes, warmes Fleisch an sie schmiegte und sich steil aufgerichtete Brustwarzen an ihrem Rückgrat entlang hinab zu den Pobacken bewegten.

Hände umgriffen sie, an allen Stellen gleichzeitig. Sie tasteten sich entlang ihrer Fesseln, hinauf über die Innenseiten der Schenkel und drangen ein in das Zentrum ihrer Lust. Rasend wurde das Verlangen; immer größer die Gier nach Befreiung von allem Druck.

Sie schwebte auf Wolken einem unbekannten Ziel entgegen und nahm überhaupt nicht wahr, wo sie eigentlich landete. Sanft glitt sie in eine Landschaft aus Kissen, die unter ihr gleichmäßig und wellenförmig zu schaukeln schien. Sie merkte den Stoß eines Beckens zwischen ihren Beinen und stieß einen spitzen und leisen Schrei aus, als eine Zunge ihre Scham berührte und wie eine Schlange in alle Richtungen mit dem Kopf zuckte. Sie durchlebte Himmel und Hölle gleichzeitig und vergaß alles um sich herum, als die schwitzenden Rundungen eines straffen Frauenkörpers sich über sie legten und Arme sie umschlangen, als würde ein Schraubstock langsam den Druck erhöhen. Sie drehte und wälzte sich; sämtliche Gerüche, Oberflächen und Laute in sich aufsaugend. Ihr Kampf schien ewig zu dauern, ihr Widerstand nicht brechen zu wollen. In einem ekstatischen Zustand höchster Erregung brachen schließlich alle Dämme und sie explodierte wie eine Supernova im Zentrum einer fernen und unbekannten Galaxie. Sie schrie so laut sie nur konnte und befreite sich von einer aufgestauten Energie, die sich als Muskelzucken und in Form von schüttelnden Krämpfen durch ihre Glieder entlud. Sie krallte ihre Nägel in fremdes Fleisch und in durchwühlte Laken und wartete ab, bis die letzten spürbaren Wellen des Bebens an Wirkung verloren und sich die befriedigende Wirkung wie ein schützendes Tuch über sie legte und sie in den Schlaf gleiten ließ. Dann breitete sich eine wohltuende Leere in ihr aus und sie vergaß Ort, Zeit und Raum um sich herum.

*

Als sie Stunden später vom Klingeln ihres eigenen Handys geweckt wurde, fuhr sie ruckartig hoch und glaubte sich in einem rosafarbenen Albtraum wiederzufinden. Auf einem Stuhl vor dem Wasserbett saß Dunja Milosevic, nackt, und betrachtete sie neugierig und seltsam amüsiert.

„Du bist abgegangen wie eine Pershing.", sagte sie mit tiefer und verrauchter Stimme. „Ich glaube, so gut ist es dir lange nicht mehr gegangen. Wir sollten das bald wiederholen. Mir hat es nämlich auch unglaublichen Spaß gemacht. Und das ist jetzt nicht irgendein Standardspruch, wie ihn unsere jungen Dinger im Club draufhaben."

Rogowski rieb sich die Augen und zog sich das Laken über ihren nackten Körper. Das Handy klingelte noch immer in ihrer Jacke.

„Soll ich das ausstellen?", fragte Milosevic.

Rogowski brauchte noch einen Moment, um die Situation vollkommen zu erfassen. „Nein, lassen Sie das. Ich meine natürlich du. Lass *du* das. Oh Gott, was für eine verdammte Scheiße!" Sie legte sich zur Seite und kramte ihr Handy aus der Jacke. Die Nummer von Anderbrügge leuchtete im Display auf. Sie sah auf ihre Uhr am Handgelenk. Es war kurz nach acht Uhr. Sie verpasste gerade die Dienstbesprechung. Sie musste gehen. „Anderbrügge, ich habe verpennt und ich ..." Weiter kam sie nicht.

„Hör zu, ich stehe vor der Tür, weil mich der dicke Müller vor fünfzehn Minuten auf dem Flur angequatscht hat. Der fährt jeden Morgen durch die Annastraße und hat da zufällig unseren Dienstwagen gesehen. Bist du etwa in dem Club bei der Verdächtigen? Ich hab 'ne Streife dabei. Ist alles in Ordnung?"

Rogowski war mit einem Mal hellwach. Gar nichts war in

Ordnung. Sie brauchte eine Erklärung, blitzschnell. Ihre kleinen grauen Zellen arbeiteten mit der Geschwindigkeit eines Teilchenbeschleunigers. Dunja Milosevic kam zu ihr ins Bett zurück und legte sich seitlich neben sie. Ihre Haut schimmerte verführerisch in dem künstlichen roten Licht. Ihre Brustwarzen waren steil aufgerichtet. „Hör zu, ich bin in fünf Minuten draußen. Schick die Streife weg. Ich erklär dir gleich alles."

„Da bin ich aber gespannt", sagte Anderbrügge. „Ist wirklich alles okay?"

„Ja. Gib mir fünf Minuten, dann bin ich hier fertig." Sie legte auf.

„Probleme?", fragte Milosevic und fuhr mit der Hand unter das Laken.

„Das kann man wohl sagen. Ich muss hier schnellstmöglich raus. Das hier hat nie stattgefunden. Ich habe keine Ahnung, wie das passieren konnte. Alles ging so schnell. Da war alles so … unwirklich."

Milosevic schnellte mit der Geschmeidigkeit einer Raubkatze hoch und setzte sich über ihre Beine. „Bereust du es?"

„Keine Ahnung, ich kann jetzt nicht denken. Ich müsste heiß duschen, klar werden im Kopf. Ich weiß nicht, was da mit mir geschehen ist."

„Das war ein Trigger."

„Ein was?"

„Ein Trigger. Hat mir irgendwann mal meine Tochter erklärt. Ist irgendwie in meinem Kopf hängen geblieben, weil es wie Tripper klingt. Ist so eine Art Schlüsselreiz."

„Ja, schön, von mir aus, ein Trigger. Hören … äh, du, ich muss jetzt hier raus. Und zwar sofort!" Rogowski wagte es nicht, der Frau in die Augen zu sehen. Sie löste sich aus der Umklammerung und suchte ihre Sachen zusammen. Diese lagen alle auf einem Haufen.

„Hab schon mal alles für dich eingesammelt und zusammengelegt. War schließlich vor dir wach, weil ich Jürgen anrufen musste. Damit der sich keine Sorgen macht nach der Nachtschicht."

Rogowski hörte überhaupt nicht zu. Die Worte rauschten in ihr Ohr und blieben wie an einem Grenzwall hängen. Sie blickte in einen großen runden Spiegel mit einer umrahmenden Lichterkette und hätte am liebsten gekotzt. Sie sah aus, als hätte sie vor fünf Minuten Sex gehabt. Ihre Haare waren ein einziges Desaster. Notdürftig betrieb sie mit ihren Händen Schadensbegrenzung. Ihre Klamotten hatten wahrscheinlich den Geruch dieses Ladens adoptiert. Und sie selber roch wahrscheinlich so, wie man eben roch, wenn man schwitzend mit einer fremden Frau gevögelt hatte. „Das hier bleibt unter uns", sagte sie und fand halbwegs ihre Contenance zurück. „Ich rufe heute Nachmittag an und will die Namen aller Typen haben, die zur Tatzeit und die Nacht davor hier waren. Und die Namen der Mädchen!"

Dunja Milosevic stieg aus dem Bett, stellte sich vor sie und gab ihr einen Kuss auf den Mund. „Geht klar. Und es war wirklich wunderschön."

Wortlos verließ Rogowski das Zimmer und steuerte Richtung Ausgang. Die Tür war verschlossen und sie musste warten bis ihre nächtliche Liebschaft aufgeschlossen hatte. Dann trat sie hinaus ins Tageslicht und kniff ihre Augen zusammen. Anderbrügge lehnte am Dienstwagen. Der Streifenwagen bog gerade um die Ecke und verschwand. Mit schnellen Schritten ging sie auf ihren Partner zu und hielt den Kopf gesenkt. Sie drückte den Knopf für die automatische Türentriegelung und warf ihm die Wagenschlüssel zu. Dann setzte sie sich nach hinten in den BMW und blickte aus dem Seitenfenster. Die Tür zum Happy Club war bereits zu; Dunja Milosevic hatte ihr wenigstens ein peinliches Abschiedswinken erspart.

Anderbrügge schien zu spüren, dass etwas vorgefallen war. Sie war ihm dankbar dafür, dass er den Mund hielt, bis sie ein paar hundert Meter im kriechenden Verkehr gefahren waren. Er drehte das Radio an und drückte den Knopf für den CD-Player. Gleichzeitig ließ er das Seitenfenster ein Stück runter, so als ob frische Luft nötig sei. „Hast du die CD von mir irgendwo hingetan?", fragte er schließlich, um die peinliche Stille aufzulösen.

„Habe ich in einen Gully geschmissen", murmelte sie und spürte Anderbrügges nervösen Blick im Rückspiegel. „Und jetzt fahr mich bitte nach Hause."

„Kein Problem. Das Frühstücksfernsehen ist bestimmt interessanter als unser Fall. Und wo soll es danach hingehen? Vielleicht ein bisschen Shoppen? Oder zum Friseur?"

Rogowski wusste, dass Anderbrügge ein Recht darauf hatte, alles zu erfahren. Zumindest bis zu einem gewissen Punkt, doch den auszulassen, war nahezu unmöglich. „Ich habe Scheiße gebaut", platzte es aus ihr heraus.

Anderbrügge bog auf den Parkplatz eines Baumarktes ein, auf dem der Mitarbeiter eines Imbisswagens gerade die Außenverkleidung hochklappte und den Blick auf aufgespießte Brathähnchen freigab.

Ihr Kollege stoppte auf einem freien Parkplatz neben dem Verkaufsstand und schaltete den Motor ab. Die braun gebrannten Hähnchen des Vortages verbreiteten auch kalt einen verlockenden Duft.

„Ich brauch was Deftiges nach gestern Abend", sagte er und öffnete die Tür. „Mal sehen ob der auch fertige Frikadellen hat. Soll ich dir was mitbringen? Bevor wir reden?"

Sie erwiderte nichts und blickte weiterhin stumm aus dem Fenster. Anderbrügge stieg achselzuckend aus und ging auf den Stand zu. Als er zurückkehrte, rauchte sie eine Zigarette.

„Dann schieß mal los", sagte Anderbrügge und biss in die mit Senf beschmierte Bulette. „Was für eine Scheiße ist bei dir abgelaufen?"

Sie nahm noch einen tiefen Zug und schnippte die Zigarette neben die Sammelbox für Einkaufswagen. Ein Rentner mit Schlapphut schüttelte daraufhin den Kopf und steckte seinen Plastikchip in das Kettenschloss.

„Anderbrügge, ich glaube, ich bin reif für die Klapse."

Vukovar, Kroatien - 6. Dezember 1991

Zdenka erwachte aus einem tiefen, unruhigen Schlaf und blickte verschwommen in den Rücken eines Mannes, der sich unbeweglich vor dem Fenster ihres unfreiwilligen Aufenthaltsortes aufgebaut hatte. Sie hatte einen faden Geschmack im Mund und fühlte ein schmerzhaftes Ziehen zwischen ihren Beinen. Langsam kehrte die Erinnerung zurück an das, was sich am Vorabend in dem Zimmer abgespielt hatte und sie erkannte den Mann, der sich nun zu ihr umdrehte. Es war Zlatko, gekleidet in abgewetzte Jeans und einem groben grauen Pullover. Sein Gesichtsausdruck war undurchdringlich wie immer. Auf seiner rechten Wange klebte ein dunkel verfärbtes Pflaster; ebenso auf seiner linken Hand. Er sah Zdenka an, als ob er eine Antwort erwarte. Sie richtete sich auf und hielt die Bettdecke, die an einigen Stellen mit Blut verschmiert war, schützend vor ihren nackten und zitternden Körper. Es war kalt in dem Raum, und hinter den Fensterscheiben trieben erste vereinzelte Schneeflocken durch die Luft.

„Ist der Krieg vorbei?", fragte sie mit belegter Stimme und angesichts der fehlenden Uniform bei Zlatko.

„Der Krieg ist nie vorbei", antwortete dieser nach einer endlosen Minute des Schweigens und kam auf das Bett zu, um sich an ihre Seite zu setzen. Er beobachtete sie wie jemand, der anscheinend nicht wusste, was er mit ihr anstellen sollte. Zdenka kam es vor, als ob seine kalten Augen die Temperatur in dem Zimmer um weitere Grade fallen ließen. Sie griff nach einem halb vollen Glas Wasser, das auf einer kleinen Kommode neben dem Bett stand und trank es. Es schmeckte abgestanden und nach Eisen. Sie stellte das leere Glas zurück auf die Kommode und fuhr mit einer Hand zu seinem Oberschenkel, um ihn zu streicheln. Zlatko ergriff die Hand und führte sie hinauf zu seinem Mund. Er schloss die Augen. Für einen Wimpernschlag meinte Zdenka sich einzubilden, dass sich seine Gesichtszüge entspannten. Doch der Eindruck war nur von kurzer Dauer. Als er sie erneut anblickte und die Umrisse ihres schlanken Körpers unter der Bettdecke abfuhr, kehrte jenes versteckte animalische Wesen in ihn zurück, das sie so fürchtete und das sie gleichzeitig vorgab, unwiderstehlich zu finden. Sie wusste nicht, was er vom gestrigen Abend wusste, als Milan sie aufgesucht hatte.

„Warum trägst du nicht die Uniform? Und was ist mit deinem Gesicht und deiner Hand passiert?"

Zlatko erwiderte nichts und sah zur Seite. Unter seinem Pullover beulte sich an seiner linken Hüfte etwas aus, die angedeuteten Konturen einer Pistole. Er legte Zdenkas Hand beiseite und zog die Waffe hervor. Mit zusammengepressten Lippen und in Falten gelegter Stirn betrachtete der Serbe sein Werkzeug des Todes und umspielte es mit seinen Fingern, die wie magisch angezogen zum Abzug wanderten.

In Zdenka stieg Panik auf, und sie konnte sich nur mühsam beherrschen, nicht einfach drauf los zu schreien. Ihr Blick glitt zur Seite, und sie sah ihr Gesicht im Spiegel. Es war auf einer Seite noch immer stark angeschwollen durch Milans Stoß mit dem Gewehrkolben. Obwohl sie keine Schmerzen verspürte, wäre es ihr bei diesem Treffen lieber gewesen, Zlatko hätte sie so nicht sehen müssen. Sie redete sich ein, dass er sie nun nicht mehr attraktiv genug fand und sie deshalb töten würde.

„Da haben wir wohl beide etwas abbekommen", sagte er plötzlich. Seine Stimme klang grausam unberührt, als sei es die normalste Sache der Welt, dass diese Dinge geschahen.

„Ja, aber wir werden es überstehen", flüsterte sie und beugte sich ein Stück näher zu ihm vor. „Wir werden es doch gemeinsam überstehen, oder?"

Zlatko betrachtete abwechselnd die Waffe und ihre Schwellung im Gesicht. Dann malte er mit der Pistole die Umrisse ihrer Brüste nach, die sich hinter dem Laken hoben und senkten. Zdenka rang sich ein gequältes Lächeln ab, schloss die Augen und stöhnte leise und lustvoll auf. Sie spielte ihre Rolle glaubwürdig.

„Hast du schon einmal mit einer Waffe geschossen?", hauchte Zlatko plötzlich eine Frage in den eiskalten Raum und blickte ihr das erste Mal an diesem Morgen direkt in die Augen.

„Nein."

„Möchtest du es einmal ausprobieren?"

Sie überlegte, und die ehrliche Antwort hätte eigentlich ebenfalls *Nein* lauten müssen. Doch wieder einmal spürte sie, dass diese Antwort ihr Ende bedeuten könnte. Was immer geschehen würde und was immer Zlatko vorhatte: Zdenka musste weiterhin die starke junge Frau vor ihm abgeben, da ihn das anscheinend zu erregen schien. Irgendwie würde sie es schon über das Herz bringen, auf einen Hasen, ein Huhn oder ein Stück Vieh zu schießen, falls es das war, was er wollte. „Ich würde das gerne mal ausprobieren", log sie.

Zlatko hob die Augenbrauen und setzte ein Lächeln auf. Es

war das großzügigste und ehrlichste Lächeln, was er ihr seit der Zeit ihres schicksalhaften Aufeinandertreffens geschenkt hatte. Zum ersten Mal schien so etwas wie Vorfreude aus seinen Augen zu sprühen. „Dann wirst du Gelegenheit dazu haben. Ich werde dich lehren, wie du mit der Waffe umzugehen hast. Als meine persönliche Leibwächterin."

„Als deine Leibwächterin? Eine Kroatin bewacht einen Serben?"

Zlatko lachte auf und warf den Kopf in den Nacken. „Du bekommst einen neuen Pass von mir und somit eine neue Identität. In Kürze schon werden wir da sein, wo die Hölle weit hinter uns liegt. Heute Nacht brechen wir auf. Nachdem ich noch etwas erledigt habe. Deshalb trage ich auch diese Sachen."

Zdenka war verwirrt. Sie konnte nicht nachvollziehen, woher der plötzliche Gesinnungswandel bei Zlatko kam. Hatte er den Krieg von Anfang an nur dazu benutzt, um seine eigenen Ziele zu verfolgen? Hatte er gemordet und geplündert und sich an fremdem Eigentum bereichert, um es über die sich neu formierenden Staatsgrenzen, hinter die feindlichen Linien, zu bringen? Sie wagte nicht, ihn danach zu fragen. Sie hatte Angst davor. Sie hatte Angst vor ihm. Sein Plan, ihn zu seiner Vertrauten zu machen, konnte unmöglich ernst gemeint sein. Die Vorstellung an eine Flucht mit ihm über den halben Balkan, einem unbekannten Ort und einer ungewissen Zukunft entgegen, hatte etwas Verwirrendes und Surreales an sich. Wenn man andere Zeiten und andere Umstände zu Grunde legte, wäre die Flucht vielleicht ein großes Abenteuer mit einer Prise Romantik geworden; zwei Liebende auf der Flucht in eine bessere Zukunft. Aber sie liebte ihn nicht und hatte alle Gefühle in dieser Richtung in die Verbannung geschickt; in die düsteren Abgründe ihres Ichs, wo das erlebte Grauen versteckt wurde, bis es irgendwann einmal vergessen wurde oder aber den Verstand zerstörte.

Glaubte Zlatko allen Ernstes, sie würde ihm blind durch Feindesland folgen, weil er meinte, sie liebe ihn tatsächlich? War er wirklich so naiv, zu denken, ihr Spiel und ihre vorgetäuschten Gefühle würden im Kern echt sein? Meinte er wirklich, dass sie die Ermordung ihrer Schwester und ihres Schwagers verzeihen konnte? Oder die Vertreibung und wahrscheinliche Erschießung ihrer Eltern, nachdem die Säuberungsaktion im Krankenhaus von Vukovar ihren Anfang genommen hatte?

Ihr Herz hatte sich bereits jetzt in Stein verwandelt, und sie erkannte sich selber nicht mehr wieder. Der Krieg hatte ihr etwas genommen, was sie nicht mehr zurückbekam: Ihre Unbeschwertheit und Lebensfreude. Und dafür würde sie sich rächen, auf der Flucht.

„Oh, Zlatko." Sie warf sich diesem unberechenbaren Mann an die Schulter. „Du wirst uns hier rausbringen. Irgendwohin, wo es für uns eine gemeinsame Zukunft gibt. Und wo wir vergessen können, was alles geschah. Wo wir nur Zeit für uns haben."

Er erwiderte nichts und umklammerte lediglich die Waffe, die matt im trüben Licht dieses Morgens schimmerte. Sie ließ das Bettlaken hinab bis zu ihren Hüften fallen und küsste ihn auf den Mund. Er drückte daraufhin ihren Kopf nach unten, zwischen seine Beine. Sie verstand seine wortlose Geste und öffnete seinen Reißverschluss. Während sie ihn auf diese Weise befriedigte, spürte sie die ganze Zeit die kreisrunde Öffnung des Pistolenlaufs in ihrem Nacken.

Essen, Deutschland - 24. Juli

„Ich hätte es fast vermasselt", sagte Rogowski. Ihr Blick ging hinaus ins Nirgendwo, mitten durch die Einkäufer vor dem Ausgang des Baumarktes, auf dessen Parkplatz sie standen. Anderbrügge putzte sich einen gelben Senffleck vom Hemd und warf anschließend die zusammengeknüllte Papierserviette aus dem Wagen heraus in einen grünen Abfallkorb.

„Du bist alleine zu einer Verdächtigen gefahren, hast dort Stunden verbracht und ein paar Dienstvorschriften verletzt. Diese Dunja Milosevic ist die letzte Person, mit welcher das Opfer telefoniert hat. Kannst du mir jetzt bitte mal erklären, was zwischen euch abgegangen ist?" Anderbrügge klang gereizt und verärgert. Und ein wenig verkatert nach dem vorabendlichen Fußballspiel mit anschließendem Biergelage.

„Ich sagte doch, dass ich es fast vermasselt hätte", wiederholte Rogowski. Sie hatte nachgedacht und sich selber gefragt, ob sie ihrem Partner wirklich alles erzählen sollte; jede Einzelheit der vergangenen Nacht, die Intimität mit der Verdächtigen. Sie hatte sich entschieden, die Details auszulassen und es, wenn überhaupt, später einmal zu beichten. „Es tut mir leid."

„Es tut dir leid?", fragte Anderbrügge und drehte sich zu ihr um. „Das ist auch das Mindeste. Ich stand kurz davor, die Knarre zu entsichern und mit der Streife in den Laden zu marschieren." Er machte eine Geste mit Daumen und Zeigefinger und gab ihr zu verstehen, wie ernst er es meinte. „So kurz."

Sie nickte und sah dann aus dem Fenster. „Dunja Milosevic hat nichts mit der Geschichte zu tun. Das versichere ich dir, Anderbrügge. Von ihrem Handy ging zwar der Anruf aus, aber zum Zeitpunkt hing sie in dem Saunaclub rum. Mit Gästen oder vor einer Webcam."

„Und da bist du dir ganz sicher?"

„Ganz sicher ist man sich nie. Aber in diesem Fall ..."

„Sollten wir sie nochmals verhören und alles zu Protokoll nehmen. Für mich ist das sehr verdächtig, wenn jemand nachts einen Typen anruft, der dann ein paar Stunden später einen zertrümmerten Schädel hat. Und wenn diese Nutte es nicht war, wer hat dann von dem Handy aus angerufen?"

„Sie ist keine Nutte", verteidigte Rogowski die Frau und wusste sofort, dass sie damit einen Fehler begangen hatte.

„Ach, sie ist keine Nutte?", blaffte Anderbrügge und schüttelte den Kopf.

„Nein, ist sie nicht. Früher war sie das. Heute nicht mehr. Sie macht die Animiertante an der Bar und strippt vor der Kamera."

„Für mich ist das so ziemlich das gleiche", versetzte Anderbrügge. „Und wie erklärt sie sich, warum der Anruf von ihrem Handy abging?"

„Bis heute Nachmittag hat sie eine Liste aller Gäste zusammen, die in der fraglichen Nacht im Happy Club waren. Theoretisch könnte jeder zwischendurch mal das Ding benutzt haben."

„Hat sie irgendwelche Namen genannt?"

„Nicht direkt. Allerdings ist der Name Dragoslav Bokan gefallen. Der ist Autohändler. Und Serbe."

Anderbrügge trommelte mit den Fingern aufs Lenkrad. „Werden wir überprüfen. Und das Handy muss schnellstmöglich auf DNA untersucht werden. Vielleicht findet sich darauf Genmaterial. Dann müssen wir einen Speicheltest mit allen Gästen des Saunaclubs machen. Und wir müssen definitiv wissen, wo Milosevic zur Tatzeit gewesen ist."

„Wie gesagt, wahrscheinlich vor der Kamera", antwortete sie. „Du hast die angenehme Aufgabe, ein paar Webseiten zu durchforsten und dich mit dem Provider in Verbindung zu setzen. Anhand der Kreditkarten kommen wir an die Typen, mit denen Milosevic gechattet hat. Vielleicht gibt es auch Videoaufzeichnungen, dann könnten wir uns ganz sicher sein, dass sie es nicht war. Ich glaube ihr. Es gibt überhaupt kein Motiv."

„Warum nimmst du sie eigentlich so in Schutz? Vielleicht war sie es nicht selber, kennt aber den Mörder? Vielleicht steckt sie auch mit ihm unter einer Decke? Wir sollten sie observieren lassen."

„Es wird bestimmt nichts bringen, aber ich bin einverstanden. Ich werde mich um den Papierkram kümmern."

„Was ist mit den Besitzern des Ladens?"

„Der Club gehört einer Frau. Und die macht gerade Urlaub in Florida."

„Lass dir nicht alles aus der Nase ziehen", drängelte Anderbrügge etwas unwirsch. „Vielleicht beginnst du mal von Anfang an, damit ich auf dem gleichen Stand bin wie du."

Rogowski tat ihm den Gefallen. Sie berichtete von ihren Erkenntnissen und darüber, dass Dunja Milosevic ihrer Meinung nach als Mörderin beziehungsweise wissentliche oder unwissentliche Komplizin ausschied. Sie erwähnte Jürgen Schneider, den Lebensgefährten, und ebenso Milosevics erwachsene Tochter. Als sie Anderbrügge alles erzählt hatte, brauchte dieser eine Weile zum Nachdenken, um ihr dann direkt in die Augen zu sehen. „Und dafür hast du dich fast die ganze Nacht in dem Laden aufgehalten?"

„Wir haben uns gut verstanden. Irgendwie haben wir auf einer Wellenlänge gefunkt. Es war richtig ... nett!"

Anderbrügge stieß einen Seufzer aus. Beide starrten sie durch die Windschutzscheibe des BMW und schwiegen. „Hattest du eigentlich getrunken?", fragte Anderbrügge nach einer Weile leise.

„Was? Nein, hab ich nicht. Keinen einzigen Schluck. Das kannst du mir glauben."

„Was ist los mit dir? Irgendwas verheimlichst du mir doch."

Rogowski bekam einfach nicht das nächtliche Erlebnis aus dem Kopf. Immer wieder kam das Bild von Milosevics Hand vor ihr geistiges Auge; der Moment der Berührung, der wie ein elektrischer Schlag gewesen war. Sie hatte noch nie mit einer Frau Sex gehabt. Sie hatte es sich immer wieder mal vorgestellt, in einer ihrer Phantasien, aber das war im Grunde genommen bedeutungslos. Sie stellte sich vor, dass sie die Leserin eines Krimis sei, in der jene Szene vorkam. Sie würde an dieser Stelle stutzen und den Verstand der Kommissarin anzweifeln. Vielleicht würde sie das Buch zur Seite legen und sich denken, welcher Lektor wohl einen solchen Mist hatte durchgehen lassen. Dann kämpfte sich ein Wortfetzen der Unterredung mit Dunja Milosevic an die Oberfläche ihrer Erinnerung zurück und sie versuchte einen Zusammenhang zwischen Teilen ihrer verdrängten Vergangenheit und dem Hier und Heute herzustellen.

„Hast du schon mal was von einem Trigger gehört?", fragte sie Anderbrügge und betrachtete ihre Hände.

„Trigger? Nein, nie gehört."

Vukovar, Kroatien - 6. Dezember 1991

Zdenka trug eine kakifarbene Hose mit aufgenähten Seitentaschen, robuste dunkle Turnschuhe, einen dicken schwarzen Rollkragenpullover und einen regendichten blauen Windbreaker. Ihr Haar war unter einer Baseballkappe mit dem Aufdruck eines amerikanischen Sportteams versteckt. Sie sah aus, als wolle ein Fotograf mit ihr jeden Moment Aufnahmen für einen Outdoor-Katalog machen. Zlatko hatte ihr kurz vor seinem Weggang die Kleidungsstücke gebracht und sie gebeten, diese anzuziehen. Dann war er verschwunden, was mittlerweile Stunden zurücklag.

Draußen wurde es bereits dunkel, und sie fragte sich, ob ihm wohl etwas zugestoßen sei. Sie hatte nicht den blassesten Schimmer, was in der gefallenen Stadt vor sich ging und ob bereits Befreiungsaktionen im Gange waren. Im Haus war es verdächtig ruhig, und alles, was sie hörte, waren gelegentliche Rufe und kurze Gewehrsalven von der Straße her. Sie stand vor dem Spiegel und betrachtete die Schwellung und die Verfärbung um ihr Auge. Hinter einer Sonnenbrille würde man kaum etwas sehen, aber das war das geringste Problem. Der Krieg zeichnete die Menschen nun einmal, physisch wie psychisch. Es gab bestimmt Verwundete, die angesichts ihrer kleinen Blessuren nur gelacht hätten.

Ich werde mit Zlatko fliehen, dachte sie und blickte auf das Bett, auf dem die von ihr sauber ausgerichtete Tagesdecke das blutbefleckte Laken gnädig verdeckte. Sie hatte den Anblick der gestrigen Spuren nicht mehr ertragen können und jegliche Erinnerung auszulöschen versucht, die der falsche Doktor und Milan hinterlassen hatten. Zdenka hegte keinen Groll gegen den alten Mann, der sie unter Waffengewalt untersucht und unter Tränen vergeblich penetriert hatte, bis Milan ihn brutal zusammengeschlagen und das Werk an ihr vollendet hatte. Inständig hoffte sie, dass der Alte noch lebte und es ihm den Umständen entsprechend gut ging. Doch für Milan wünschte sie sich, dass er schon bald einen grausamen und qualvollen Tod sterben würde. Der Sadist hatte einen Greis dazu gezwungen, sie zu untersuchen und sie zu vergewaltigen. Milan hatte seine Freude daran gehabt, seine perversen Obsessionen an zwei Wehrlosen auszuleben, bevor er sich selber von einem

Druck befreit hatte, der nun nachwirkend zwischen ihren Beinen schmerzte.

Ich hätte Zlatko von dem Vorfall erzählen sollen, tadelte sie sich selber und verwarf den Gedanken gleich wieder. Sie wollte Milan nicht gegen sich aufbringen; jetzt, wo ihre Flucht mit Zlatko unmittelbar bevorstand. Sie wusste schließlich nicht, was der Anführer der serbischen Milizen vorhatte und inwieweit Milan in seinen Plänen vorkam. Sich zwischen zwei Krieger zu stellen, konnte bedeuten, zwischen die Fronten zu geraten. Und genau das war es, was sie sich jetzt nicht wünschte. Sie wollte einfach nur leben und weg von hier. Und bei einer sich bietenden Gelegenheit beide Männer umbringen. Sie zweifelte nicht eine Sekunde daran, dass sie dazu in der Lage sein würde. Sie hatte das Grauen gesehen und als Einzige ein Massaker überlebt. Sie hatte sich vergewaltigen und erniedrigen lassen. Sie hatte wahrscheinlich ihre ganze Familie verloren.

Zdenka Badric war in wenigen Tagen um Jahre gealtert und gereift. Zu einem entschlossenem Rachewerkzeug, einem Instrument des stummen Widerstands. Irgendwann würden alle Tränen und aller Schmerz in Sturzbächen aus ihr herausfließen. Aber bis dahin galt es, das eigene Leben so lange wie möglich zu erhalten.

Plötzlich waren Schritte im Hausflur zu hören, begleitet von Männerstimmen. Die Tür wurde aufgeschlossen und dann standen drei Männer in der Tür. Es waren Zlatko, Milan und der alte Mann von gestern, dessen Gesicht mit zahlreichen Wunden übersät war. Zdenka erkannte sofort, dass es Brandverletzungen waren; hervorgerufen durch ausgedrückte Zigaretten. Der Alte war anscheinend schwer misshandelt worden. Seine Augen waren leblos, und er schien sich damit abgefunden zu haben, nur noch kurze Zeit am Leben zu bleiben.

„Der Kerl hat sich an dir vergangen, während ich fort war?", fragte Zlatko und sah Zdenka mit einem durchdringenden Blick an.

Zdenka überlegte, was Milan ihm wohl erzählt hatte und schlussfolgerte, dass es nur die Unwahrheit gewesen sein konnte. Schon wieder befand sie sich einer Situation, aus der es nur einen einzigen Ausweg zu geben schien: die Lüge. Sie blickte Milan an, der hinter Zlatko stand und verächtlich grinste. Dann schaute sie auf den Alten, der den Blick auf den Holzboden richtete und kein Wort sagte. Genau wie gestern zitterten seine knochigen Hände und verrieten seine große Angst.

Zlatko schien ungeduldig zu werden und machte einen Schritt auf Zdenka zu. „Mein Freund Milan hat mir erzählt, was gestern hier vorgefallen ist. Ich hätte mir gewünscht, wenn du mir heute Morgen davon berichtet hättest. Mit keinem Wort bist du auf deine Schwellung im Gesicht eingegangen. Jetzt fällt es mir schwer, dir weiterhin zu trauen."

Zdenkas Herz schlug wie wild. Ihre Kehle war auf einmal wie ausgetrocknet und sämtliche Pläne schienen von einer Sekunde auf die andere Makulatur zu sein. Milan wollte sie in eine Falle locken; Zlatko gegen sie aufbringen und einen Keil zwischen sie beide treiben. Wie krank musste dieser Mann sein, um so etwas zu tun?

Zdenka musste sich etwas einfallen lassen, was ihr Leben und das des unschuldigen Greises retten konnte. „Es war bedeutungslos. Er hat mich untersucht, weil irgendwer ihn dazu beauftragt hat. Ich bin plötzlich ausgerutscht und mit dem Kopf vor den Stützpfosten geschlagen. Heute Morgen habe ich mich wegen der Schwellung geschämt und dachte, ich würde dir nicht gefallen. Und da du nicht gefragt hast ..."

„Sie erfindet eine Geschichte und deckt den Alten", rief Milan dazwischen. „Wir können ihr nicht über den Weg trauen.

Wahrscheinlich hat sie es mit ihm getrieben und sich von ihm verprügeln lassen. Der alte Sack wollte bestimmt nochmal ein bisschen Spaß in seinem Leben haben. Wenn du mich fragst, sind die beiden unnötiger Ballast. Wir sollten sie beide abknallen."

„Hören Sie", sagte der alte Mann plötzlich und blickte zu Zlatko auf. „Ich habe mich an ihr vergreifen wollen. Als sie sich gewehrt hat, habe ich mit meiner Arzttasche ausgeholt und zugeschlagen. Danach bin ich wieder nach unten gegangen."

Zlatko sah Milan an, der überrascht wirkte. Zdenkas Blick kreuzte sich mit dem des Alten, und in dem Augenblick erkannte sie, dass dieser für sie lügen wollte. Aus seinen Augen sprachen Güte und das Flehen um Vergebung für das Geschehene. Auch wenn er überhaupt nichts dafür konnte.

„Wem soll ich jetzt glauben?", fragte Zlatko. „Diese Geschichte ist sehr wirr. Vielleicht sollte ich euch beide bestrafen. Dich und diesen alten Tierarzt, der uns ohnehin nicht mehr von Nutzen ist. Was meinst du, Zdenka?"

Zdenka schluckte. Milan war mit seiner Nummer durchgekommen. Er hatte seine Stellung und das Vertrauen zu Zlatko ausgenutzt, um als lachender Dritter aus dem perfiden Spiel hervorzugehen. Selbst wenn Zdenka den wahren Ablauf schildern würde, hatte sie keine Chance. Es galt das Wort eines kampferprobten Weggefährten gegen das eines senilen alten Lüstlings und einer Frau, die ihre eigene Schwester in den Tod geschickt hatte. Milan würde sich immer damit herausreden können, dass Zdenka ihm eine Falle stellen wollte. Weil sie mitbekommen hatte, dass das Verhältnis zwischen Zlatko und Milan angespannt war.

„Also gut", begann Zlatko und zog langsam seine Waffe unter dem dicken grauen Pullover hervor. „Ich will dir glauben, dass du dich geschämt hast und mir die Sache mit dem Doc verheimlichen wolltest. Und du bekommst deine Gelegenheit, dich zu rächen."

Zdenka begann trotz der Kälte aus allen Poren zu schwitzen. Die Pistole in Zlatkos Hand bildete plötzlich den Mittelpunkt des Universums und illuminierte unheilvoll im reflektierenden Kerzenlicht des Spiegels. Das war es also, was Zlatko wirklich wollte: Er wollte ihre Loyalität testen und wissen, wie weit sie gehen würde.

„Erschieß ihn!", hauchte Zlatko in ihr Ohr und entnahm alle Patronen bis auf eine einzige aus dem Magazin. „Tu es für mich!"

Milan entsicherte seine Maschinenpistole und sah Zdenka mit einem gleichsam zornigen wie vorfreudigen Blick an. Sein Plan schien nicht aufgegangen zu sein, aber er schien dennoch Genugtuung an ihrem inneren Kampf zu empfinden. Zlatko registrierte Milans Reaktion nicht, da er Zdenka fixierte.

„Ich soll ihn wirklich erschießen?", fragte sie mit bebender Stimme und spürte das kalte Metall in ihrer Hand. „Ist er nicht schon genug gestraft worden? Ich meine die Verletzungen in seinem Gesicht?"

„So gehen wir mit Verrätern um", blaffte Milan aus dem Hintergrund. „Ich hatte meine helle Freude daran, dem geilen Schweinehund die Kippen in seiner hässlichen Visage auszudrücken."

„Erschießen Sie mich, junges Fräulein", sagte der alte Mann mit brüchiger Stimme in die aufkommende Stille. „Ich bin alt und habe das Leben hinter mir. Sie sind jung und sollen leben."

Zdenka kämpfte mit den Tränen und konnte sie schließlich nicht mehr zurückhalten. Sie weinte mehr vor Wut als vor Trauer und wusste nicht, ob sie dem Alten nicht sogar einen Gefallen tat und ihm ein weiteres Martyrium ersparte. „Ich dachte, wir schießen auf Vieh, als du mich heute Morgen gefragt hast", unternahm sie den hoffnungslosen Versuch, das Unvermeidbare abzuwenden.

Zlatko umarmte sie und umklammerte dabei ihre schlaffe Hand, in der die Pistole ruhte. „Der Krieg macht uns alle zu Gehilfen des Teufels. Eines Tages wirst du mir dankbar dafür sein, diesen Schuss abgegeben zu haben. Denn dieser eine Schuss wird dich stark machen, ein Leben lang. Es geht nur um einen alten nutzlosen Mann, der ohnehin niemanden mehr hat. Erschieß ihn und ich verspreche dir, dass wir bald schon alles überstanden haben. Milan und ich haben aus diesem Krieg unseren Vorteil gezogen. Wir haben nicht zugelassen, dass der Krieg uns zerstört. Neue Ländergrenzen und neue Staatsformen interessieren uns nicht. Wir sind nur die Werkzeuge von Leuten, deren Macht noch viel größer ist. Wir morden, weil andere es so wollen. Und dennoch haben wir uns unsere Freiheit bewahrt. Wir haben Schmuck und Geld zusammengetragen und werden ein neues Leben beginnen. Und du wirst es auch, mit mir, in purem Luxus, wo immer du willst."

Zdenkas Verstand löste sich von ihrem Körper und sie nahm den Raum und die darin versammelten Personen wie in einem Flug von einem Kettenkarussell wahr. Die Eindrücke und Bilder verwischten bis zur Grenze des Erkennbaren und verursachten ein flaues Gefühl in der Magengegend und einen Schwindel. Wie in Trance trat sie einen Schritt zurück und zielte mit der Waffe auf den Kopf des alten Mannes, der mittlerweile auf die Knie gegangen war und ein letztes Gebet murmelte. Ein Ave Maria drang an ihr Ohr und das Klicken eines Feuerzeuges, als Milan sich eine Zigarette anzündete. Sie sah die Männer nicht mehr als Körper vor sich stehen, sondern als Umrisse von Zielscheiben, die sich immer weiter entfernten. „Verzeih mir!"

Das Projektil verließ den Pistolenlauf und durchschlug Fleisch und Knochen. Der Alte war auf der Stelle tot.

Essen, Deutschland - 25. Juli

Profiler sind in erster Linie jung, weiblich und vor allem attraktiv und sexy, dachte Rogowski und musste schmunzeln, wie weit dieses durch amerikanische Krimiserien geprägte Bild zumindest in Deutschland nicht der Wirklichkeit entsprach. Sie kannte Dr. Rita Roth, die Essener Rechtspsychologin und Kriminalistin, aus einigen gemeinsamen Fällen und wusste deshalb nur zu gut, wer sie hinter der Tür der kleinen Praxis unweit des Polizeipräsidiums im dritten Stock eines unauffälligen Bürogebäudes erwartete. Roth arbeitete seit fast zehn Jahren als Psychologin im Polizeidienst, nachdem sie zuvor das Studium und einige Jahre mit einer eigenen Praxis hinter sich gebracht hatte. Sie war nur unwesentlich älter als Rogowski und hatte aufgrund der räumlichen Enge im Polizeihauptgebäude ihr Büro ausgelagert. Sie trug einen dunkelbraunen Hosenanzug, der an den Hüften etwas zu eng zu sitzen schien, eine weiße hochgeknöpfte Bluse mit dezenten Stickmotiven, zwei riesige perlmuttfarbene Ohrringe und eine rote Hornbrille an einer Halskette. Ihr feuerrotes Haar war kurz geschoren, und ihre grünen Augen funkelten wie kleine Malachite. Durch die dezenten braunen Halbschuhe wirkte sie insgesamt sehr klein, fast einen Kopf kürzer als Rogowski. Roths Kopf lag schief auf der Seite und zeigte ein blasses und unauffällig geschnittenes Gesicht, das unverbindlich lächelte. „Kommissarin Rogowski, kommen Sie rein. Wir haben uns ja schon ein paar Tage nicht mehr gesehen."

„Ist 'ne Weile her, ja."

Rogowski betrat den hellen Praxisraum, in dem weißes Interieur und ein paar künstliche Palmen dominierten. Der Blick durchs Fenster ging auf einen unspektakulären grauen Innenhof. An den Wänden hingen drei größere Bilder; Aquarelle mit abstrakten und nichtssagenden Landschaftsmotiven, auf denen Schriftzeichen in fremder Sprache aufgebracht waren. In einem Regal thronte ein kleiner goldener Buddha; zwischen zahllosen Akten und Büchern standen vereinzelt asiatische Holztänzerinnen mit über dem Kopf zusammengefalteten Händen. Statt einer Couch oder Liege wartete am Fenster neben dem großen Schreibtisch eine Gruppe aus drei weißen Polstersesseln älteren Baujahrs. Die Bezüge sahen abgesessen aus.

„Bitte, nehmen Sie Platz!"

„Danke." Rogowski setzte sich und musterte Roth aus dem Augenwinkel.

Die Psychologin nahm sich einen Schreibblock und einen protzigen Kugelschreiber vom Tisch und setzte sich ebenfalls. Sie schlug die Beine übereinander und drückte den Rücken durch. Ihre Hand glitt zu der Brille, woraufhin diese ihren neuen Platz am äußersten Ende der kurzen Stupsnase einnahm. Rogowski lehnte sich lässig zurück und blickte in die Augen der Frau. Sie hasste diese Situation schon jetzt und wäre am liebsten wieder aufgestanden, um Anderbrügge bei seinen Ermittlungen zu helfen. Aber sie hatte ihm versprochen, den Termin mit der Psychologin wahrzunehmen. Und früher oder später musste sie sich alles von der Seele reden. Also warum nicht jetzt?

„Sie sehen abgekämpft aus, Frau Rogowski. Kann ich Ihnen vielleicht etwas anbieten? Einen chinesischen Tee oder etwas anderes? Ein Wasser vielleicht?"

„Nein, danke, das ist nicht nötig. Ich weiß auch gar nicht, ob es eine gute Idee gewesen ist, hier her zu kommen. Es ist nur ..." Rogowski stoppte mitten im Satz und sah hinaus auf den tristen Innenhof, wo ein paar Autos standen und ein alter Mann mit grauem Kittel den Boden fegte. Sie drehte den Kopf wieder um und sah die Psychologin an, die sich bereits etwas auf dem Block notierte, obwohl noch nicht einmal ansatzweise etwas Wichtiges gesagt worden war. Und sie lächelte, was Rogowski das ungute Gefühl gab, die Frau habe Mitleid mit ihr. „Fahren Sie nur fort. Ich höre Ihnen zu. Was immer Sie auf dem Herzen haben. Und es bleibt natürlich alles unter uns."

„Natürlich."

Roths Bemerkung hätte zwar nicht der Erwähnung bedurft, erinnerte sie aber daran, dass sie es hier mit einer Psychologin zu tun hatte, die Probleme von der wissenschaftlichen Seite her betrachtete.

„Also gut. Erst einmal danke, dass Sie so kurzfristig Zeit für mich haben. Ich muss gestehen, dass ich mich etwas unwohl in meiner Haut fühle. Es kommt nicht oft vor, dass ich Dienste wie diesen in Anspruch nehme. Offen gesagt, habe ich noch nie mit einer Polizeipsychologin gesprochen. Ich meine, was das Private anbelangt."

Dr. Roth nahm die Brille von der Nase und tippte einen der Bügel vor ihre dezent geschminkte Lippe. „Wenn es Ihnen schwerfällt, mich aus einem privaten anstatt aus einem beruflichen Grund zu konsultieren, kann ich Ihnen gerne die Adresse eines befreundeten Kollegen geben."

Rogowski nickte. „Danke, aber das ist nicht das Problem. Ich schätze Ihre Arbeit für die Polizei sehr und wir haben gut zusammengearbeitet. Es ist nur ... Ich weiß nicht, ob ich mir selber überhaupt darüber im Klaren bin, was gerade mit mir geschieht. Ich habe seit Wochen, eigentlich schon seit Monaten, ein Gefühl der Abgestumpftheit in mir. Ich fühle mich ausgebrannt und leer; reif dafür, den Kopf mal vollkommen auszuschalten und einfach nur aufs Meer zu gucken. Wenn Sie verstehen, was ich meine."

„Sicherlich."

Rogowski hatte nicht den Eindruck, als ob die Psychologin dem noch etwas hinzufügen wolle. Ihr vermeintlich verständnisvolles Lächeln und ein kurzer Wimpernschlag sollten wohl signalisieren, dass die kommissarische Seele sich ihr gegenüber bedenkenlos öffnen konnte.

„Na schön, machen wir ein bisschen Seelenstriptease", fuhr Rogowski fort. „Darf ich hier rauchen?"

Dr. Roth stand auf und öffnete ein Fenster. Hinter einer Blumenvase auf der Fensterbank holte sie einen Aschenbecher hervor. Er war unbenutzt. Wortlos stellte sie ihn auf den kleinen quadratischen Glastisch zwischen den Sesseln.

„Danke, ich werde versuchen, eine halbe Stunde ohne diese Dinger auszukommen", entschied sich Rogowski um. „Wissen Sie, heute Nacht ist etwas sehr Seltsames geschehen."

„Und das hat mit dem Dienst zu tun, nehme ich an?"

„Ja, diese Mordsache. Der tote Autohändler."

„Verstehe."

Roth rutschte ein kleines Stückchen zurück in ihrem Sessel und setzte wieder die Brille auf die Nase. Der Kugelschreiber wanderte zum Schreibblock.

„Ich bin mir allerdings nicht sicher, ob ich an diesem Punkt der Geschichte einsteigen soll. Mein Kollege Anderbrügge war es, der mich mehr oder weniger gedrängt hat, mir alles von der Leber zu reden."

„Ich weiß, wir haben darüber bereits telefoniert. Und ich finde es gut, dass Sie den Mut gefasst haben, zu kommen. Steigen Sie in Ihre Geschichte ein, wo immer Sie wollen, Frau Rogowski. Je mehr Sie sich öffnen, umso mehr kann ich mir ein genaues Bild davon machen …"

„Wie sehr ich einen an der Waffel habe, wollten Sie sagen", vollendete Rogowski den Satz und lachte bitter. „Ich sehe schon, das wird eine interessante Nummer. Ich kann Ihnen aber nicht versprechen, ob ich mich Ihnen gegenüber komplett öffnen kann."

„Beginnen Sie einfach an dem Punkt, den Sie für richtig halten."

„Wenn ich das tue, wird das ein abendfüllendes Programm."

„Für heute haben wir etwa eine Stunde Zeit. Dann habe ich schon in etwa einen Eindruck davon, wo der Schuh drückt."

Rogowski fuhr sich durchs Haar, spielte mit der Zigarettenschachtel und beugte sich schließlich vor. Sie hatte nicht vor, die Frau gegenüber in die Enge zu treiben und sie zu einer Aussage zu bewegen, die eine Zusammenarbeit unmöglich machte. Aber sie wollte einfach wissen, mit wem sie es zu tun hatte. „Darf ich Ihnen eine Frage stellen, Frau Dr. Roth?"

Die Polizeipsychologin nickte. „Bitte!"

Rogowski behielt ihre Frage noch für einen Moment bei sich und betrachtete ihr eigenes Spiegelbild in der reflektierenden Oberfläche des Glastisches. Es sah angriffslustig aus. „Haben Sie schon einmal mit einer Frau geschlafen?"

Dr. Roth klickte mehrmals auf den Knopf ihres Kugelschreibers und schlug die Beine übereinander. Für den Bruchteil einer Sekunde schien etwas ihre äußere Fassade zu durchdringen, einen längst zurückliegenden Vorfall aus der eigenen Vergangenheit in Erinnerung zu rufen. Sie richtete sich in dem Sessel so gerade wie möglich auf und lächelte mit einem fast tadelnden Blick. „Es gibt da einige Spielregeln, auf die ich Sie vielleicht hinweisen sollte, Frau Rogowski. So wie Sie in einem Verhör die Fragen stellen und der Täter antwortet, stelle ich in unseren Begegnungen die Fragen, soweit Sie dies nicht selber tun und sich die entsprechenden Antworten geben, welche ich dann zu interpretieren versuche. Aber bitte verstehen Sie mich nicht falsch: Wir sind hier nicht in einem Verhör. Sie sind freiwillig zu mir gekommen. Und es liegt an Ihnen, ob und wie lange Sie meine Expertenmeinung und Hilfe in Anspruch nehmen wollen. Meine privaten Dinge sind hier nicht von Bedeutung. Es geht um *Sie*. Einverstanden?"

Rogowski hatte eine andere Antwort als diese nicht erwartet. Im Grunde genommen tat es ihr leid, überhaupt diese Frage gestellt zu haben. Sie verfluchte sich dafür, dass sie den Einstieg in ihr Problem überhaupt so drastisch gewählt hatte. Sie war Kommissarin, sie musste behutsam an die Dinge herangehen. Die Probleme analytisch betrachten; Puzzleteile zusammenfügen; einem Motiv Gestalt geben. Warum platzte eine Bemerkung wie diese nur einfach so aus ihr heraus? Warum verhielt sie sich nicht professionell, wie man es von einer Polizistin erwarten durfte? „Sorry, dass ich Ihnen diese Frage gestellt habe. Natürlich sind Sie die Psychologin und nicht ich. Ich hatte nur gedacht, Sie würden meine Lage etwas besser verstehen, wenn Sie schon einmal ein ähnliches Erlebnis gehabt hätten."

Dr. Roth legte ihren Schreibblock auf die breite Lehne des Sessels und lehnte sich erstmals zurück. Sie faltete die Hände und nickte stumm. Es dauerte eine Weile, bis sie ihre Antwort formulierte. Durch das geöffnete Fenster drangen die monotonen Geräusche eines Kehrbesens nach oben. „Sehen Sie: Mir offenbaren sich viele Beamtinnen und Beamte. Mit den unterschiedlichsten Problemen. Manche sind gravierend, manche nicht. Aber in der Regel lassen sich alle Probleme lösen, wenn man sich denn auf das Gespräch mit mir einlässt. Egal, was Sie getan haben und was Sie belastet: Ihr Geheimnis oder Ihr Problem, so es denn eines ist oder Sie es sich nur einreden, wird diese vier Wände und diesen Kopf nicht verlassen."

Sie tippte sich mit zwei Fingern in einer langsamen Bewegung an die Stirn. „Sollte Sie derzeit etwas Sexuelles beschäftigen und sollten Sie den Eindruck haben, dass dieses Sexuelle Teil einer unbestimmten … Gefühlsschwankung, Missstimmung, nennen Sie es, wie Sie wollen, ist, so werden wir versuchen, das gemeinsam herauszufinden. Es gibt in unserem Gespräch keine Tabus und keine Grenzen. Im Gegensatz zu Ihnen kann ich in meinem Job keinen Druck auf mein Gegenüber ausüben. Und abgesehen davon will ich es auch gar nicht."

Dr. Roth legte eine kleine Pause ein und dachte nach. Rogowski trommelte auf den Glastisch und nahm sich die Zigarettenschachtel. Der Drang zu rauchen überkam sie, und sie holte das Feuerzeug aus ihrer Jacke. Kurz darauf stieg Qualm auf und verließ das Zimmer durch das geöffnete Fenster.

„Frau Rogowski, wollen Sie mir vielleicht erzählen, warum Sie mir diese Frage gestellt haben? Hat diese Frage etwas mit ihrer derzeitigen Verfassung zu tun?"

„Ja, sonst hätte ich es bestimmt nicht erwähnt."

„Dann bin ich ganz Ohr. Legen Sie einfach los."

Legen Sie einfach los. Ich wüsste gar nicht, wo ich anfangen sollte, dachte Rogowski und nahm einen tiefen Zug. Insgeheim hoffte sie, Anderbrügge würde anrufen und sie bei einer Zeugenvernehmung brauchen. Aber der saß im Präsidium und ging die Liste aus dem Happy Club durch, die Dunja Milosevic gestern zusammengestellt hatte. *Dunja Milosevic. Verdammt, wie konnte das nur passieren.* Plötzlich kehrte etwas aus einer weit entfernten Vergangenheit zurück, was ihr ganzes Leben zwar in ihrem Kopf rumgespukt, aber mit der Zeit immer mehr an Kontur verloren hatte. Wie eine flüchtige Bekanntschaft, der man hinterher winkte und sie dann über Jahre oder für immer aus den Augen verlor. „Also gut, es ist nicht nur der Stress im Job und dieser beschissene Blick auf die kaputte Gesellschaft, den wir Bullen haben und der mir in letzter Zeit zusetzt. Dieses sexuelle Erlebnis, von dem ich jetzt keine Details erzählen möchte, hat mich schon einmal heimgesucht. Wie aus heiterem Himmel. Und zwischen damals und heute liegt eine verdammt lange Zeitspanne. Ich habe das Gefühl, dass ich von etwas eingeholt werde. Ich habe versucht, es zu verdrängen, aber es kommt immer wieder zurück. Ich wehre mich dagegen, diese Sache wirklich an mich ranzulassen. Ich ..." Sie brach ab, schüttelte den Kopf, erhob sich aus dem Sessel und blickte aus dem Fenster. Unten im Hof fegte immer noch der alte Mann.

„Frau Rogowski?", fragte Dr. Roth hinter dem Rücken ihrer Besucherin. „Ist alles in Ordnung? Sie können gerne im Stehen weitererzählen; Sie müssen nicht sitzen. Wir können auch eine Pause machen."

„Pause? Wir haben doch gerade erst angefangen." Rogowski drehte sich um und zerdrückte die Zigarette im Aschenbecher. Dann nahm sie die Hand der Polizeipsychologin.

Dr. Roth wirkte leicht irritiert, ließ es aber geschehen.

„So hat es begonnen. So wie ich Ihnen jetzt die Hand gebe, hat mir eine Frau die Hand gegeben. Und diese gestreichelt. Das hat mich völlig umgehauen. Danach ist es geschehen, einfach so."

„Sie meinen das sexuelle Erlebnis?"

„Ja. Ich konnte überhaupt nichts dagegen tun. Sie werden das für absurd halten, aber es ging alles wahnsinnig schnell. Jeder normale Mensch würde sagen, dass es so etwas nicht gibt. Dass sich zwei wildfremde Menschen nach einer Stunde plötzlich miteinander vergnügen; gleichgeschlechtliche Menschen wohlgemerkt."

Dr. Roth erhob sich, und die beiden Frauen hielten sich noch immer an der Hand. „Was empfinden Sie dabei, wenn Sie jetzt meine Hand halten? Empfinden Sie das Gleiche wie bei diesem ... Erlebnis?"

„Nein, ich empfinde gar nichts. Ich halte einfach nur Ihre Hand und denke nichts dabei. Ich bin nicht lesbisch, bin es nie gewesen. Glaube ich zumindest." Rogowski löste den Griff. „Ach was weiß ich denn? Das ist komplett bescheuert. Sie müssen mich für vollkommen bescheuert halten. Wahrscheinlich denken Sie, ich sei eine Schlampe. Eine, die sofort mit jedem und jeder in die Kiste springt. Aber so bin ich nicht; das können Sie mir glauben. Ich hatte schon lange keinen Sex mehr. Hat sich einfach nicht ergeben."

„Weil Sie gar nicht das Bedürfnis danach hatten, oder weil sich nicht der richtige Partner fand?"

„Beides. Vermute ich zumindest. Ich bin mir momentan meiner Gefühle nicht bewusst. Fast denke ich, dass ich überhaupt keine Gefühle mehr habe."

Die beiden Frauen setzten sich wieder und Rogowski zündete sich erneut eine Zigarette an. Roth notierte ein paar Dinge auf ihrem Schreibblock. Dann ließ sie wieder jenes angedeutete unverbindliche Lächeln über ihr Gesicht huschen. „Haben Sie das Bedürfnis, diese Frau wiederzusehen?"

„Nein, habe ich nicht", antwortete Rogowski schnell und mit Bestimmtheit.

„Warum nicht?"

„Hören Sie, ich stehe nicht auf Frauen, okay?" Rogowskis Antwort wirkte gereizt.

„Sie sagten aber, dass Sie schon einmal ein solches sexuelles Erlebnis hatten. Haben Sie das schon vergessen?"

„Ich soll was gesagt haben?", fragte Rogowski und klang ehrlich überrascht.

„Sie sagten vor ein paar Minuten ungefähr wörtlich, dass sie ein solches Erlebnis schon einmal, äh, heimgesucht habe. Das steht im Widerspruch zu der Aussage, sie seien keine Frau, die andere Frauen an sich heranlässt."

Rogowski stand auf und wirkte geistesabwesend. Ihr Blick ging eine Minute in den Hof hinunter und kehrte sich dabei nach innen. Dann räusperte sie sich und war mit einem Mal wieder zurück in der Wirklichkeit. Sie setzte ein flüchtiges Lächeln auf und machte eine sonderbare Bemerkung, als sei das Gespräch überhaupt nicht mehr von Bedeutung. „Schicker Wagen."

„Was haben Sie gesagt?"

„Na dieser Wagen da unten, der neue Mercedes. Tolles Cabrio, gefällt mir, leider nicht meine Gehaltsklasse. Und der Fahrer ist ein Arschloch. Leert seinen Aschenbecher mitten im Hof aus. Genau da, wo der alte Mann gerade noch gefegt hat. Es gibt schon echte Wichser auf dieser Welt. Sorry ... für die ordinäre Wortwahl."

„Ich würde dann jetzt gerne weitermachen, Frau Rogowski. Da, wo wir gerade stehen geblieben waren."

Rogowski sah auf die Uhr. Sie wirkte plötzlich wie unter Zeitdruck stehend. „Es tut mir leid, ich muss los. Ich kann das hier nicht. Noch nicht. Ich weiß auch nicht; ich muss einfach los. Danke für die Zeit, die Sie sich für mich genommen haben. Ich rufe Sie bald an."

„Ja, aber ..." Dr. Roth erhob sich ebenfalls.

„Ein anderes Mal. Ich muss wirklich los." Rogowski verschwand und ließ die Tür hinter sich ins Schloss fallen. Roth dachte eine Weile nach und ging dann an die Regalwand, in der zahlreiche Praxisliteratur in Reih und Glied Wissen bündelte. Sie fuhr mit dem Finger über diverse Buchdeckel und nahm dann ein bestimmtes Exemplar heraus. Sie setzte sich an ihren Schreibtisch und studierte das englischsprachige Werk, wobei sie sich ab und zu ein paar Notizen machte. Sie schaute auf die Zeitanzeige ihres Laptops und vergewisserte sich, dass noch genügend Zeit bis zum nächsten Termin war. Dann aktivierte sie den Internetbrowser und klickte sich in den passwortgeschützten Bereich einer psychologischen Expertenwebseite ein. Sie suchte ein entsprechendes Unterforum und fand dieses auf Anhieb. Sie öffnete einen bestimmten Beitrag und las aufmerksam den Verlauf einer Diskussion, den amerikanische Kollegen begonnen und mit Psychologen auf der ganzen Welt fortgeführt hatten. In dem virtuellen Gesprächsfaden tauchten immer wieder Fälle von Patienten auf, die alle die gleichen Verhaltensmuster aufwiesen. Roth loggte sich zwanzig Minuten später aus dem Programm aus und notierte schließlich ein einziges Wort auf ihrem Schreibblock, das sie mehrfach mit dem Stift einkreiste und ein Fragezeichen dahinter setzte: TRIGGER?

*

Bernd Anderbrügge war im Präsidium damit beschäftigt, dem gemeinsamen Büro den Geruch eines überdimensionierten Döners zu verpassen, als seine Partnerin energischen Schrittes durch die angelehnte Milchglastür eintrat. Er blickte kurz von seinem Pappteller auf und schob sich den letzten Happen in den Mund. „Kommst leider zu spät, sonst hätte ich dir was von dem Dönertier abgegeben."

„Lass mal, mir ist schon schlecht", erwiderte Rogowski und öffnete eines der Fenster. Frische Luft kam herein, getragen von einer lauen Sommerbrise. Heute war es nicht ganz so drückend wie in den Tagen zuvor; Rogowski wäre am liebsten in ihre Wohnung gefahren, um sich auf die kleine Dachterrasse zu legen und abzuschalten.

„Wie war der Termin?", fragte Anderbrügge.

„Okay."

„Okay?" Anderbrügge nippte an einer Dose Cola und spülte die letzten Reste seines Essens hinunter. Zufrieden lehnte er sich im Schreibsessel zurück. Okay!"

„Was willst du hören? Das es toll gelaufen ist; dass ich praktisch runderneuert nach dem Gespräch bin; dass ich wie neugeboren bin? Lass uns einfach nicht darüber reden; nicht jetzt; wir müssen uns um den Fall kümmern."

„Wie du meinst", sagte Anderbrügge. Seine Enttäuschung darüber, dass ihn seine Partnerin nicht tiefer einweihte in ihre Probleme, war unüberhörbar. Aber vielleicht war jetzt einfach nicht der richtige Zeitpunkt. „Dann bringe ich dich mal auf den Stand der Dinge, was die Überprüfung der Puffgäste anbelangt."

„Saunaclub", korrigierte Rogowski mürrisch.

„Wo ist da der Unterschied? Aber egal. Dunja Milosevic hat die Namen der Typen aufgeschrieben und gemailt. Ich hab das aber nochmal schriftlich aufnehmen lassen, als du bei deinem Termin warst. Für mich scheidet die Frau als Täterin oder Komplizin aus. Sie macht einen vernünftigen Eindruck. Wenn man einmal von ihrem etwas zweifelhaften Job absieht."

Rogowski sah Anderbrügge mit einem schiefen Blick an und lächelte. „Als ob du noch nie …"

„Was? Eine Nutte aufgesucht hätte?"

„Und? Hast du schon mal?"

„Betriebsgeheimnis."

Rogowski stützte die Hände aufs Kinn und sagte nichts. Auf ihrem Bildschirm sah sie die Daten der zu überprüfenden Personen. Neben der Tastatur lag das Vernehmungsprotokoll von Milosevic als Kopie. Sie hatte das zur Aussage gegeben, was Rogowski bereits in Erfahrung gebracht hatte.

„Einige der Gäste habe ich bereits gecheckt. Da ist keiner

dabei, der besonders ins Auge fällt. Keine Vorstrafen, keine sonstigen Delikte. Ein Haufen treubraver Familienväter aus geordneten Verhältnissen."

„Einer ist aber dabei, den ... Frau Milosevic, besonders erwähnt hat. Bokan, Dragoslav Bokan."

Anderbrügge war der kleine sprachliche Stolperer nicht entgangen. Er schluckte jedoch einen Kommentar runter. „Ja, den hat sie mir gegenüber auch erwähnt. Der Typ betreibt einen Autohandel in Bochum und macht irgendwas mit Export-Import. Den sollten wir uns mal etwas genauer ansehen."

„Irgendwelche Vorstrafen?"

„Nee, nichts. Muss drei Mal haarscharf an einer Anzeige wegen Körperverletzung vorbeigeschrammt sein."

„Woher weißt du das?"

„Habe heute Morgen mit einem alten Kollegen in Bochum telefoniert. Der kennt Bokan. Angeblich soll da auch was mit Prostitution laufen. Inoffiziell, versteht sich."

„Und Harry und Toto ermitteln bereits", gestattete sich Rogowski eine dahingesagte Bemerkung in Anspielung auf die beiden Reality-TV-Polizisten aus einer beliebten Fernsehserie.

„Da läuft im Moment gar nichts. Es liegt nichts gegen den Mann vor. Keine Gefahr im Verzug, keine eindeutigen Hinweise, keine Beschwerden von den Nachbarn. Wenn er wirklich Prostitution aus dem Hinterzimmer heraus betreibt, wird man das schwer nachweisen können."

Rogowski nickte. „Lass uns einfach mal rüber fahren und uns den Kerl anschauen. Von den ganzen lammfrommen Gestalten aus dem Happy Club scheint er mir noch eine der fragwürdigsten zu sein."

„Jetzt? Ich wollte mir eigentlich zwei bis drei andere von der Liste vornehmen. Einer darunter ist jemand aus dem Stadtrat. Milosevic kannte ursprünglich nur seinen Vornamen, bis sie eines Tages sein Gesicht zufällig in der Zeitung gesehen hat."

„Der hier?", fragte Rogowski und tippte mit dem Zeigefinger auf den Namen auf dem Bildschirm. „Horst Rau?"

„Ja, der. Politiker haben doch immer eine Leiche im Keller."

„Du siehst zu viel *Tatort*."

„Nein, mal ernsthaft. Ich habe einen Artikel über ihn gelesen. Der Kerl will den OB über eine alte Steuergeschichte zu Fall bringen. Solchen Typen ist jedes Mittel recht, um nach oben zu kommen."

„Und deshalb lässt er einen serbischen Autohändler erschießen?" Rogowski stand auf und ging um den Tisch. Sie schob den Pappteller mit den Essensresten zur Seite und setzte sich auf den Tisch, wobei sie die Beine übereinanderschlug. Anderbrügge musste sich zwingen, nicht mit den Augen an den Konturen ihres schlanken Körpers entlangzufahren. Ihre Nähe machte ihn jedes Mal ein wenig unruhig; auch nach all den Jahren intensiver Zusammenarbeit. Und gerade jetzt, in den letzten Zügen seiner Ehe, war er besonders anfällig für diese Dinge.

„Ich meine ja nur, dass wir diesen Rau noch überprüfen müssen."

„Das werden wir. Wir werden uns seine Aussage holen und sein Alibi zur Tatzeit checken. Aber wenn wir jeden Politiker in dieser Stadt unter Generalverdacht stellen, nur weil einer mal fremdgefickt hat, dürfte sich das Rathaus ziemlich bald leeren."

Anderbrügge drehte die Getränkedose in seinen Händen und dachte nach. Dann fuhr er seinen Rechner runter und stand auf. „Also gut, nehmen wir uns erst mal diesen Bokan zur Brust."

„Das wollte ich hören. Hast du eigentlich schon den Lebensgefährten von Milosevic überprüft?"

„Ja", sagte Anderbrügge beiläufig. „Habe in der Personalabteilung bei Krupp angerufen. Der hatte zur Tatzeit Schicht und war damit beschäftigt, einen ICE-Triebwagen zusammenzuschweißen."

„Die werden bei denen gebaut? Bei Krupp? Ich dachte, die machen in Rüstung."

„Nicht nur. Übrigens heißt der Konzern ThyssenKrupp AG. Wenn man bedenkt, dass die 2007 wegen Mitgliedschaft zum sogenannten Aufzugskartell verknackt wurden und fast eine halbe Milliarde Euro Strafe an Brüssel abdrücken mussten, kann man da eine Menge kriminelle Energie vermuten. Jetzt stell dir mal vor, dieser Rau hat irgendwas mit dem Jürgen Schneider, dem Partner der Milosevic, am Hut. Die kennen sich von früher; der eine macht Karriere, der andere ist ständig pleite. Der eine fragt den anderen, ob dieser nicht für einen Auftragsmord zu haben ist oder zumindest jemanden kennt, der dafür infrage kommt."

Rogowski hörte amüsiert zu. Anderbrügge war im ganzen Polizeipräsidium für seine wilden Verschwörungstheorien bekannt. Seiner Meinung nach war auch der 11. September nicht mehr als ein riesiges Täuschungsmanöver gewesen, hinter dem in Wahrheit die noch lebenden John F. Kennedy, Marilyn Monroe und Elvis als Drahtzieher steckten. George W. Bush kam in Anderbrügges aberwitzigen Planspielen lediglich als Marionette vor. Wenn Anderbrügge einen über den Durst getrunken hatte, spielten auch noch eine gewisse Area 51 und entführte Aliens eine gewichtige Rolle in seinen Phantasien. Dass Anderbrügge Kommissar geworden war, verdankte er weniger der Tatsache, dass er von Kindesbeinen an Lust auf eine Beamtenlaufbahn verspürt hatte, sondern vielmehr der Fähigkeit, sich aus Ungereimtheiten und fehlenden Details hanebüchene Geschichten zu erschaffen, bei denen manchmal wie zufällig Lösungsansätze für den Hintergrund eines Verbrechens herauskamen.

„Und? Weiter?"

„Weiter bin ich auch noch nicht. Mir ist noch nicht ganz klar, was der tote Autohändler damit zu tun hat. Vielleicht hat er mal Rau einen Wagen verkauft und dabei ein politisches Geheimnis erfahren. Vielleicht ging es darum in dem letzten Telefonat. Rau hat aus dem Puff ..."

„Saunaclub!"

„Aus dem Saunaclub mit Vladimir Midic telefoniert, um ihm Geld für sein Schweigen anzubieten. Der hat abgelehnt und war ein paar Stunden später tot."

Rogowski packte kurzentschlossen Anderbrügge am Arm und zog ihn mit sich. Gemeinsam verließen sie das Büro und gingen über den leeren Flur des Präsidiums. Schließlich flüsterte sie Anderbrügge etwas ins Ohr. „Vermutlich ist da eine Riesensache im Gang. Bestimmt steckt das Pentagon ganz tief mit drin. Oder das FBI, oder die CIA. Vielleicht geht es um die Entdeckung des Heiligen Grals, den Rau in einem alten U-Bahn-Schacht aufgespürt hat."

Anderbrügge stoppte und stemmte irritiert die Hände in die Hüften. Dann umspielte ein ehrliches Lächeln seine Lippen. „Kann es sein, dass du meine Theorie für etwas weit hergeholt hältst?"

„Nein, das klingt alles sehr ... realistisch."

Anderbrügge kramte in seinen ausgebeulten Hosentaschen nach ein paar Münzen, da der Getränkeautomat in Reichweite war.

„Was denn jetzt noch?", fragte Rogowski und wurde langsam ungeduldig.

„Ich brauche noch 'ne Cola. Dieser scheiß Sommer macht mich noch ganz fertig. Verdammte Hitze."

„Versuch's mal mit einem Mineralwasser und ein bisschen Sport. Du wirst langsam richtig fett."

„Oh, danke für das Kompliment. Verrate mir mal einen einzigen Grund, warum ich abnehmen sollte. Hätte ich etwa eine Chance bei dir, wenn ich schlank wie ein Hering wäre?"

Rogowski formte einen Kussmund und warf ihm einen verführerischen Augenaufschlag zu.

„Danke. Nichts ist frustrierender, als von den Weibern verarscht zu werden." Anderbrügge bedachte den Getränkeautomaten mit einem vernichtenden Blick, ließ die Münzen in der Hose und folgte seiner Kollegin.

Draußen empfing die beiden Kommissare ein warmer Sommernachmittag, der eigentlich zur Unbeschwertheit einlud. Doch es galt, einen Mord aufzuklären. Und vielleicht war Dragoslav Bokan der Schlüssel in dem noch undurchsichtigen Puzzle.

Sie stiegen in den Wagen, und wie immer nahm Anderbrügge hinter dem Steuer Platz. Er tippte die Zieladresse des Autohändlers in das Navigationssystem ein und ließ den Motor anspringen. Rogowski blickte in die Richtung, in der das Bürogebäude mit der Praxis von Dr. Roth lag. Eine Straßenbahn versperrte die Sicht auf den Haupteingang, aber die obere Etage war deutlich zu sehen. Ihre Gedanken wanderten zurück zu dem Gespräch, das sie so unvermittelt abgebrochen hatte. Sie hatte das Bild des fegenden alten Mannes vor Augen gehabt, als ihre Konzentration und die Bereitschaft, sich weiter zu öffnen, plötzlich versagt hatten. Sie hatte keine Ahnung, warum das so war und warum sie dieser Eindruck des Bildes zum Gehen veranlasst hatte. Wahrscheinlich lag es an ihrer derzeitigen Labilität und Sinnkrise. Sie redete sich ein, dass es der Job war, der sie veränderte. Eine andere Erklärung konnte es nicht geben.

„Übrigens ... hätte ich fast vergessen. Ich soll dir das hier geben", holte Anderbrügge sie in die Gegenwart zurück und zog einen kleinen gefalteten Umschlag aus der Brusttasche seines Hemdes.

„Was soll das sein?"

„Keine Ahnung. Milosevic gab es mir. Sie wollte es dir eigentlich persönlich übergeben, aber sie hatte deine Adresse nicht. Du stehst schließlich nicht im Telefonbuch. Als ich ihr gesagt habe, dass ich ihr die Adresse auch nicht geben werde, hat sie mich damit beauftragt, dir den Umschlag zu geben. Es sei persönlich."

Scheiße, dachte Rogowski und nahm den Umschlag an sich. *Jetzt wird Anderbrügge noch misstrauischer. Hoffentlich ist es nicht das, was ich denke.*

„Willst du ihn nicht öffnen?"

„Nein, das ist was Privates."

Anderbrügge beobachtete den Verkehr im Rückspiegel und konzentrierte sich auf einen aufgemotzten, knallgelben und tiefergelegten VW Golf, dessen junger Fahrer scheinbar meinte, den BMW durch dichtes Auffahren zum Spurwechsel auf der Schnellstraße bewegen zu können. „Was für ein Arschloch hinter mir! Äh, was sagtest du gerade? Es ist etwas *Privates*?"

„Ich glaub schon."

„Wenn du mit einer Zeugin Kochrezepte austauschst, geht mich das nichts an."

„Richtig, ein Kochrezept. Wir kommen schließlich beide vom Balkan." Rogowski ergriff sofort die Chance einer Notlüge. „Leckeres Essen, verstehst du? Nicht Döner, Pizza und Pommes."

„Schon gut." Anderbrügge akzeptierte die Antwort. Zumindest für den Moment. Der gelbe Golf schoss plötzlich auf die rechte Spur und überholte mit deutlich überhöhter Geschwindigkeit. Doch nach hundert Metern bremste er scharf ab, da eine Ampel schon längst auf Rot umgesprungen war. Der BMW kam auf der linken Spur direkt neben dem getunten Fahrzeug zum Stehen. Rogowski hatte ihr Seitenfenster geöffnet und blickte desinteressiert auf den Fahrer; einen jungen Türken mit jeder Menge Gel in den Haaren. Der ganze Golf schien ein einziger Bass zu sein, so sehr vibrierten seine Scheiben unter lauten Technoklängen.

„Was ist? Was guckst du so blöd? Kann dein Alter nur linke Spur fahren, oder was?", rief der Türke plötzlich zu ihr rüber.

Rogowski drehte sich zu Anderbrügge um. „Was ist Alter? Kannste nur linke Spur fahren, oder was?"

Anderbrügge lachte und schüttelte den Kopf. Rogowski blickte wieder zum Fahrer des Golfs rüber. „Nettes Spielzeugauto. Fährst du damit zur Kirmes? Auf den Autoscooter?"

„Ey, fick dich ins Knie, Fotze!", grölte der Türke und trommelte ungeduldig mit seiner linken Hand, die lässig aus dem Fenster hing, vor seine Fahrertür. Mit seiner rechten Hand zeigte er den Stinkefinger.

Rogowski griff hinter sich in den Fußraum des BMW.

Anderbrügge verdrehte die Augen. „Lass den Scheiß, bitte!"

„Warum? Jagen wir dem Bürschchen mal den Schrecken des Tages ein." Auf ihrem Schoß ruhte jetzt das mitgeführte Blaulicht, das laut Dienstvorschrift nur im Ernstfall eingesetzt werden durfte. Sie legte einen Schalter um und stellte die Lampe mit dem Magnetfuß aufs Dach. Der Golffahrer wechselte mit einem Mal die Gesichtsfarbe.

„Alles klar, Ali?"

Die Ampel sprang auf Grün, doch der junge Türke machte keine Anstalten, weiterzufahren. Auf der Fußgängerinsel sahen einige Passanten dem Geschehen zu.

„Schalt das Ding aus", bat Anderbrügge.

Rogowski ignorierte ihn. „Warte!" Sie löste den Sicherheitsgurt und stieg aus. Hinter ihr bildete sich eine lange Autoschlange. Vom Ende her war ein einzelnes Hupen zu hören. Der verunsicherte Golffahrer drehte seine Musik leiser. „Wie hast du mich gerade genannt, Ali?"

„Äh, ey, Scheiße, das war nicht so gemeint."

„Wie hast du mich genannt? Wiederhol das!"

„Ich, ich weiß nicht", stammelte der junge Mann. „Fotze oder so."

„Fotze? Hör zu! Wenn du noch einmal in diesem Ton mit mir redest, poliere ich dir die Fresse, ist das klar? Und sollte ich noch einmal deine scheiß gelbe Quietscheente hier sehen, werde ich das Ding aus dem Verkehr ziehen lassen. Und jetzt will ich das Zauberwort hören!"

Ali begriff nicht auf Anhieb. Auch wenn wegen des Straßenlärms niemand den Wortlaut der Unterredung mitbekam, schien dem Türken die Situation peinlich zu sein. Auf seinem jugendlichen Gesicht hatte sich ein Schweißfilm gebildet. Unsicher blickte er auf das mit allerlei zusätzlich installierten Anzeigen aufgerüstete Armaturenbrett, als ob dort in Leuchtschrift eine Antwort auf Rogowskis Frage erscheinen würde. Dann begriff er. „Tschuldigung. Ich entschuldige mich bei Ihnen!"

Rogowski setzte ein künstliches Lächeln auf und wartete einige Sekunden ab. „Akzeptiert, hast nochmal Glück gehabt. Und wenn ich dir einen Tipp geben darf: Kauf dir 'nen anderen Wagen. Der hier sieht aus, als würde ihn ein Idiot fahren. Die Karre ist einfach nur peinlich." Sie drehte sich um, schaltete das Blaulicht aus, und stieg wieder in den BMW. Anderbrügge gab Gas und erwischte in letzter Sekunde eine tieforangene Ampelphase. Der gelbe Golf blieb brav an der Kreuzung stehen und verschwand kurz darauf aus dem Rückspiegel.

„Was sollte der Mist?", regte sich Anderbrügge auf. „Musst

du dich wegen diesem Affen so aufpumpen? Wir sind nicht die Streife; wir müssen uns nicht um solche Spinner kümmern. Brauchtest du das jetzt, oder was?"

Rogowski zündete sich eine Zigarette an, schnippte die Asche aus dem Fenster, während die Fahrt durch dichten Verkehr zur Autobahn führte. „Ich lass mich halt nicht gern als Fotze beschimpfen."

„Du bist doch sonst nicht so zimperlich."

„Was soll das heißen?"

Anderbrügge drückte auf den Knöpfen des Navigationsgerätes herum, die Anzeige flackerte. Kurz darauf war das Display wieder taghell. „Das soll nichts heißen. Außer dass du in letzter Zeit wirklich ein paar komische Anwandlungen hast. Ich mach mir halt so meine Gedanken. Und ein paar Sorgen um dich. Das ist alles."

„Meinst du damit, ich würde mich nicht normal verhalten? Einen Tick haben oder so was?"

„Ich habe nicht gesagt, dass du einen Tick hast. Ich sagte, dass du ein paar Anwandlungen hast. Und dass in den letzten Tagen ein bisschen viel Mist passiert ist."

Rogowski zog es vor, sich in Schweigen zu hüllen. Ohne ein weiteres Wort nahmen sie den Weg über die Autobahn, ins nahe gelegene Bochum. Laut Navigationsgerät waren es nur zwanzig Minuten Fahrtzeit bis zur Zieladresse des Autohändlers. Rogowski musste daran denken, was wohl in dem Umschlag von Dunja Milosevic war. Sie hoffte, dass diese nichts mit irgendwelchen Gefühlsduseleien zu tun hatte. Sie überlegte, ob sie den Umschlag nicht einfach aus dem Fenster werfen und vergessen sollte. Stattdessen ließ sie sich von den drehenden Reifen der überholten Fahrzeuge ablenken und in ein kurzes Dösen entführen. Als in einer Kurve ihr Kopf sanft gegen das Fenster rutschte, war sie wieder hellwach.

„Wir sind gleich da", sagte Anderbrügge und verließ die Autobahn. „Bokan hat seinen Laden am Rande eines Industriegebiets. Fünf Minuten noch."

„Okay. Wie gehen wir die Sache an?"

„Lass mich reden", sagte Anderbrügge und wunderte sich über die Frage.

„Einverstanden. Wahrscheinlich ist es besser, wenn ich mich heute ein bisschen zurückhalte."

„Wahrscheinlich." Anderbrügge steuerte den BMW von einer stark befahrenen Bundestraße in das Industriegebiet, das nach einer ehemaligen Zeche benannt worden war. Der Anblick war wenig abwechslungsreich; links und rechts säumten Baumärkte, Elektrogroßhandel, Bekleidungshersteller, Maschinenverleiher und ein riesiges Areal der Post den Weg. Eine Armee gelber Transporter teilte sich einen Parkplatz mit einem Autovermieter, dessen grünweißer Fuhrpark zahlenmäßig unterlegen war. Menschen waren kaum zu sehen; hier und da verließen Angestellte die meist als Flachbauten errichteten Firmensitze, um schnellstmöglich in den Feierabend zu kommen und die frische Luft genießen zu können. An einem Trucker-Imbiss standen drei kräftig gebaute Männer in roten Overalls und unterhielten sich. Anderbrügge verlangsamte die Fahrt.

„Komm nicht auf die Idee anzuhalten. Dein letzter Döner liegt kaum eine Stunde zurück."

„Wir machen hier Halt, wenn wir bei Bokan durch sind. Ich lade dich ein. Auf 'ne Bratwurst und 'ne Coke!"

„Geil. Und dann glotzen wir in den Abendhimmel über dieser phantastischen Kulisse. Das wird bestimmt romantisch. Anderbrügge, du hast es echt drauf!"

„Sei nicht immer so zynisch. Stell' dir einfach vor, an Stelle des alten Zechenturms würde eine Klippe aufragen. Und direkt dahinter liegt das Meer."

„Dahinter liegt höchstens nur der Rhein-Herne-Kanal."

Zwei Minuten später ging es in einen Wendehammer, an dessen Ende Bokan seinen Firmensitz hatte. Eingerahmt von zwei nichtssagenden braunen Flachbauten in 08/15-Optik standen knapp fünfzig Gebrauchtwagen unter freiem Himmel; alle mit den Scheinwerfern in Richtung Straße aufgestellt. Rogowski dachte an hundert leblose Augen, die sie gleichzeitig anstarrten.

„Dann wollen wir mal." Anderbrügge stoppte den BMW direkt vor dem Eingangsweg in der Sackgasse. So wie es aussah, waren sie die einzigen Besucher an diesem Nachmittag. Weit und breit war niemand zu sehen.

„Da hinten muss es sein", sagte Rogowski und zeigte auf ein kleines Einfamilienhaus, das seltsam deplatziert auf dem Gelände wirkte. Sie setzte ihre Sonnenbrille auf, um sich gegen das grelle Licht zu schützen.

„Es scheint Leute zu geben, denen es nichts ausmacht, mitten im Industriegebiet zu wohnen. Zumindest ist es hier nicht besonders laut. Willst du vorgehen?"

„Mach du mal", sagte Rogowski und folgte ihrem Partner durch einen provisorisch angelegten Kiesweg, der mitten durch das fahrbare Blechsortiment führte. Die meisten Wagen hatten handbeschriftete Preisschilder hinter den Windschutzscheiben; kaum ein Modell war älter als zehn Jahre. Fahrzeuge der mittleren und gehobenen Klasse dominierten das Bild. Sie schienen optisch alle in einem einwandfreien Zustand zu sein. Was aber nichts zu sagen hatte; wie Rogowski aus eigener bitterer Erfahrung wusste. Ihre Abneigung gegen Gebrauchtwagenhändler schien ihr angeboren. Bis zum heutigen Tag hatte sie noch nicht ein Fahrzeug gekauft, das nicht nach ein paar Monaten erste Defekte aufgewiesen hatte. Sie verdrängte den Gedanken an ihre letzte Schrottkarre, um aufnahmefähig für die bevorstehende Befragung zu sein.

„Da hinten turnt jemand um das Haus rum", sagte Anderbrügge.

Sie hielten auf die Person zu, da sonst niemand anderes zu sehen war. Ein kleines Verkaufsgebäude mit angeschlossener Werkstatt erregte kurz ihre Aufmerksamkeit. Ein junger Mann im ölverschmierten Blaumann rief ihnen daraus etwas zu. „Wir haben schon geschlossen. Aber wenn Sie sich nur umschauen wollen, ist das okay. Ich mache in zehn Minuten das Tor vorne am Zaun zu. Der Chef hat schon Feierabend gemacht."

Anderbrügge bog zwischen den Wagen auf die kleine Werkstatt ab, in der sich die üblichen Werkzeuge und Gerätschaften einer Autoschlosserei an den Wänden und in kleinen Rollwagen türmten.

„Schick, was Sie da haben. Ford Mustang, '70er oder '71er Baujahr, die 7-Liter Version, V8-Motor. Stimmt's?", fragte er, als er das auffällig rote Fahrzeug in der kleinen Halle erkannte.

Der Mechaniker klappte gerade die Motorhaube des Wagens runter und strahlte aus seinem ölverschmierten Overall. „Ja. Wie ich sehe, kennen Sie sich aus. Ist aber leider nicht meiner. Gehört dem Chef."

„Und der hat Feierabend gemacht. Wohnt der zufällig da hinten in dem Haus?"

„Ja, ist ganz praktisch. Aber er steht nicht darauf, wenn man da einfach anklingelt. Privatsphäre, Sie wissen schon. Kommen Sie doch einfach morgen wieder. Ab acht Uhr ist immer jemand da." Der Mann ging an einen Waschtisch und begann damit, sich mit Gallseife das Öl von den Händen zu waschen. Als Anderbrügge den alten Mustang näher in Betracht nahm und versucht war, einzusteigen, drehte der Mechaniker das Wasser ab und schnappte sich ein altes Handtuch. Er hatte ein freundliches und schmal geschnittenes Gesicht mit wachen dunkelbraunen Augen. Seine olivfarbene Haut und seine dunklen Haare verrieten einen südländischen Typ. „Hören Sie! Der Chef mag nicht, dass sich Fremde da reinsetzen. Ich bekomme Ärger, wenn er das sieht."

„Schon okay", sagte Anderbrügge und hob entschuldigend die Hände. „Ich wollte nur mal gucken. Wenn ich mal Rentner bin und genügend Kleingeld habe, werde ich mir so ein Teil auch zulegen."

Der Mechaniker musterte Anderbrügge kurz und widmete sich wieder der Seife und dem Wasserstrahl. „Klar."

„Vielleicht darf ich mich mal reinsetzen", sagte Rogowski und blickte den jungen Mann an. „Um einmal im Leben in was anderem als einem ollen BMW gesessen zu haben."

Der Mechaniker hatte Rogowski bisher im Gegenlicht der tiefstehenden Sonne noch gar nicht wahrgenommen und hielt sich schützend die Hand vors Gesicht. Er musterte sie von oben bis unten und drehte dann das Wasser ab. „Also gut. Bei hübschen Frauen macht man schon mal eine Ausnahme."

Rogowski ging auf den feuerroten Mustang zu. Ihre flachen Absätze erzeugten ein helles widerhallendes Geräusch auf dem Boden. Anderbrügge trat verdutzt zur Seite und entfernte sich kopfschüttelnd ins Freie. Der Mechaniker öffnete ihr sogar die Tür.

„Oh, ein Gentleman. Danke!" Rogowski stieg in einer eleganten Bewegung in den Wagen und begutachtete das aufwändig restaurierte Interieur. Weiches, in rot und weiß gefärbtes Leder, verchromte Armaturen, ein schwarzer Teppich im Fußraum, ein neuer Dachhimmel. Der Wagen atmete den Geruch von Geld aus. „Was würde mich so ein Wagen kosten?"

„Der hier?", fragte der junge Mann, den Rogowski auf Mitte zwanzig schätzte. „Keine Ahnung. In dem Zustand vielleicht Achtzig?"

„Das ist etwas über meinen Geldbeutel hinaus. Vielleicht

sollte ich Autohändler werden, um mir so etwas Schickes leisten zu können."

Der junge Mann grinste; das Eis schien getaut.

„Hat Ihr Chef noch mehr von dieser Sorte? Ich meine ... teure Spielzeuge?"

Der Mechaniker kratzte sich am Hinterkopf und schaute etwas verlegen zur Seite. Anscheinend war er sich nicht sicher, ob er auf die Frage überhaupt antworten durfte oder sollte. Schließlich gab er sich einen Ruck, als Rogowski ihn durchdringend ansah. „Er hat noch einen Ferrari in der Garage. Daytona Spider. Gleiches Baujahr wie der hier. Und 'ne Shelby Cobra. Diese Wagen bekommen Sie aber nicht für achtzig Riesen."

„Sondern?"

„Ein bisschen mehr müssen Sie schon dafür hinlegen."

„Okay". Rogowski wollte sich gerade für die Auskunft bedanken und aus dem Wagen steigen, als sie durch die Windschutzscheibe sah, wie Anderbrügge im Gegenlicht einen Mann begrüßte, vermutlich Bokan.

„Scheiße, mein Chef", murmelte der Mechaniker.

„Schon in Ordnung, wir sind Bullen und haben ein paar Fragen an den Boss. Reine Routine. Ich bleib noch ein wenig sitzen, wenn ich darf."

Der Mechaniker zuckte die Schultern und schritt wieder an den Wasserhahn. Rogowski beobachtete vom Fahrersitz aus, wie Anderbrügge und der Mann sich unterhielten. Noch hatte Bokan sie nicht wahrgenommen.

„Sie sind Dragoslav Bokan?", hörte sie Anderbrügge fragen.

„Ja, der bin ich. Eigentlich ist schon geschlossen, ich hatte nur was in der Werkstatt vergessen. Wie kann ich Ihnen helfen?"

„Oh, wir ... meine Kollegin da hinten im Wagen und ich ... haben ein paar Fragen an Sie."

„Fragen? Was für Fragen?" Bokan drehte sich zur Seite, sodass er vom Gelände in die Halle sehen konnte.

Rogowski konnte sein Profil erkennen. Es war klein und stämmig. Das Gesicht des Mannes war im Gegenlicht nur zu erahnen. Seine Stimme hatte einen starken Akzent, klang dunkel und rau und nicht gerade freundlich. Rogowski hatte den Eindruck, diese Stimme schon irgendwo einmal gehört zu haben.

„Kommen Sie bitte raus aus dem Mustang. Ist Privateigentum."

„Ja, schon gut", sagte Anderbrügge. „Sie wird aussteigen. Dürfte ich bitte Ihren Ausweis sehen, Herr Bokan?"

Der Autohändler schien ein wenig irritiert zu sein; Rogowski hatte keine Ahnung ob wegen ihr oder Anderbrügges Frage. Er drehte sich wieder zu ihm um.

„Ausweis? Wieso Ausweis? Was gibt das hier? Seid ihr Bullen?"

„Sind wir!" Anderbrügge zeigte seine Marke. „Kripo Essen, Mordkommission. Wir führen eine Routineüberprüfung unter Gästen des Happy Clubs durch. Sie sind doch regelmäßiger Gast dort, oder?"

Bokan zögerte mit der Antwort und musterte Anderbrügge von oben bis unten. Dann griff er nach hinten in die Tasche seiner Hose und holte eine schwere Brieftasche hervor. Sein Ausweis war einwandfrei.

„Ich bin ab und zu da. Der Laden gehört meiner Ex. Was wollen Sie von mir? Ist es etwa verboten, seine Geschäfte in einem Saunaclub anzuleiern?"

Rogowski blieb weiterhin sitzen und hörte dem Gespräch zu. Die Stimme des Mannes hallte in ihrem Kopf wie ein Echo nach. Woher kam sie ihr nur so bekannt vor?

„Sie können so viele Geschäfte wie Sie wollen in diesem

Club machen", erklärte Anderbrügge beiläufig. „Solange sie legal sind."

„Hey, hören Sie", blaffte Bokan. „Was soll der Scheiß? Ich mache keine krummen Dinger. Ich verkaufe Gebrauchtwagen. Gute Gebrauchtwagen. Verstanden?"

Der junge Mechaniker hatte es plötzlich eilig, nach Hause zu kommen und murmelte einen Abschiedsgruß an Bokan, den dieser nicht erwiderte. Anderbrügge bat ihn hastig, noch zu warten, und stellte Bokan die Frage nach seinem Aufenthaltsort während der Tatzeit, an dem der Mord an Midic geschehen war.

„Was? Was sind das für blöde Fragen? Woher soll ich wissen, wo ich an dem Tag war. Wahrscheinlich hier, wo sonst?"

„Kann das jemand bestätigen? Vielleicht der junge Mann hier? Wie heißen Sie übrigens?"

Der Mechaniker sah zunächst seinen Chef an und dann Anderbrügge. „Ich heiße Vojslav Dindic. Welchen Tag meinen Sie?"

„Den 8. Juli. Früher Vormittag."

Bokan sagte etwas in serbischer Sprache zu seinem Mitarbeiter. Dieser schluckte kurz und versuchte dann möglichst lässig zu wirken.

Anderbrügge unterbrach die Unterredung. „Ich habe Herrn Dindic die Frage gestellt, okay? Ich glaube, dass er sehr gut Deutsch versteht und spricht. Also, können Sie bezeugen, dass Ihr Chef zur betreffenden Zeit hier war?"

„Ja."

Anderbrügge notierte sich etwas auf seinem kleinen Notizblock. „Prima, das war's schon. Sie können dann gehen. Schönen Feierabend."

Der Mechaniker nickte und sah Bokan kurz in die Augen. Dann entfernte er sich eiligen Schrittes vom Geschehen. Rogowski hatte nicht alles verstanden, was Bokan Dindic gesagt hatte, da sie schon lange nicht mehr die serbische Sprache gehört hatte. Aber so viel war klar: Dindic hatte seinem Chef gerade ein falsches Alibi gegeben. Sie stieg aus dem Wagen und bewegte sich langsam auf die beiden Männer zu. Schritt für Schritt näherte sie sich, die serbischen Worte in ihren Gedanken zitierend. Plötzlich ergab sich ein Bild zu der Stimme, die sie bisher nicht einordnen konnte. Was hier gerade geschah, musste ein fürchterlicher Albtraum sein. Am liebsten wäre sie im Wagen sitzen geblieben und hätte gewartet, bis alles vorbei war. Aber da Anderbrügge wie auch Bokan mehrmals zu ihr ins halbdunkle Wageninnere hinüber gesehen hatten, ließ sich das nicht mehr hinauszögern. Sie musste sich in die Unterredung einschalten und darauf hoffen, dass Bokan sie nicht erkannte oder er einfach nicht der war, den sie glaubte, dort stehen zu sehen.

Als sie bewusst leise die Werkstatt durchschritten hatte und ins Freie trat, kreuzte sich ihr Blick mit dem von Bokan. Obwohl es Hochsommer war, hatte sie das Gefühl, als ob eine plötzliche Eiszeit über sie hereingebrochen sei. Ein Schauer lief ihr über den Rücken, als sie in jene Augen schaute, die sie schon einmal gesehen hatte.

Der Lärm eines laut rumpelnden Lastwagens im Wendekreis machte die Begrüßung für einen Moment unmöglich. Rogowski hoffte, der Krach würde ewig anhalten. Vor ihr stand nicht Dragoslav Bokan, sondern ein alter Bekannter aus dem Kosovo-Krieg. Schlagartig verspürte sie Angst. Nackte Panik!

Grenzgebiet - 10. Dezember 1991

Seit drei Tagen führte die Fahrt mit dem alten Armeelaster über einsame holprige Straßen und unwegsames Gelände Richtung Belgrad. Die Erschütterungen der Achsen ließen Zdenka nicht richtig zur Ruhe kommen. Sie war müde und ausgelaugt angesichts der unbequemen Umgebung, die ihr neues Versteck war und aus der es kein Entrinnen gab. Eingepfercht wie ein wildes Tier kauerte sie auf der Pritsche des nach Diesel stinkenden Lastwagens unter einer dünnen Decke, die umstellt war von sperrigen Holzkisten, altersschwachen Ersatzreifen, dunklen Leinensäcken mit unbekanntem Inhalt und diversen großkalibrigen Maschinengewehren, von denen sie keine Ahnung hatte, wie sie funktionierten. Die Plane des Fahrzeugs versperrte die Sicht nach draußen und schützte auch nicht vor der Kälte, die durch zahlreiche Ritzen in das Innere kroch und ihr jegliche Kraft nahm.

Vier- oder fünfmal hatte der Laster gestoppt; scheinbar im Niemandsland. Männerstimmen waren zu hören gewesen und das Geräusch von Stiefeln, die auf die morschen Holzplanken der Ladefläche auftraten. Geld und Gegenstände hatten mehrfach die Besitzer gewechselt; anscheinend hatte Zlatko seine Route gut ausgearbeitet, um durch kleine oder große Gefälligkeiten freies Geleit nach Belgrad zu haben.

Zdenka hatte keine Ahnung, ob sie die kürzeste Route nahmen oder ob es im Zickzack durch die Gegend ging. Es schien ihr unwahrscheinlich, dass man für die Strecke zwischen Vukovar und der serbischen Landeshauptstadt, so sie denn wirklich dem von Zlatko benannten Endpunkt der Reise entsprach, so viel Zeit benötigte. Aber da draußen herrschte Krieg, und Zlatko würde schon wissen, warum die Route genau so gewählt worden war.

Zweimal war er kurz zu ihr geklettert, um sich zu vergewissern, dass sie nicht erfroren war. Dann hatte sie ihn befriedigen müssen, während Milan im Fahrerhaus bei laufender Standheizung wartete.

Anscheinend hatten sich die beiden Männer im Wechsel hinter das Lenkrad gesetzt. Warum sie selber nicht in der bestimmt wärmeren Kabine sitzen durfte, hatte Zlatko ihr nicht gesagt. Vermutlich, um sie zu schützen, so paradox das auch klang. Möglicherweise hätte sie an einer Straßensperre als Faustpfand eingetauscht werden können, wo ihr Schicksal nach mehrfacher Vergewaltigung wahrscheinlich der sichere Tod gewesen wäre. So blieb ihr zumindest die Hoffnung, heil in Belgrad anzukommen, eine neue Identität unter dem Schutz ihres Entführers anzunehmen und am Leben zu bleiben – auch wenn der Preis dafür ein hoher war.

Wieder einmal verlangsamte der Laster die Fahrt und rollte im Leerlauf einen Abhang hinab. Einige rohe Kartoffeln befreiten sich aus einer verschmutzten Plastiktüte und kullerten vor ihr Gesicht. Mit ihren eiskalten Händen griff sie nach einer der Knollenfrüchte und biss hinein. Sie schaffte es kaum, einen Happen zu essen; so sehr fühlte sie sich ermattet und abwesend von dieser Welt. Sie betete, dass diese Odyssee endlich ein Ende nahm und sie eine heiße Dusche und ein halbwegs weiches und warmes Bett vorfand, um richtig auszuschlafen und zu Kräften zu kommen. Dann stoppte der Armeelaster und eine der Türen vom Fahrerhaus ging auf.

„Hey! Hey du, komm' her! Na komm' schon her, ich tu' dir nichts." Es war Milans Stimme, die gedämpft durch die Plane zu Zdenka drang. Anscheinend hatte der Soldat eine Person am Straßenrand gesehen, von der er etwas Bestimmtes wissen wollte. Vielleicht stimmte etwas mit der Karte nicht; vielleicht hatten sie sich verfahren. „Ist das der richtige Weg nach

Borca? Wir sind vom Weg abgekommen und brauchen Hilfe. Kennst du dich in der Gegend aus?"

Zdenka befreite sich aus ihrer Lethargie und war mit einem Mal hellwach. Borca? Sie hatte von einem Ort mit diesem Namen in der Schule gehört. Das müsste nördlich der Donau sein, auf der anderen Uferseite von Belgrad. Es konnte also gar nicht mehr weit bis zum Ende der Reise sein.

„Was ist jetzt, warum läufst du davon? Was soll das? Verfluchte Scheiße!" Aus Milans Stimme war eine deutliche Spur von Wut zu hören. Wie sie am eigenen Leib erfahren hatte, war er sehr schnell aus der Fassung zu bringen. Zdenka hoffte, dass die Person draußen auf der Straße diese Wut nicht auch zu spüren bekam. „Hey, bleib stehen! Du verdammtes Miststück, sollst stehen bleiben! Was glaubst du, mit wem du es hier zu tun hast?"

Zdenka stockte der Atem. Da draußen musste sich eine Frau unbestimmten Alters befinden. Denn niemand redete einen kleinen Bauernjungen oder einen erwachsenen Mann mit Miststück an. Und genau diesen Ausdruck hatte Milan auch ihr gegenüber gebraucht; an jenem Tag in dem alten Haus in Vukovar, als der alte Mann hatte sterben müssen.

Das Geräusch einer sich öffnenden Fahrzeugtür erklang und Zlatko schaltete sich ein. „Lass sie einfach laufen! Der Weg ist der richtige. Es gibt nur diesen einen."

„Scheiße, nein! Diese Hure wird mich jetzt kennenlernen."

„Milan!"

Zdenka rappelte sich auf und schlug die Hände vors Gesicht. Sie ahnte Fürchterliches und merkte, wie Verzweiflung und Tränen in ihr hochstiegen. *Lauf! Lauf so schnell du kannst!*

„Milan, wir haben keine Zeit für sowas. Komm zurück in den Wagen. Und zwar sofort!" Zlatkos Zorn war unüberhörbar. In diesem Tonfall hatte sie ihn noch nie sprechen oder rufen gehört.

„Die haut einfach ab. Und sie ist auch keine von hier. Die ist ... scheiße, die ist Reporterin oder so was. Die hat ein Foto gemacht!", schrie Milan. Seine Worte überschlugen sich in der zunehmenden Entfernung. Er schien nun zu rennen.

„Was? Verfluchte Scheiße! Halt sie auf!" Jetzt war auch Zlatko aus dem Wagen gesprungen. Zdenka hatte deutlich den Aufprall der Stiefel auf dem hart gefrorenen Boden gehört. Sie überlegte für einen kurzen Moment, ob sie die schwere Plane von den Gummischnallen lösen sollte, um einen Blick ins Freie zu erhaschen. Dann verwarf sie den Gedanken, weil sie sich dadurch nur selber als Mitwisserin in Gefahr bringen würde. Sie nahm an, dass es draußen noch hell genug war, sodass Milan und Zlatko genau wussten, in welcher Richtung sie die Frau verfolgen mussten.

„Ich knall die ab. Ich knall die ab. Scheiße, ist die schnell!" Es war Milans Stimme, noch weiter weg klingend.

„Sieh zu, dass sie dir nicht entwischt. Wenn die mit den Fotos durchkommt ..." Dann entfernten sich auch Zlatkos hektisch gerufene Befehle vom Laster. Wenig später waren Schreie zu hören. Schreie von einer Frau. Dann wurde es leise. Minuten verstrichen. Das Geschehen spielte sich zu weit von Zdenkas unfreiwilligem Aufenthaltsort ab, als dass sie akustisch noch etwas mitbekommen konnte.

Oh mein Gott, er hat sie eingeholt!
Sie haben sie eingeholt ...

Das Geräusch eines einzelnen Schusses zerriss die beklemmende Stille. Zdenka zuckte zusammen und biss sich auf die Unterlippe. Ihre Augen füllten sich mit Tränen. In sich zusammengesunken kauerte sie sich in die äußerste Ecke ihres Verstecks und wartete darauf, dass die Fahrt weiterging und der Schrecken endlich ein Ende nehmen würde.

Scheinbar eine Ewigkeit später drangen wieder die Stimmen

der beiden an ihr Ohr. Ihre eigenen Sinne waren mittlerweile so geschärft, dass sie jedes Wort aus der Ferne verstehen konnte.

„Gute Idee, die Leiche und die Kameras anzuzünden. Milan."

„Die Schlampe wird keinem mehr schaden. Obwohl ich sie noch gerne vernascht hätte. Scheiß ausländische Fotze; verdammte deutsche Reporternutte."

„Beruhige dich. Und gib mir die Weste von der Frau. Unsere Kleine dahinten friert bestimmt fürchterlich."

Nach einer Pause wieder Milans Stimme: „Ich verstehe immer noch nicht, was du an ihr so toll findest."

„Mit Zdenka werde ich ein neues Leben anfangen. Sie ist eine Granate. Wenn du verstehst, was ich meine."

Als kurz darauf die hintere Plane des Lasters aufgerissen wurde und sich Zlatko unter Fluchen einen Weg zu ihrem Versteck bahnte, stellte sich Zdenka schlafend. Mit geschlossenen Augen nahm sie wahr, wie der Serbe ihr ein großes Bekleidungsstück überlegte. Es musste eine wetterfeste Jacke oder eine dicke Weste sein; das Material fühlte sich grob auf ihrer Wange und auf ihren Händen an. Sie nahm den Geruch eines unbekannten und fast verflogenen Parfüms war, der an dem Stoff haftete. Für Zdenka war es der Geruch des Todes. Süß und schwer, wenn auch nur noch in Nuancen vorhanden. Dieser Geruch würde sie, so lange sie selber lebte, an jene unbekannte Frau erinnern, die auf dem Balkan wegen eines Fotos ihr Leben gelassen hatte.

Essen, Deutschland - 25. Juli

Er ist es, dachte Rogowski und musterte Bokan genau so, wie er es umgekehrt mit ihr tat. Es kam ihr vor, als hätte sie ein altes verblichenes Bild in einem Fotoalbum entdeckt, auf dem eine Person unscharf abgebildet war, deren Konturen aber in der eigenen Erinnerung von Sekunde zu Sekunde zunahmen. Etwas kehrte zurück, etwas aus ihrer Vergangenheit, etwas längst Verdrängtes. Eine unliebsame Begegnung mit einem Menschen, den man am liebsten nie mehr im Leben wiedersehen wollte.

Milan.

Der Gedanke an die Zeit, die sie mit ihm hatte verbringen müssen, schmerzte. Ihr Magen drohte zu rebellieren und sie hatte alle Mühe, sich äußerlich gefasst zu zeigen. Nur das nervöse Flackern in ihren und seinen Augen verriet das Erstaunen über ein Wiedersehen nach fast zwanzig Jahren. Es war als sei es erst gestern gewesen, dass sie die Erniedrigungen dieses Mannes hatte ertragen müssen. Sie dachte an seine primitive und brutale Art zurück; an die Demütigung ihrer eigenen Person und an das, was mit dem alten Mann geschehen war; in jenen Kriegstagen im Kosovo, Vukovar, 1991.

Milan war etwas schlanker geworden. Sein dunkles Haar hatte sich gelichtet, an den Schläfen war es ergraut. Er trug jetzt einen Dreitagebart und neue, blitzweiße Zähne. Doch seine Augen waren noch immer von jener Eiseskälte gezeichnet, die dem Gegenüber signalisierten, sich besser nicht mit diesem Menschen anzulegen. In ihnen spiegelte sich der Charakter eines Mannes wider, der sich nahm, was er wollte. Sein eleganter dunkelblauer Anzug mit dem hellblauen und weit geöffneten Hemd konnte nicht davon ablenken, dass in der Hülle des anscheinend seriösen Geschäftsmanns ein brutaler Schlächter steckte.

Nur dem Umstand des laut rangierenden Lasters direkt vor dem Eingang des Gebrauchtwagenhandels hatte es Rogowski zu verdanken, dass sich die wortlose Situation anscheinend endlos hinzog und Anderbrügge nicht mitbekam, was hier gerade auf einer unsichtbaren Ebene ablief.

Bokan musterte sie seinerseits mit einem alles durchdringendem Blick, aus dem Funken zu sprühen schienen. Es bestand überhaupt kein Zweifel daran, dass auch er sie auf Anhieb erkannt hatte; trotz der vielen Jahre seit ...

„So, der Brummifahrer da hinten scheint fertig zu sein mit seinem Manöver", brach Anderbrügge das Schweigen und sah dem abfahrenden Laster hinterher. „Wenn ich vorstellen darf: Zdenka Rogowski, meine Kollegin, Kommissarin vom K 11. Wir ermitteln gemeinsam in dieser Sache mit dem toten Autohändler in Essen."

Weder Rogowski noch Bokan machten Anstalten, sich die Hand zu geben. Stattdessen rangen sich beide ein kaum hörbares *Hallo* ab.

Anderbrügge schien die Spannung zwischen Rogowski und Bokan nicht zu bemerken. „Wenn wir nun weitermachen könnten? Kannten Sie eigentlich Vladimir Midic?"

„Sie meinen den ermordeten Autohändler aus Essen? Hören Sie, Kommissar ..."

„Anderbrügge."

„Kommissar Anderbrügge, gut. Haben Sie eine Ahnung, wie viele Autohändler es im Ruhrgebiet gibt?"

„Das beantwortet nicht meine Frage."

Bokan nahm sich eine Zigarette und zündete sich diese umständlich an. Er vermied den Blickkontakt zu Rogowski und nahm zwei Züge, bevor er Anderbrügge antwortete. „Ich kannte ihn nicht. Nicht besonders gut. Habe wohl mal einen Wagen von ihm in Zahlung genommen. Müsste nachsehen, wann das gewesen war. Ankauf, Verkauf, Inzahlungnahme, das Übliche eben. Passiert jeden Tag überall in der Branche, ist nichts Besonderes. Aber ihn kennen? Nein, das wäre übertrieben. Sie könnten mir ein Foto von ihm zeigen und ich würde ihn wahrscheinlich nicht wiedererkennen."

„Erinnern Sie sich vielleicht jetzt?", versetzte Rogowski und holte ein Schwarz-Weiß-Foto aus der Jackentasche, das ein Porträt des Opfers zeigte, inklusive der grauenvollen Schussverletzung.

Bokan warf einen Blick darauf und blickte im Bruchteil einer Sekunde ungerührt zur Seite. „Ja, vielleicht ist er das. Kann sein, weiß nicht so genau."

„Sie haben sich das Bild gar nicht richtig angesehen", bemerkte Anderbrügge. „Werfen Sie nochmal einen zweiten Blick drauf. Auch wenn es nicht besonders appetitlich aussieht."

Bokan schnippte die eben erst angezündete Zigarette lässig mit zwei Fingern in den Kies. Mit einer raschen Handbewegung nahm er das Bild an sich und betrachtete es länger. Seine Stirn legte sich in Falten; er sah konzentriert aus. Dann hielt er den Abzug so von sich weg, dass Rogowski ihn wieder zu fassen bekam.

„Ja, könnte sein, was soll ich sagen? Wenn ich mal einen Wagen von ihm genommen habe – und das habe ich, ja – heißt das noch lange nicht, dass er ihn selber rübergebracht haben muss. Außerdem ist das nicht das beste Foto. Ich meine ... da fehlt ja einiges an seinem Kopf."

„Macht Ihnen der Anblick einer Leiche nichts aus? Haben Sie schon öfters Leichen gesehen?", fragte Rogowski dumpf. Anderbrügge warf ihr einen skeptischen Blick zu.

„Ob ich schon öfters Leichen gesehen habe?" Bokan lachte auf. Er breitete seine Hände abwehrend aus und faltete sie dann vor seinem Schoß zusammen. „Ich sehe gerne Horrorfilme. Da sieht man so was dauernd. Aber Sie haben bestimmt schon viele echte Leichen gesehen. Oder, Frau Kommissarin? Entschuldigen Sie, ich habe mir Ihren Namen nicht merken können. Frau Rogulic?"

„Rogowski", sagte Anderbrügge und ließ eine kurze Pause folgen. „Wir würden gerne sehen, wann Sie das letzte Geschäft mit Midics Firma abgewickelt haben. Darüber müsste es doch Unterlagen geben; einen Vertrag oder so was."

„Ich kann nachsehen. Schicke ich Ihnen dann per Fax zu, okay?"

„Wir würden das gerne *jetzt* sehen", insistierte Rogowski. „Können wir in Ihr Büro gehen?"

„Muss das sein? Ich habe Feierabend. Außerdem habe ich ein Alibi, mein Angestellter hat es bestätigt", antwortete Bokan. Er wirkte gefasst, absolut entspannt und keineswegs nervös. „Braucht man dafür nicht einen Durchsuchungsbefehl?"

Anderbrügge und Rogowski sahen sich an. Ohne einen dringenden Verdacht konnten sie nichts machen.

„Wir können gerne wiederkommen." Anderbrügge sah auf seine Armbanduhr. „Allerdings haben Sie doch nichts zu verbergen. Also können wir das doch auch jetzt erledigen; falls es Ihnen nichts ausmacht."

Bokan nickte mit dem Kopf und zeigte ein strahlendes Lächeln. Es war so falsch wie das Weiß seiner Zähne. „Schon okay, ich hole den Ordner. Warten Sie einfach in meinem Büro. Kann ein paar Minuten dauern; habe die älteren Unterlagen bei mir im Haus."

„Wir kommen gerne mit", sagte Rogowski. „Ich wollte Sie ohnehin bitten, ob ich mal eben ihre Toilette benutzen darf. Zu viel Kaffee heute."

„Sie können die Toilette in der Werkstatt benutzen. Der Schlüssel steckt."

„Ich bin da so ein bisschen pingelig, was Kunden-WCs anbelangt."

Mit einem Mal wurde Bokan etwas unruhig. Sein teurer dunkler Lederschuh scharrte im Kies. Anderbrügge fiel das überhaupt nicht auf; für ihn gab es keinen Grund, sich länger als nötig hier aufzuhalten. Er hatte die entlastende Aussage des jungen Mechanikers zum Alibi und die genügte ihm fürs erste.

„Also gut, kommen Sie mit ... Kommissarin Rogowski. Aber nicht, dass dies jetzt ein abendfüllendes Programm wird. Ich habe Gäste da."

Rogowski lächelte ihn an, mindestens ebenso falsch, wie Bokan es tat. „Das ist sehr freundlich von Ihnen."

„Ist das okay, wenn ich solange warte?", fragte Anderbrügge. „Ich würde mir gerne den Mustang etwas genauer ansehen. Von innen, falls ich darf?"

Bokan machte eine resignierende Handbewegung; so als ob das jetzt auch nichts mehr ausmachen würde. „Also gut. Aber das ist eine Ausnahme. Normalerweise sind meine Privatwagen für Kunden tabu. Da bin ich eigen."

„Danke."

„Wir sind gleich zurück", sagte Rogowski im Gehen. In ihrem Kopf rotierte es, als ob sie in einem Karussell saß. Keiner von beiden sagte ein weiteres Wort, bis sie den Eingang des Einfamilienhauses erreicht hatten. Es schien ein schlüsselfertiger Bau zu sein; gerade mal ein paar Jahre alt. Ein gepflegter Rasen mit einem Springbrunnen und ein paar Ziersträuchern bildete das Entree vor der Front. Seitlich versperrten Hecken den Blick in den Garten. Rogowski meinte Frauenstimmen zu hören. Der Geruch von Chlor lag in der Luft. Bokan schloss die moderne Eingangstür auf und ging als Erster hinein. Der Flur war geräumig und mit weißem Marmor gefliest. An den hellen Wänden hingen großformatige Bilder mit stimmungsvollen abstrakten Malereien. Dazu kontrastierten dunkle Kommoden und antike Stühle aus längst vergangenen Zeiten. Der Flur eröffnete den Durchblick in ein mit roter Ledercouch ausstaffiertes Wohnzimmer und die Terrasse, hinter der sich ein Swimmingpool befand. Rogowski erkannte zwei nackte junge Frauen, die am Rand des Pools saßen und lachten.

„Und jetzt zu uns!" Bokan drehte sich plötzlich um. „Das mit dem Pinkeln war doch nur ein Vorwand, um mich unter vier Augen zu sprechen, oder? Keiner von uns hätte jemals damit gerechnet, den anderen wiederzusehen. Dass du jetzt bei den Bullen bist, hätte ich auch nicht erwartet. Und dann noch hier, direkt vor meiner Haustür."

Kaum dass die Tür ins Schloss gefallen und Anderbrügge außer Reichweite war, hatte sich Bokan in Milan verwandelt; so wie Rogowski ihn von früher kannte. Sein Gesicht hatte plötzlich etwas Fratzenhaftes bekommen; seine Zunge leckte über seine Lippen, als sei er ein wildes Tier, das die Witterung zur Beute aufgenommen hatte. Er stellte sich breitbeinig hin und stützte einen Arm an der Wand ab. Rogowski war der Blick nach hinten versperrt, und sie konnte nur undeutlich die beiden nackten Frauen erkennen, die sich anscheinend gerade küssten. Sie waren sehr jung, aber zumindest schienen es keine Minderjährigen zu sein.

„Ich hatte gedacht, du bist tot. Und diese Vorstellung war eine sehr tröstliche", zischte Rogowski und ihr Hass war deutlich spürbar. „Dass ein Schwein wie du es dann doch geschafft hat, bringt mich fast zum Kotzen."

„Tu dir keinen Zwang an, aber bitte nicht in meinem Haus ... Zdenka-Schätzchen!" Seine Worte klangen aggressiv und einschüchternd. Die linke Hand ballte sich zu einer Faust.

„Man sieht sich immer zweimal im Leben. Anscheinend ist an dem Spruch etwas Wahres dran. Auch wenn ich gerne darauf verzichtet hätte, du mieses Arschloch. Und wie ich sehe, spielst du immer noch den Kinderficker. Du bist wirklich einer der miesesten Typen, die mir je über den Weg gelaufen sind. Wenn ich nur den Hauch eines Beweises finde, dass du mit dem Mord an Midic etwas zu tun hast, werde ich dich einlochen lassen, bis du dich selber am Zellengitter erhängst."

Bokan lachte auf und warf den Kopf in den Nacken, die Geste eines Mannes, der sich für unbesiegbar hielt.

„Lach nur. Irgendetwas werde ich finden. Bisher bist du nur wegen Körperverletzung auffällig geworden ..."

„Aha, Frau Kommissarin ist bereits informiert; sehr schön. Es hat aber nie eine Anzeige gegeben. Ich bin nicht vorbestraft. Mit Geld lässt sich alles regeln. Wenn man sich die besten Anwälte leisten kann, wird manches Problem zu einem unbedeutenden Furz. Es stinkt eine Zeit lang, dann verflüchtigt sich die Sache."

Rogowski ignorierte die fast unerträgliche Selbstherrlichkeit Milans. „Ich werde dich fertigmachen, dass schwöre ich dir. Ich habe keine Ahnung, wie du nach deinen Verbrechen im Krieg in eine zweite Haut schlüpfen konntest ... aber ich werde dich fertigmachen!"

„Du drohst mir? Du kannst mir nicht drohen. *Du nicht!*"

„Was macht dich da so sicher? Deine Papiere sind gefälscht, du hast eine falsche Identität."

„Seit über zehn Jahren schon. Und daran wird sich nichts ändern. Meine Spur lässt sich nicht zurückverfolgen, dafür habe ich gesorgt. Und wenn du noch so tief gräbst. Solltest du nur den Versuch unternehmen, meine Vergangenheit aufzuwühlen, wirst du eines Morgens mit einer Kugel im Kopf aufwachen. Und zwar nachdem ich meinen Spaß mit dir gehabt habe, Frau Kommissarin, Zdenka-Schätzchen!" Erneut stieß er sein brutales Lachen aus und kam mit seinem Gesicht direkt vor ihres. Sie hätte ihm am liebsten ihr Knie zwischen die Beine gerammt. Nur mühsam konnte sie sich beherrschen und seinen Anblick direkt vor ihrer Nase ertragen. „Ich bin bei der

Polizei, Milan. So dumm kannst selbst du nicht sein, dass du mir hier so offen drohst."

„Oh doch, dass kann ich!", schnaufte Bokan. Auf seiner Stirn standen Schweißtropfen, sein Blick war absolut irre. „Und weißt du auch, warum?"

Eine Vorahnung stieg in ihr auf und sie sah sich in Erinnerung an einem Ort, den sie wie so vieles verzweifelt versucht hatte, aus ihren Gedanken auszuradieren. An diesem Ort waren mehrere Personen. Sie selber, Milan, Zlatko und andere. Der Duft einer Landschaft stieg ihr in die Nase, eine glühend heiße Sonne blendete und überall war Blut. „Das wirst du nicht beweisen können. Nichts wirst du beweisen können; gar nichts! Außerdem war es Notwehr."

„Notwehr?" Bokan wich langsam einen Schritt zurück und richtete sich wieder zu voller Größe auf. Er presste die Lippen aufeinander und starrte sie mit einem Blick an, aus dem fast Mitleid zu sprechen schien. „Scheinbar sprichst du gerade von einer anderen Situation."

„Du kannst mir nichts beweisen", wiederholte Rogowski. Ihr Puls raste.

„Ich kann es beweisen. Es hat nämlich einen Zeugen gegeben. Möchtest du wissen, wer?"

Rogowski blickte zur Seite. Sie war sich nicht sicher, was Bokan meinte. Aus dem Hintergrund näherten sich Stimmen. Es waren die beiden Frauen vom Pool, die halb nackt, nur mit einem Handtuch um die Hüften bekleidet, über die Terrasse das Wohnzimmer betraten.

„Cindy und Cora. Zwei Freundinnen von mir", bemerkte Bokan beiläufig und grinste. Dann drehte er sich zu den Frauen um. „Verschwindet nach draußen. Ich bin hier gleich fertig. Ist nur 'ne alte Bekannte. Eine Gesetzeshüterin."

Die beiden Frauen kicherten und nahmen sich einen Drink.

Dann verschwanden sie wieder nach draußen. Rogowski hatte ihre Gesichter nicht sehen können; nur ihre schlanken und makellosen Körper.

„Wo war ich stehen geblieben?", fragte Bokan. „Ach ja, jetzt fällt es mir wieder ein; die Beweise. Willst du wissen, was ich all die Jahre aufbewahrt habe und was dir das Genick brechen könnte?"

„Anscheinend baust du dir deine eigene Realität zusammen. Du bist krank; absolut krank."

„Was soll das?", erwiderte Bokan gelassen. „Wenn einer krank war, dann du. Du hast deine eigene Schwester in den Tod geschickt. In diesem Schweinestall in Ovcara. Sie und ihren Mann. Und es hat dir nichts ausgemacht."

Die Erinnerung an jenes Ereignis traf sie mit der Wucht eines Vorschlaghammers. Sie wollte etwas antworten, aber ihre Stimme versagte. Auch wenn sie wusste, dass sie damals nur aus purer Todesangst ihre Schwester verleugnet hatte, und diese ohnehin erschossen worden wäre, lastete das schlechte Gewissen wie ein zentnerschweres Gewicht auf ihrer Seele. Alles kam wieder hoch, nachdem sie es so lange verdrängt hatte.

„Ich werde dir etwas geben, was dich interessieren dürfte. Warte hier und lauf nicht weg. Du könntest es sonst bereuen."

Bokan verschwand in einem seitlichen Treppenaufgang und ließ sie alleine im Flur zurück. Jetzt konnte sie die beiden Frauen sehen, die sich auf einer Liege auf der Terrasse in den Armen lagen und sich gegenseitig stimulierten. Rogowski schätzte sie nicht älter als zwanzig Jahre ein. Eine von ihnen, eine langhaarige Blondine, sah durch die breite Glasfront zu ihr herüber und warf ihr einen Kussmund zu. Gleichzeitig machte sie eine obszöne Geste mit dem Mittelfinger und forderte dazu auf, herüberzukommen und mitzumachen. Rogowski wäre am liebsten rausgegangen und hätte die Frauen im Pool versenkt. Nervös sah sie auf die Uhr und ging ein paar Schritte auf das Wohnzimmer zu. Bokans Haus war sündhaft teuer eingerichtet; der Autohandel musste tatsächlich ordentlich was abwerfen. Oder andere Geschäfte, was sie für viel wahrscheinlicher hielt. Sie hörte Schritte von oben und wusste, dass Bokan zurückkam. Sie blieb im Wohnzimmer stehen und ließ den Blick schweifen. In einer verschlossenen Glasvitrine präsentierten sich ein gutes Dutzend Schusswaffen, allesamt historische Modelle. In einer etwas kleineren Wandvitrine daneben reihten sich einige moderne Waffen auf. Sie konnte es kaum fassen, dass jemand sein Wohnzimmer derart offen als Ausstellungsfläche für Revolver und Pistolen nutzte.

„Willst du nicht mitmachen?", rief die Blonde von draußen, während das junge Ding unter ihr vor Lust quiekte.

Angewidert drehte sich Rogowski um und blickte direkt in Bokans Augen, der die letzten Meter auf leisen Sohlen dahergekommen war. Er grinste überheblich. „Na, bekommst du plötzlich Lust? So wie damals?"

In diesem Moment flippte Rogowski aus und schlug ihn mit der flachen Hand ins Gesicht. Gleichzeitig gab sie ihm einen Tritt zwischen die Beine, sodass er schmerzerfüllt aufstöhnte.

„Dreckige Schlampe!" Bokan erholte sich langsam von dem Tritt und starrte sie hasserfüllt an. Er winkte zu den beiden Frauen hinter der Fensterfront. „Ihr habt es gesehen. Sie hat mich verletzt."

„Du Waschlappen, schlag doch zurück!", höhnte Rogowski. „Oder brauchst du tatsächlich die Unterstützung von kleinen Mädchen?"

Bokan schien versucht, jeden Moment aus der Haut zu fahren. Sein Kopf war hochrot. Dennoch beherrschte er sich. „Ich schlage nicht zurück, mach dir keine Hoffnung. Den Gefallen werde ich dir nicht tun. Und jetzt raus mit dir. *Raus!*"

Rogowski rührte sich keinen Millimeter von der Stelle. Ihr Blick ruhte auf dem braunen Umschlag, den Bokan in den Händen hielt. „Hast du nicht etwas vergessen?"

Bokan ignorierte den Schmerz in seinen Weichteilen und wedelte triumphierend mit dem Umschlag. „Das hier wird dir das Genick brechen, solltest du bei mir nochmal aufkreuzen. Schau dir den Inhalt in aller Ruhe an. Eine falsche Aktion von dir und Kopien davon gehen überall da hin, wo man sich dafür interessieren könnte. Und jetzt endgültig raus hier, verstanden?"

Es klingelte und Rogowski drehte sich dem Ausgang zu. Draußen musste Anderbrügge schon ungeduldig geworden sein und das Interesse am Mustang verloren haben. „Eins noch! Egal was in dem Umschlag drin ist ... unter deiner stolzen Waffensammlung ist nicht zufällig eine 500er Smith & Wesson, 12 Millimeter Magnum Kaliber?"

Bokan verengte die Augen zu Schlitzen und zeigte seine künstlichen Zähne. „Ich hatte eine solche Waffe. Aber sie hat ihre Schuldigkeit getan und ein 50.000-Euro-Problem gelöst."

Rogowski war wie vor den Kopf gestoßen. Sie fuhr herum. Hatte Bokan gerade zugegeben, Midic erschossen zu haben? „Du hast ihn auf dem Gewissen? Du bist der Mörder von Vladimir Midic?"

„Vielleicht. Aber es lohnt nicht, weiter darüber nachzudenken. Er hat in ein Geschäft investiert. Das Geschäft ging schief. Er wollte sein Geld zurück oder mich bei den Bullen verpfeifen. Ich hatte keine Wahl. Und du hast keine Zeugen dafür, dass ich das jemals gesagt habe. Solltest du oder einer deiner Lakaien jemals wieder hier auftauchen, bekommen dein Polizeipräsident und die Presse auch so einen netten Umschlag."

Rogowski hätte direkt in den Umschlag schauen können, doch draußen klingelte Anderbrügge Sturm. Es war Zeit zu verschwinden und in Ruhe darüber nachzudenken, was hier eigentlich geschehen war. „Wir sehen uns wieder. Das verspreche ich dir, Milan!"

„Milan hat vor langer Zeit aufgehört zu existieren."

„Wir sehen uns wieder!", wiederholte sie. Es war nur ein Flüstern, das aus einem tiefen Abgrund zu kommen schien. „Und wenn wir uns wiedersehen, wird es für dich sehr unangenehm enden." Sie drehte auf dem Absatz um, öffnete die Tür und ging ins Freie.

„Mann, das hat aber gedauert. Alles in Ordnung?", empfing Anderbrügge seine Partnerin.

„Alles in bester Ordnung." Bokan lächelte. „Ich habe Ihrer netten Kollegin klargemacht, dass ich in der Angelegenheit kooperativ bin. Aber sie meint, dass ich der Polizei wohl nicht weiterhelfen kann. Ich drücke aber die Daumen, dass der Täter bald geschnappt wird. Und wenn Sie mal einen Mustang kaufen wollen, rufen Sie einfach an. Ich mache Ihnen einen guten Preis." Dann deutete er eine Verbeugung an und schloss die Haustür.

Rogowski war schon längst ein paar Meter weiter und hielt auf den Dienstwagen zu. Anderbrügge hob die Schultern, setzte eine leicht verdutzte Miene auf und folgte seiner Partnerin. Vielleicht hatte der Trucker-Imbiss noch geöffnet. Es wurde langsam Zeit, den Feierabend bei einer Currywurst und einer Flasche Bier einzuläuten. Er gestattete sich einen letzten Blick auf den roten US-Schlitten und seufzte. Als er in den BMW stieg, spielte Rogowski gerade mit dem Umschlag.

„Der scheint dann wohl auszuscheiden", sagte Anderbrügge. „In dem Umschlag sind Kopien von alten Geschäften mit Midic?"

Geistesabwesend starrte Rogowski aus dem Fenster und verfolgte stumm den Rauch ihrer angezündeten Zigarette.

„Okay, keine Antwort ist auch eine Antwort."

„Was? Oh, entschuldige. Ja, in dem Umschlag sind alte Kaufverträge", log sie. „Die haben wohl zweimal Geschäfte miteinander gemacht. Nichts Ungewöhnliches."

„Dann lass uns für heute Feierabend machen. Ich spendiere uns ein Bier."

Rogowski wollte nicht. Sie hatte diesen Umschlag und den von Dunja Milosevic. Sie brannte darauf, beide Inhalte zu sehen. „Sei mir nicht böse, aber ich würde gerne nach Hause fahren. Irgendwie steht mir nicht der Sinn danach, jetzt ein Bier zu trinken. Ich muss über einiges nachdenken."

Anderbrügge fuhr den BMW aus dem Wendekreis hinaus und steuerte an dem Trucker-Imbiss vorbei. Der Verkäufer war gerade im Begriff, den Stand aufzuräumen und dicht zu machen.

„Verstehe. Wahrscheinlich geht dir das Gespräch mit der Psychologin nicht aus dem Sinn. Ich fahr dich in die Wohnung und telefoniere noch mit den anderen Typen von Milosevics Liste. Mal sehen, was sich da ergibt. Und dann bestelle ich noch Bokans Angestellten aufs Revier, damit wir die Alibi-Aussage schriftlich haben. Gegen morgen Mittag, einverstanden?"

„Wie du meinst."

Auf der Heimfahrt war es Anderbrügge, der in ständigen Gedankensprüngen über den Mord, über wilde Verschwörungstheorien und über schnelle Autos redete. Nur gelegentlich bat ihn Rogowski darum, beim Fall zu bleiben und darüber nachzudenken, ob Bokan nicht doch in die Sache verwickelt sein könnte. Zu ihrer Beruhigung stellte sie fest, dass ihr Partner den Autohändler längst aus dem Kreis der Verdächtigen gestrichen hatte. Ihm genügte es, dass sie selber keine offen geäußerten Verdachtsmomente gegen den Mann hegte.

Der BMW quälte sich durch den dichten Verkehr auf der Autobahn entlang einer Baustelle, die anscheinend aus reiner Gehässigkeit gegenüber den schwitzenden Autofahrern existierte. Anderbrügge schaltete die Klimaanlage ein und fluchte über die verfehlte Verkehrspolitik des Landes. Als er sich beruhigt hatte und in den heimatlichen Stadtteil abbog, legte er eine seiner zahlreichen Popmusik-CDs in den Schacht. Rogowski war froh, als sie endlich aussteigen konnte.

„Und du lädst mich nicht noch ein, mit nach oben zu kommen? Auf 'ne Coke?"

„Wir sehen uns morgen im Präsidium", antwortete sie.

„Alles klar. Dann kann ich mich nachher wenigstens noch um mein neues Nebengeschäft kümmern."

„Aha? Und das wäre?"

„Ich mache einen Versandhandel für Körbe auf."

*

Obwohl der Sommer sich darum bemühte, die Stadt mit einer leichten Brise zu erfrischen, zeigte das Thermometer selbst am Abend noch fast dreißig Grad. Rogowski hatte alle Fenster ihrer kleinen, knapp siebzig Quadratmeter großen Altbauwohnung geöffnet. Über die Dachterrasse drang gedämpfter Straßenlärm nach oben. Sie stand in der Dusche und spülte den Schweiß und die Anspannung des Tages von ihrem Körper. Als sie sich einigermaßen erfrischt fühlte, stellte sie den Strahl ab, trocknete sich ab und trat nackt in den Flur. Sie holte sich aus dem Schlafzimmer weiße Bermudashorts und ein verblichenes blaues T-Shirt. Barfuß durchquerte sie ihre Wohnung, schenkte der überwiegend in dunklem Holzmobiliar gehaltenen Einrichtung mit den zahlreichen afrikanischen, asiatischen und amerikanischen Accessoires keine Beachtung, hob eine der unzähligen in der Wohnung verstreut liegenden CDs auf, um Bette Davis' röhrende Stimme aus der Musikanlage erklingen zu lassen und ließ sich schließlich auf das alte dunkelrote Ledersofa mit den wuchtigen Polsterungen fallen. Auf dem flachen Kirschholztisch lagen die beiden Umschläge, deren Inhalte noch unangetastet waren.

Sie rekapitulierte den bisherigen Tag und entschied, dass er in einer Abfolge von Problemen auf einer nach oben offenen Richterskala aktuell den Spitzenplatz belegte. Ihr Davonlaufen aus der Praxis von Dr. Roth; der zugespielte Brief von Dunja Milosevic; die unprofessionelle Haltung gegenüber dem jungen türkischen Autofahrer; die Begegnung mit Milan/Bokan und dessen dreiste Art, ihr einen Mord anzuvertrauen – selbst wenn jetzt Al-Qaida eine Autobombe vor der gegenüberliegenden Studentenkneipe hochjagen würde, könnte dies das Katastrophenszenario nicht wesentlich verschlimmern. Sie hatte einen Haufen Probleme mit sich selber; eine nicht in Gänze verarbeitete jugendliche Vergangenheit; war wahrscheinlich posttraumatisch gestört; glitt in abstruse sexuelle Situationen und deckte jetzt auch noch einen Mörder, weil dieser ihr mit belastendem Material die Existenz zu zerstören gedachte, falls sie nicht nach seiner Pfeife tanzte.

Die Umschläge!

Rogowski stand auf, ging in die gemütliche aber vollkommen unaufgeräumte Küche und öffnete den Kühlschrank, aus dem ein weit über das Verfallsdatum gekommener Harzer Käse einen üblen Geruch ausströmte. Sie nahm den Käse, entsorgte ihn angewidert im Mülleimer und griff sich eine Flasche Bier. Mit einem Feuerzeug befreite sie den Flaschenhals vom Kronkorken und zündete sich eine Zigarette an. Sie kehrte zurück ins Wohnzimmer, setzte sich wieder auf das Sofa, stand erneut auf, um hinaus ins Freie zu treten, nahm einen Schluck Bier, beobachtete die jungen Leute vor der Kneipe auf der anderen

Seite, rauchte die Zigarette zu Ende und schnippte sie über die verwaisten Blumenkästen hinein in die Dachrinne. Dann kehrte sie wieder zurück ins Wohnzimmer und nahm den kleineren Umschlag in ihre Hand. Sie öffnete ihn und legte das darin enthaltene Blatt auf den Tisch. Ein paar Sätze standen dort in schwungvoller Handschrift.

Liebe Zdenka!
Was geschehen ist, ist geschehen. Ich bereue nichts, aber ich möchte es dabei belassen. Es ist besser für Dich. Manchmal treffen Verzweifelte und Suchende aufeinander und finden sich dann gegenseitig. Ich gehöre zu meinem Jürgen und Du zu einem Mann, der Dir vielleicht noch nicht begegnet ist.
Liebe Grüße, D.M.
PS. Ich glaube, Bokan hat mit dem Mord zu tun. Ist nur so ein Gefühl.

Rogowski trank einen Schluck Bier und lehnte sich zurück. Sie zog die Beine an und stützte ihren Kopf ab. Ihre Augen füllten sich mit Tränen, ohne dass sie wusste, warum das so war. Die Bilder der Nacht mit Milosevic attackierten ihren Verstand; umkreisten sie wie unendliche Reflexionen in einem Spiegellabyrinth, durch das zwei Personen sich in unendlicher Wiedergabe des eigenen Abbilds sahen. Erst als ein Gas gebendes Motorrad auf der Straße den Ritt ins Gestern störte, löste sich die Erinnerung auf und wich Ernüchterung und der Dankbarkeit darüber, dass das sexuelle Intermezzo kein Nachbeben haben würde. Sie hielt Milosevics Botschaft über die Flamme ihres Feuerzeugs und sah dabei zu, wie das Blatt Papier langsam über dem Aschenbecher abbrannte, bis nur noch schwarze Asche übrig blieb.

Sie wartete einen Moment ab, zündete sich eine weitere Zigarette an und betrachtete Bokans Umschlag. Dann öffnete sie ihn und schüttete den Inhalt auf den Tisch. Es waren drei Fotos, Abzüge in DIN-A4, schwarz-weiß. Sie trugen jeweils ein Datum in der linken unteren Ecke: *06-12-1991*

Daneben war sekundengenau die Uhrzeit vermerkt. Mit zittriger Hand arrangierte Rogowski die Fotos in ihrer zeitlichen Reihenfolge. Die anscheinend vergrößerten Ausschnitte zeigten ein und dieselbe Person in Nahaufnahme. Die Person trug eine Armeeuniform und zielte mit einer Waffe auf den Kopf einer zweiten Person, die am Boden kniete und nur von hinten zu sehen war. Das erste Bild wurde durch einen in der Mitte verlaufenden Fensterrahmen geteilt. Unterhalb waren Dachschindeln zu erkennen. Die Aufnahme musste von einem erhöhten Punkt, wahrscheinlich von einem gegenüberliegenden Haus, gemacht worden sein. Das zweite Bild hatte die gleiche Aufteilung wie das erste und war etwas verwackelt. Die Kamera hatte genau jenen Moment festgehalten, in dem ein Schuss gefallen war. Mündungsfeuer war zu erkennen und diffuse kleine Teile, die vom Kopf der knienden Person wegschleuderten.

Das dritte Bild zeigte die Person mit der Waffe im Porträt. Es war eine Schützin. Eine Frau. Eine bildhübsche Frau. Es war die junge Zdenka Badric; aufgenommen an jenem Abend in Vukovar in dem kalten Zimmer, als Zlatko den Befehl zur Exekution des alten Mannes gegeben hatte.

Rogowski hatte das Gefühl, sich jeden Moment übergeben zu müssen. Um sie herum begann sich alles zu drehen, ihre Wohnungseinrichtung erzeugte überlappende Bilder. Sie kehrte zurück in das Geschehen und sah den Alten vor sich knien, während Zlatko und Milan etwas abseits standen und auf den tödlichen Schuss warteten. Sie konnte sich nicht mehr erinnern, wie viele Meter die beiden Soldaten von ihr weggestanden hatten, aber welche Rolle spielte das schon? Anscheinend hatte der unbekannte Fotograf genau jenen Bildausschnitt in der Linse gehabt, welcher die Tat wie die eines Einzeltäters aussehen ließ.

Wer hatte diese Fotos gemacht?

Rogowski ging hinaus und schnappte nach frischer Luft. Obwohl sie erst vor kurzem geduscht hatte, schwitzte sie aus allen Poren. Ihr Herz raste und sie war kaum in der Lage, einen klaren Gedanken zu fassen. Schemenhaft erkannte sie die Passanten und Lokalbesucher, die den Tag ausklingen ließen und auf der Suche nach Unterhaltung und Bekanntschaften waren. Vereinzelt schoben sich langsam fahrende Autos als unscharfe röhrende Farbkleckse über den Untergrund. Alles schien zu einem unbedeutenden konfusen Gemälde ohne Sinn zu verschwimmen; Sie stützte sich mit beiden Händen an den Blumenkästen ab und fühlte, wie sich eine Leere in ihr ausbreitete. Alles verlor an Bedeutung; das Jetzt und Hier, die Vergangenheit, die Zukunft. Drei Fotos, auf denen jeder erkennen konnte, wie Zdenka einen alten Mann erschoss, krempelten ihr ganzes Leben um und brachen ihr das Genick, wenn die Originale in falsche Hände geraten würden. Sie überlegte, ob es Fotos aus dieser Zeit gab, die den Behörden oder sonst wem bekannt waren. Schwach meinte sie sich zu erinnern, dass ihr Exmann ein paar Abzüge haben musste, in einer alten Umzugskiste, die nach der Scheidung bei ihm geblieben war. In ihrem ersten Ausweis der Bundesrepublik Deutschland klebte ebenfalls ein solch jugendliches Passfoto. Sie hatte damals eine andere Haarfarbe gehabt, aber aus irgendeinem Archiv könnten die Passfotos zutage gefördert werden und somit einen eindeutigen Bezug zu den Vukovar-Aufnahmen herstellen. Wenn Bokan mit der Verbreitung der Kopien etwas bezwecken wollte, würde er es über kurz oder lang schaffen. In den Händen von Polizei und Justitia könnten die Schatten der Vergangenheit ihre Saugnäpfe ausstrecken und Rogowski vor ein Gericht bringen.

Wer hat diese Fotos gemacht?

Rogowski fühlte sich um Jahre gealtert als sie ins Zimmer zurückkehrte und vor dem niedrigen Couchtisch in die Hocke ging. Sie drehte die Fotos zu sich um und stellte fest, dass trotz der Jahre jeder x-beliebige Betrachter sie anhand ihres unverwechselbaren Gesichtsprofils darauf erkennen würde. Einem Reflex folgend griff sie nach dem Umschlag, um nachzusehen, ob vielleicht eine Nachricht darin enthalten war. Ihre Finger ertasteten einen flachen Gegenstand, den sie zunächst für ein Blatt Papier hielt, auf dem sie eine Nachricht von Bokan vermutete.

Aber dem war nicht so.

Der Gegenstand war eine postkartengroße Farbaufnahme von ihr selber; nackt auf einem Bett liegend, mit einer Maschinenpistole in den Armen. Neben ihrem Kopf lag ein Barett; neben dem Körper eine zusammengefaltete Armeeuniform. Das Schulterstück der Maschinenpistole ruhte zwischen ihren Beinen und bedeckte nur halbwegs ihre Scham. Der Lauf der Waffe endete zwischen ihren Brüsten. Es sah aus, als benutzte sie das Stück wie eine Art Kuscheltier.

Rogowski hatte keine Ahnung, wer dieses Foto geschossen hatte, aber sie vermutete Milan dahinter. Bei genauer Betrachtung sah man die leichte Schwellung am Auge, verursacht durch Milans Schlag mit dem Gewehr. Für einen neutralen Beobachter konnte es aber auch einfach nur ein Schatten sein. Das Foto trug kein Datum.

Das Bild war obszön und erweckte den Eindruck, dass eine perverse Militaristin eine Maschinenpistole als Ersatz für einen Mann benutzte. Der Gedanke daran, dass Milan jenes Foto als Vorlage benutzt haben könnte, um sich selbst zu befriedigen, trieb ihr die Zornesröte ins Gesicht.

Langsam kam sie wieder zu sich und versuchte analytisch zu denken. Milan alias Bokan hatte sich durch dieses Material auf eine Erpressung vorbereitet. Nur der Tatsache, dass beide unter neuem Namen in Deutschland gelebt hatten, verdankte Rogowski den Umstand, bisher von ihm verschont geblieben zu sein. Doch jetzt hatte sich das Blatt gewendet. Und zwar zu seinen Gunsten. Sie hatte nichts gegen ihn in der Hand. Wenn sie ihn vorladen würde; wenn sie ihn ins Verhör nahm und den DNA-Test anordnen würde, konnte die Lawine ins Rollen kommen. Bokan würde sie mit in den Abgrund ziehen. In einen Abgrund, aus dem sie sich nie wieder würde befreien können.

Sie nahm die Farbfotografie und verbrannte sie im Aschenbecher. Erneut fiel ihr Blick auf die drei schwarz-weißen Vergrößerungen. Wer hatte diese Fotos gemacht?

Es konnte damals unmöglich in Zlatkos Interesse gewesen sein, dass seine Gräueltaten auf Film gebannt wurden. Und Milan war damals nicht clever genug, um so vorausschauend zu agieren. Nein, die Aufnahmen mussten von einer unbeteiligten Person gemacht worden sein. Von einer Person, die ein Interesse daran gehabt haben musste, dass die Fotos an die Öffentlichkeit kamen.

Mit einem Mal fügte sich ein weiteres Detail in das große Puzzle der Erinnerung ein. Diese Aufnahmen mussten von jemandem stammen, den Rogowski kannte.

Als draußen die Hupe eines Lastwagens erklang und fluchende Autofahrer zu hören waren, klärte sich das nebulöse Etwas in den Fetzen ihrer Erinnerung. Sie blickte wie durch eine von Wasserschlieren überzogene Scheibe hinaus in die Welt von damals. Eine verbrannte Journalistin schien der

Schlüssel zu einer Tür zu sein, die Vergangenheit und Zukunft verband. *Manchmal endet mit dem Tod alles*, dachte Rogowski und schloss die Augen. *Doch manchmal ist der Tod auch der Ausgangspunkt zu einer neuen Reise ...*

Auf serbischem Boden - 11. Dezember 1991

„Verdammter Regen", schrie Milan und verfluchte die altersschwachen Scheibenwischer des Armeelasters. Gegen den unaufhörlich auf die Windschutzscheibe einprasselnden Regen waren die alten Blätter des betagten Vehikels nahezu machtlos. In einem sinnlosen Kraftakt versuchten die beiden dünnen Zeiger vergeblich, zwei ineinander überlaufende und transparente Halbkreise zu schaffen, um dem angestrengt nach vorne blickenden Fahrer einen halbwegs gescheiten Blick auf die vor ihm liegende Straße zu ermöglichen. Die Sicht lag bei unter zwanzig Metern, und zum Glück hatte die heraufziehende Nacht die wenigen umherirrenden Fahrzeuge bereits in alle Winde verstreut, sodass das Risiko eines Zusammenstoßes in dieser trostlosen Einöde nahezu ausgeschlossen war.

Endlos lang schlängelte sich die schmale Straße wie eine Schnur durch die nur zu erahnende Landschaft. Und wie das fluoreszierende Augenpaar eines verirrten Insekts bahnten sich die schwachen Scheinwerfer ihren Weg durch die bedrohlich wirkende Dunkelheit.

Nur gelegentlich gab die Wand aus Regen den Blick frei auf vereinsamt in der Ferne liegende Scheunen und verlassene Unterstände. Hier und da erfüllte ein Grollen die Nacht, zuckende Blitze tauchten die unheimliche Szenerie in ein gespenstisches Licht. Die Ausläufer eines Bergmassivs und die vereinzelten Überreste von abgestorbenen Bäumen unterstrichen den Eindruck, dass in dieser abgelegenen Gegend des Planeten der allmächtige Schöpfer keine Lust verspürt hatte, sich gestalterisch auszutoben.

Das monotone Rumpeln und Ächzen der Karosserie war das einzige Geräusch, das neben dem Rauschen aus dem Radio an die Ohren der Männer drang. Zlatko und Milan saßen mit hochgeschlagenem Kragen im Führerhaus und starrten angestrengt auf die Fahrbahnmitte.

„Du hast dich verfahren", raunzte Zlatko vom Beifahrersitz aus Milan an. „Vor dreißig Kilometern hätten wir die andere Abzweigung nehmen müssen. Wir fahren in die völlig falsche Richtung. Wir müssen nach Süden, nicht nach Norden. Dreh um!"

Milan wollte seinen Irrtum nicht zugeben. Es freute ihn einerseits, dass sie die Kameraausrüstung und die unbekannte Journalistin verbrannt hatten und zufällig in den Besitz von zwei kleinen schwarzen Dosen gelangt waren, in denen noch nicht belichtetes Filmmaterial lagerte. Doch andererseits ärgerte er sich darüber, dass er keinen Sex mehr mit dieser Frau gehabt hatte, bevor er ihr eine Kugel in den Kopf gejagt hatte. Sie war Niederländerin gewesen; so hatte es im Pass gestanden, der mit ihr verbrannt war.

„Halt jetzt sofort an!", schrie Zlatko. „Ich habe keine Lust, es dir nochmal zu sagen. Belgrad liegt genau in entgegengesetzter Richtung!"

Milan trat auf die Bremse, und der Laster stoppte inmitten einer unheilvoll anmutenden Schwärze. „Und woher willst du wissen, dass Belgrad in der anderen Richtung liegt?"

„Das Ding spricht eine eindeutige Sprache", versetzte Zlatko und hielt sein Bowiemesser hoch, in dem ein kleiner Kompass im Griff eingelassen war.

Die Männer tauschten die Plätze. Zlatko legte den Rückwärtsgang ein und wendete den Lastwagen in drei Zügen. Dann ging es zurück in jene Richtung, wo sie auf die Reporterin gestoßen waren.

„Wir haben noch Diesel für zweihundert Kilometer. Ich hoffe, du fährst uns nicht vom Ziel weg", grummelte Milan.

„Quatsch kein dummes Zeug! Und pass auf, dass du nicht die Filme der Journalistin verlierst. Wir werden sie später entwickeln lassen, wenn wir außer Landes sind. Wer weiß, was sie alles fotografiert hat. Mit ein paar guten Kriegsfotos lässt sich immer ein Geschäft machen."

Milan nickte. Er musste sich eingestehen, dass Zlatko immer einen Schritt weiterdachte. Auf ihn konnte man sich verlassen, wenn es hart auf hart kam. Es hatte viele brenzlige Situationen gegeben im Verlaufe der Kriegsgeschehnisse der letzten Wochen und Monate, wo Zlatko Milan den Kopf gerettet hatte. Eines Tages würde er sich dafür revanchieren. Doch zunächst mussten sie den Treffpunkt erreichen.

„Und auf deinen Kontaktmann ist Verlass?", fragte Milan und nahm einen großen Schluck Hochprozentiges aus einer Flasche mit durchsichtigem Inhalt.

„Auf den ist Verlass", bestätigte Zlatko ohne weitere Erläuterung.

Mehr wollte Milan nicht hören. Der Inhalt der Kisten auf der Ladefläche – Kriegsbeute – würde Bargeld im Wert von gut einer Million Dollar bringen. Selbst wenn nur die Hälfte dabei rausspringen würde, wäre das auch okay. Das wäre genug Geld, um sich anderswo ein neues Leben aufzubauen. Der Krieg gibt den Mutigen eine Chance, hatte Zlatko immer gesagt.

Nach zwei Stunden Fahrt kamen sie an eine Kreuzung. In der Zwischenzeit war ihnen kein einziges Fahrzeug entgegengekommen. Die Kreuzung lag einsam und verlassen da, in einer weitläufigen Ebene ohne Häuser. Ein verrostetes Straßenschild zeigte die Kilometerentfernung nach Belgrad, Richtung Donau, an. In einer Stunde würden sie die Randbezirke der Stadt erreichen. Im frühen Morgengrauen wäre die Odyssee zu Ende. Vorerst.

„Und du willst sie wirklich mitnehmen?", fragte Milan und deutete mit dem Daumen nach hinten. „Noch können wir sie hier aussetzen und die Sache mit einem Schuss erledigen."

„Wir nehmen sie mit", antwortete Zlatko. „Sie ist ein Rohdiamant, den ich schleifen werde."

„Und wenn sie uns verraten wird? Immerhin hast du ihre Schwester auf dem Gewissen. Und wahrscheinlich ihre gesamte Familie. Ich verstehe das nicht; du wirst bald genug Geld haben, um dir jede Frau leisten zu können. Warum sie?"

Zlatko biss sich auf die Unterlippe. Seine Antwort klang gereizt. „Du verstehst die Frauen nicht. Wenn du ihnen Luxus bietest, vergessen sie alles. Welche Chance hätte sie schon gehabt, jemals aus Vukovar rauszukommen? Etwas von der Welt zu sehen? Das sind doch alles Bauern dort. Sie hingegen ist etwas Besonderes. Sie hat das gewisse Etwas. Einen starken Überlebenswillen. Sie ist intelligent; auf ihre Art. Und sie ist verdammt sexy. Bald schon wird sie vergessen haben, wer sie jemals gewesen ist. Sie wird den Krieg hinter sich lassen und in eine goldene Zukunft schauen. Und sie wird es nicht wagen, mich zu verraten. Weil sie niemals vergessen wird, wer ihr das Leben geschenkt hat."

Milan dachte über die Worte nach. Vielleicht hatte Zlatko recht und es war wirklich so. Vielleicht ließ sich die Kleine formen. Allerdings befürchtete er, dass irgendwann die Wahrheit rauskommen und Zdenka reden würde, was er an jenem Tag in Vukovar mit ihr angestellt hatte. Wenn es nach ihm gegangen wäre, hätte er einfach angehalten und ihr eine Kugel in den Kopf gejagt.

Aber wie redete man einem verblendeten Kerl aus, dass er wegen eines Weibsbildes womöglich in den eigenen Untergang rannte? Milan beschloss, vorerst nicht weiter über die Sache nachzudenken. Zlatkos Wille sollte geschehen. Es würde der Tag kommen, an dem sich irgendetwas arrangieren ließe: ein kleiner Unfall, ein Sturz aus dem Fenster, eine defekte Bremsleitung an einem Auto.

Schweigend verbrachten die beiden Männer die letzten Kilometer Fahrt durch die Pannonische Tiefebene und sehnten die ersten Lichter am Horizont herbei. Als die Tanknadel bereits tief im roten Bereich war, tauchten vor ihnen die ersten Gehöfte und Ansammlungen von Häusern auf. Sie erreichten Borca nördlich der Donau und hielten auf der Durchgangsstraße direkt auf die alte Pancevo Brücke zu, die seit 1933 den Titel der ersten Brücke über die Donau bekleidete. Die Stadt erwachte langsam und gab in der Dämmerung den Blick frei auf das Wahrzeichen der Stadt, die an der Mündung zur Save thronende Festung Kalemegdan.

Zlatko steuerte den Laster Richtung Novi Beograd, den bevölkerungsreichsten Stadtbezirk Belgrads. Hier bildeten die Serben den größten Anteil der ethnischen Gruppen; weit vor Jugoslawen, Montenegrinern und Kroaten. Es war der Stadtteil, in dem Zlatko und Milan ihre Kindheit verbracht hatten.

Als sie eine wenig einladende Gegend erreicht hatten, in der mehrheitlich Fabrikgebäude angesiedelt waren, schaltete Zlatko auf Standlicht um und bog auf eine holprige Seitenstraße ab, die vorbei an Bretterzäunen und verfallenen Mauern direkt auf einen Schrotthandel mit einem hohen Metallzaun davor zuführte. Hinter dem Zaun tauchte ein Rudel bellender Hunde auf. Rottweiler, die wütend ihre Zähne fletschten.

„Scheißviecher", kommentierte Milan das Furcht einflößende Gekläffe. „Hoffentlich müssen wir hier nicht lange warten."

Zlatko schaute auf die Uhr. Es war fünf Uhr morgens. Wenn sie Pech hatten, würden sie noch drei Stunden vor dem Tor stehen und auf den Besitzer des weitläufigen Areals warten.

„Drück doch mal auf die Hupe", sagte Milan.

„Die Hunde haben angeschlagen; das reicht vollkommen aus. Wir müssen nicht mehr Aufsehen erregen als unbedingt nötig. Wenn mein Mann da ist, wird gleich das Licht da hinten in dem Bau angehen. Oder er kommt mit seiner Meute von irgendwo her."

„Wen willst du denn in dieser Gegend aufwecken? Die Hühner?

Zlatko setzte ein schiefes Lächeln auf. „Du musst noch viel lernen, Milan. Hast du eigentlich ein volles Magazin in der Pistole?"

Milan stutzte. „Ich dachte, du kennst den Mann? Könnte es etwa Probleme geben?"

„Es kann immer Probleme geben, vergiss das nie. Unser Mann ist übrigens Kroate. Sein Name ist Pepo Pavelic."

Milan schien aus allen Wolken zu fallen. „Wir machen hier einen Deal mit einem Kroaten? Bist du wahnsinnig geworden? Wahrscheinlich ist der Kerl auch noch ein direkter Nachfahre von diesem Ante Pavelic; diesem Faschisten-Arschloch. Der hat zehntausende unserer Landsleute in die Gaskammern nach Auschwitz geschickt!"

Zlatko machte eine beschwichtigende Geste. „Pavelic interessiert sich ebenso wenig für Politik wie wir. Ich weiß, dass er sich bald schon von hier absetzen wird; aber das soll nicht unser Problem sein. Die Dinge sind, wie sie sind. Offiziell handelt er mit Schrott. Sein richtiges Geld macht er mit Immobilien und Waffen. Er beliefert den, der am meisten zahlt. Bei diesem Deal hat er uns in der Hand – und wir haben ihn in der Hand. Das nennt sich gegenseitige Abhängigkeit. Und die ist die beste Basis für eine gute geschäftliche Zusammenarbeit. Auch wenn er uns im Preis drücken wird. Ich dachte, dass du mittlerweile weniger politisch denkst."

Milan sah aus dem Fenster. Die Hunde bellten unterdessen weiter. „Ich weiß, wir sollten an uns, und nicht an das Land und unsere Wurzeln denken. Aber es fällt mir nicht leicht, mit einem Kroaten Geschäfte zu machen."

„Daran wirst du dich noch gewöhnen müssen. Wenn wir außer Landes sind und genügend finanziellen Spielraum haben, werden unsere Geschäftspartner international sein. Die Welt ist eine Bühne, und der Krieg ist nur das Mittel zum Zweck, um Geld zu machen. Und jetzt will ich keine Bedenken mehr hören, ist das klar? Pavelic wird kommen. Und wenn er irgendwas Krummes mit uns vor hat, schneidest du ihm die Kehle durch."

Kurz darauf näherten sich zwei schwere Mercedes-Limousinen von der Straße her. Zlatko und Milan blickten in die Rückspiegel und sahen, wie vier Männer ausstiegen und vorsichtig auf die Rückfront des Lasters zuhielten.

„Pavelics Lakaien?", fragte Milan.

„Sieht so aus. Zwei von denen kenne ich flüchtig. Mach keine unvorsichtigen Bewegungen."

Einer der Männer klopfte von außen an die Fahrertür und gab ein Zeichen, das Seitenfenster runterzulassen. Hinter ihm stand ein Typ mit den Ausmaßen eines Kleiderschranks. In seiner mächtigen Pranke hielt er lässig eine Maschinenpistole sowjetischer Bauart.

Zlatko zeigte keine Regung und kurbelte langsam das Fenster runter.

„Ihr habt was für den Boss?", fragte der Unbekannte. Misstrauisch musterte er Milan.

„Einen Haufen Weihnachtsgeschenke. Frag PP, ob wir mit

der Bescherung beginnen können", antwortete Zlatko und benutzte so die vereinbarte Parole. „Wir frieren uns hier langsam den Arsch ab."

Der Unbekannte spuckte einen Brocken Kautabak auf den Boden und wischte sich mit dem Ärmel seines groben Rollkragenpullovers über den Mund. Er nickte seinem breitschultrigen Kollegen zu. Dieser ging an das Tor und redete auf die noch immer bellenden Rottweiler ein. Wie auf Knopfdruck verstummten diese. „Ihr könnt durch. Fahrt bis hinter das Gebäude da hinten. Da ist eine kleine Halle. Ihr steigt aus, wenn ich es sage."

Zlatko wartete, bis der Hüne das Tor zur Seite geschoben hatte und fuhr dann in Schrittgeschwindigkeit los. Pavelics Männer stiegen in die Wagen und folgten.

„Wissen die eigentlich, dass wir eine Frau da hinten drin haben?", fragte Milan und inspizierte das Gelände, das von riesigen Altmetallbergen und sich auftürmenden Autowracks dominiert wurde.

„Nein, die wissen nichts. Aber das regel ich gleich mit PP selber. Du hältst dich da raus."

„Und was ist, wenn einer von denen mal über die Kleine rutschen will? Sagen wir für tausend Dollar extra?"

Zlatko fuhr einen Halbkreis um das heruntergekommen wirkende Büro, von dem jegliche Farbe abgeblättert war und dessen Fenster mit schweren Eisengittern geschützt waren. Er stoppte unterhalb eines aus Wellblech bestehenden Vordachs vor der angesprochenen Halle. Dann stellte er den Motor ab und sah Milan mit einem entschlossenen Blick an.

„Milan, ich warne dich. Treibe keinen Keil zwischen uns. Es ist meine Entscheidung, Zdenka dabei zu haben."

„Es muss dich ja verdammt erwischt haben. So kenne ich dich überhaupt nicht."

„Du kennst so einige Seiten an mir nicht", versetzte Zlatko. „Dann hoffe ich nur, dass wir niemals in eine Situation kommen, wo du zwischen ihr und mir entscheiden musst."

Zlatko wendete sich ab und warf einen Blick in den Seitenspiegel. Aus einem der Wagen stieg Pavelic aus. Seine Männer postierten sich um den Laster herum. Zlatko winkte einmal kurz mit der Hand und sah im Spiegel, dass der einflussreiche Kroate es ihm gleichtat.

Sie konnten durchatmen. Bis hier hin. Das Feilschen um die Ware würde einige Zeit in Anspruch nehmen. Zlatko bekam von einem der Bodyguards ein Zeichen und stieg aus. Er stellte sich direkt neben die Plane, hinter der Zdenka lag. Mit selbstbewusster Kommandostimme ließ er Pavelic und seine Männer wissen, was er verlangte. „Da drin sind Waffen, Schmuck und Kunstgegenstände im Wert von geschätzten drei Millionen Dollar. Doch das kostbarste darin ist die Frau. Über ihren Wert wird nicht verhandelt. Sie gehört zu mir, ist das klar?"

Pepo Pavelic kam auf Zlatko zu. In seinem braunen Mantel, den teuren italienischen Schuhen, dem Seidenschal und dem breitkrempigen Hut wirkte der gut Siebzigjährige wie ein Pate aus einem Mafiafilm. Hinter seiner dicken Hornbrille wanderten Augen, aus denen Gelassenheit und Gutmütigkeit gleichzeitig sprachen. Doch der Schein trog. Auf Pavelics Wort hin starben Menschen. „Ich nehme an, du hast dir eine Kroatin geangelt. Die sind nämlich die Hübschesten von allen. Ich hoffe, deine Leute haben da unten noch einige am Leben gelassen. Man hört ja schlimme Sachen. Hinter vorgehaltener Hand natürlich."

Zlatko versuchte am Tonfall zu erkennen, was Pavelic zum Ausdruck bringen wollte. „Es ist Krieg, Pavelic."

„Natürlich ist Krieg", bestätigte Pavelic altväterlich.

Die umstehenden Männer blickten Zlatko feindselig an. Erst

als ihr Boss die Arme ausbreitete und ein breites Grinsen aufsetzte, entspannte sich die Situation.

„Und weil Krieg ist, machen wir uns auch alle schön die Taschen voll. Dann zeig uns doch mal deine hübsche Eroberung, Zlatko!" Nach einer kleinen Kunstpause fügte er hinzu: „Ihr wird nichts geschehen, das verspreche ich dir. Dafür wird der Preis, den ich dir zahle, natürlich etwas geringer ausfallen."

Pavelics Männer lachten und begannen die Plane des Lasters aufzudecken. Milan saß noch immer im Fahrerhaus. Seine Hände waren zu Fäusten geballt. *Die Schlampe ist es nicht wert, dass wir wegen ihr auf eine Menge harte Dollars verzichten ...*

Zdenka hatte die Unterhaltung der Männer durch die Plane mithören können. Starr vor Kälte und auf das Schlimmste gefasst, hockte sie hinter den Kisten und Leinensäcken und überlegte für einen Moment, ob sie sich eine der Maschinenpistolen schnappen sollte. Sehr schnell verwarf sie den Gedanken, da sie die Waffen nicht bedienen konnte und es sinnlos war, sich gegen eine Bande von Kriminellen zu stellen. Zlatkos Worte hallten in ihrem Kopf nach und sie fühlte sich seltsam berührt, dass er für sie anscheinend einiges riskierte. In ihren Vorstellungen malte sie sich dennoch aus, wie sich das Blatt wendete und sie demnächst als Zwangsprostituierte in einem Bordell anschaffen musste. Bestimmt war es das, was Zlatko mit ihr vorhatte. Sie sollte eine langfristige Investition in die Zukunft für ihn darstellen.

Während sie noch grübelte, machten sich unbekannte Hände am Ende der Ladefläche an der Plane ans Werk. Schwaches Tageslicht drang durch ein paar Lücken zwischen der gestapelten Kriegsbeute, dann wurde mit dem Entladen begonnen. Zdenka hatte jegliches Gefühl für Zeit verloren. Sie schätzte, dass mindestens eine halbe Stunde vergangen sein musste, bis die letzten Hindernisse zwischen ihr und den Profiteuren des Krieges beseitigt wurden. Sie versuchte einen halbwegs gefassten Eindruck zu machen, als sie in die Gesichter von zwei Männern blickte, die sie unverhohlen anstarrten. Es waren grobschlächtige, unrasierte Kerle von kräftiger Statur. Ihr Alter mochte irgendwo um die Vierzig liegen.

„Hey, da hat sich der Typ ja was Feines mitgebracht", sagte der Größere der Beiden. Über seiner rechten Wange verlief eine hässliche lange Narbe.

„Könnte ein bisschen Wasser und Seife vertragen", bemerkte der Kleinere. Seine schiefen Zähne waren das auffälligste Merkmal in seinem aufgedunsenen roten Gesicht. „Außerdem scheint sie sich in die Hosen gemacht zu haben. Hier hinten stinkt es nach Pisse."

Zdenka senkte den Blick voller Scham. Zlatko und Milan hatten sie seit dem Startpunkt der Reise in Vukovar nicht von der Ladefläche gelassen. Zdenka hatte ihre Notdurft in einem Eimer verrichten müssen, welcher abseits zwischen zwei hochkant stehenden Holzpaletten eingekeilt war.

„Na dann komm mal mit, du hübsches Ding, und mach dich schön für deinen Verehrer", sagte das Narbengesicht. „Hinten im Schuppen haben wir einen Wasserschlauch. Ich wollte schon lange mal wieder abspritzen."

Die beiden Männer schienen das geschmacklose Wortspiel komisch zu finden und lachten. Dann packten sie Zdenka grob an den Oberarmen und führten sie ans Ende der Ladefläche, wo sie unsanft auf dem Boden abgesetzt wurde.

Zlatko und Milan waren nirgendwo zu sehen und besprachen sich anscheinend in der Halle mit dem Unbekannten. Ohne Widerstand ließ sich Zdenka zu einem kleinen Schuppen führen, der als Abstellraum für allerlei Gerümpel diente. Auf dem nackten Betonboden war in der Mitte ein kleiner vergitterter Abfluss eingelassen, der in die Kanalisation führte. Der übel riechende Raum war unbeheizt und dunkel. Von einer der schimmeligen Wände hing ein grüner Wasserschlauch hinab. Wie eine lauernde Schlange, deren Kopf im Gully Beute witterte.

„Zieh dich aus", sagte das Narbengesicht barsch.

„Ja, genau, mach schon", forderte dessen Kompagnon. „Wir wollen was sehen. Irgendwo da hinten ist Seife."

„Du kannst sogar warmes Wasser haben. Ist hier wie in einem Fünfsternehotel."

Die Männer lachten erneut und betrachteten sie mit lüsternen Blicken. Zdenka spürte, wie Ekel in ihr hochstieg. Sie fragte sich, warum Zlatko es zuließ, dass sie sich mit diesen Widerlingen abgeben musste.

„Lasst mich alleine", brachte sie mühsam hervor.

„Hey, stell dich nicht so an! Oder sollen wir dir beim Ausziehen helfen?"

Zdenka nahm ihren Mut zusammen. „Wenn ihr nicht sofort verschwindet, werde ich um Hilfe schreien. Haut ab, verdammt!"

Die Männer sahen sich kurz an und machten einen Schritt auf sie zu. Sie waren entschlossen, sich die Show nicht entgehen zu lassen.

„Ein Wort von dir und es wird dir leid tun", sagte der Kleinere. Er spielte mit seinen fleischigen Pranken und ließ diese wie Baggerschaufeln vor seinem Bauch ineinander greifen. Seine Zunge fuhr über die Lippen und seine Augen wanderten unablässig an ihr rauf und runter.

„Hier wird dich keiner hören", ergänzte der Mann mit der Gesichtsnarbe. „Und niemand wird dir glauben, egal, was du erzählen wirst. Dein toller Typ wird sich nicht gegen unseren Boss stellen. Er wird froh sein, wenn er hier mit heiler Haut rauskommt. Und jetzt runter mit den Klamotten!"

Zdenkas Fluchtweg Richtung Halle war versperrt. Einen anderen Ausgang als vorbei an den beiden Kerlen gab es nicht. Sie blickte sich um und überdachte ihre Alternativen. Eine Werkbank mit schweren Werkzeugen fiel ihr ins Auge. Aber sie war viel zu geschwächt, als dass sie einen schweren Schraubenschlüssel als Waffe hätte benutzen können. Resigniert ließ sie die Arme hängen und senkte den Kopf.

„Wird's bald?"

Zögerlich begann sie damit, die dicke Weste der ermordeten Frau zu öffnen, die ihr Zlatko gegeben hatte. Unendlich langsam zog sie den Reißverschluss nach unten und hängte die Weste an einen Wandhaken. Dann bückte sie sich, um die Schleife aufzuschnüren.

„Mach schneller!"

Sie zog die viel zu großen Springerstiefel aus und begann damit, den groben Pullover abzulegen und das Uniformhemd aufzuknüpfen. Als der BH und nackte Haut sichtbar wurden, weiteten sich die Augen der Männer. Das Narbengesicht ging auf den Abfluss zu und nahm das am Boden liegende Ende des Schlauchs auf.

„Von hier unten sieht das schon mal ganz klasse aus. Und jetzt zeig mir deine Muschi!"

Kaum war die letzte Silbe verhallt, knallte Zdenka ihr Knie mit voller Wucht gegen den Unterkiefer des Mannes. Ein hässliches knackendes Geräusch verriet den Bruch des Knochens.

Der Mann schrie laut auf. Sofort war der Kleinere zur Stelle und schlug mit der Faust in Richtung ihres Gesichts, wobei ihr Kopf im Bruchteil einer Sekunde zur Seite fuhr und die Faust nur ihr Ohr streifte. Dann begann sie aus Leibeskräften zu schreien.

„Halt dein verdammtes Maul, Schlampe!", zischte der Mann, während das Narbengesicht am Boden lag und vor Schmerzen wimmerte. Dann drängte er sie an die Wand und wickelte blitzschnell einen Teil des Plastikschlauchs um ihren Hals. Zdenka versuchte sich mit Händen und Füßen zu wehren, während ihr verzweifeltes Schreien in ein Würgen und Röcheln überging. Alle ihre Versuche, Hände und Füße gegen den Angreifer einzusetzen, brachten nichts. Der Mann war zu kräftig, als dass sie eine Chance hatte. Dann wurde ihr der BH mit einem brutalen Griff heruntergerissen. Eine Hand fuhr über ihre Brüste, ein Becken drängte sich gegen ihres.

„Hör auf dich zu wehren und halt still! Ansonsten geht dir gleich die Luft aus."

Zdenka wurde schwarz vor Augen. Sie bekam den Ablauf der Bewegungen ihres Gegenübers nicht mehr mit. Der Mann musste tausend Hände haben. Sie spürte etwas Hartes zwischen ihren Beinen und hörte das reißende Geräusch von Stoff.

„Zlat...", mehr brachte sie nicht heraus. Ihre Kräfte schwanden. Im Unterbewusstsein bemerkte sie, wie feuchte Lippen an ihren Brustwarzen saugten. Ihre Arme waren zwischen ihrem Rücken und der Wand eingeklemmt. Der gesamte Körper des Mannes drückte sie mit seinem Gewicht vor den kalten und muffigen Beton.

Plötzlich lockerte sich der Schlauch und sie bekam wieder etwas mehr Luft. Doch kaum hatte sie ein paar Mal tief durchgeatmet, da spürte sie die leckende Zunge in ihrem Gesicht. Panik und Übelkeit breiteten sich wie ein Flächenbrand in ihrem Körper aus. Sie hustete und verschluckte sich. Ihre Augen weiteten sich vor Entsetzen, als zwei Finger in ihre Vagina eindrangen und diese grob bearbeiteten. Das Keuchen des Angreifers klang in ihren Ohren. Sein Atem ging rasend schnell und roch nach Alkohol, Nikotin und Zahnfäule. Sie wollte einen Schrei ausstoßen, als ein Fingernagel des Vergewaltigers tief in ihrem Unterleib etwas verletzte, aber ihre Kehle wurde in diesem Moment wieder zugeschnürt. Sie versuchte die Oberschenkel zusammenzupressen, um der fremden Hand den Spielraum zu nehmen. Vergeblich. Wie ein wildes Raubtier bedrängte sie der Mann und hielt sie in Schach wie ein wehrloses Opferlamm. Tränen schossen in ihre Augen, weil sie absolut machtlos gegen die Bestie war, die sich Mensch nannte und sich nahm, was sie wollte.

Bis zu dem Augenblick, wo das Aufblitzen einer Klinge dem perversen Spiel ein Ende machte.

„Noch eine Bewegung, und mein Messer verschwindet in deinem Hirn." Es war Zlatkos Stimme, und sie war so unmissverständlich, dass der Angreifer wie zur Salzsäule erstarrte. In der einen Hand hielt Zlatko eine Pistole, die auf den am Boden liegenden Kerl mit der Narbe gerichtet war. Mit der anderen drückte er die rasiermesserscharfe Spitze des Bowies in das Ohr des Mannes. Dieser war anscheinend erfahren genug, keine hastige und unüberlegte Bewegung zu machen.

„Zlatko", stöhnte Zdenka dankbar auf. Ihre Todesangst schlug um in grenzenlose Erleichterung. Sie spürte, wie die fremde Hand ihren Schambereich langsam verließ und das geile Keuchen vor ihr in lautloses Atmen überging.

„Wir sind uns schneller einig geworden als ich dachte", sagte Zlatko und hielt die beiden Männer in Schach. „Es wird Zeit, dass wir von hier verschwinden. Wenn du willst, kannst du dich noch frisch machen."

„Mein Boss wird dich kaltmachen", flüsterte der Mann mit dem Messer im Ohr. Feindseligkeit und Hass sprach aus seinen Worten.

„Du kannst von Glück reden, wenn ich dich nicht kaltmache", versetzte Zlatko und bugsierte den Mann vorsichtig Richtung Tür. Dieser half dem Narbengesichtigen auf die Beine, bevor beide den Schuppen verließen.

Zdenka zog ihre Hose hoch und schlug das Armeehemd vor

ihren Brüsten zusammen. An ihrem Hals waren Spuren der Strangulation zu sehen. „Das war in letzter Sekunde. Du hättest ihn töten sollen. Er wollte mich …"

„Das habe ich gesehen", unterbrach Zlatko. Sein Tonfall hörte sich fast geschäftsmäßig an.

Zdenka lief ein Schauer über den Rücken. Sie konnte beim besten Willen nicht einschätzen, was der Serbe in diesem Moment dachte und wie er zu ihr stand. „Was geschieht jetzt?", fragte sie verunsichert.

Zlatko betrachtete sie mit gleichgültiger Miene und legte mit dem Messer den Uniformstoff des Oberteils zur Seite. Ohne ein Wort zu sagen, betrachtete er eine Weile ihre Brüste. Dann sah er ihr in die Augen und streichelte ihr durchs Haar. „Wir werden von hier verschwinden. Milan, du und ich. Außerhalb der Stadt steht ein Flugzeug für uns bereit. Wir bekommen neue Pässe. Pavelic kümmert sich darum. In vierundzwanzig Stunden sind wir außer Landes."

Zdenka war verwirrt. Ihr junges Leben hatte sich bisher nur in Kroatien abgespielt. Auch wenn sie die letzten Wochen viel Schrecken gesehen hatte und sie dem Schritt über den Abgrund näher gewesen war, als sie sich jemals in ihren schlimmsten Albträumen ausgemalt hatte, spürte sie dennoch so etwas wie eine neue Qualität der Angst; ein Hin zu den Ufern der immerwährenden Abhängigkeit; der Entwurzelung aus ihrer lieb gewonnenen Heimat. Sie begann am ganzen Körper zu zittern, und Tränen liefen ihr über das Gesicht. „Wohin fliegen wir? Was ist mit meiner Familie? Werde ich sie jemals wiedersehen? Leben sie noch?"

Zlatko drehte seinen Kopf zur Seite. Er sprach, als ob er etwas kommentierte, mit dem er nichts zu tun hatte. „Deine Familie ist tot. Viele sind tot. Das ist der Krieg. Unser neues Leben beginnt in Italien. Genauer gesagt auf Sizilien."

„Sizilien", wiederholte Zdenka wie in Trance, während Bilder der Eltern vor ihrem inneren Auge schmerzhaft in Erinnerung riefen, dass vor geraumer Zeit die Welt noch in Ordnung gewesen war. Insgeheim hatte sie sich längst damit abgefunden, niemanden aus ihrer engsten Umgebung jemals wiederzusehen. Obwohl noch ein trügerischer Funke Hoffnung in ihr geglüht hatte. Nun war jegliche Hoffnung dahin. Sie sah sich als einzige Person in einer dunklen Kirche stehen, durch die ein kalter Windzug ging, der alle Kerzen für immer auslöschte.

„Wasch deine Vergangenheit ab", sagte Zlatko und nahm den Schlauch auf. „Ich muss noch etwas mit Pavelic klären. In etwa einer Stunde geht es los. Wir wechseln den Wagen und werden zu einer geheimen Stadtwohnung gefahren. Dort kannst du dich von den Strapazen der Flucht erholen, bis wir unsere neuen Pässe haben." Er küsste sie flüchtig auf die Stirn und gab ihr den Wasserschlauch in die Hand. Dann drehte er sich ohne ein weiteres Wort um und verließ den düsteren Schuppen.

Essen, Deutschland - 25. Juli

Rogowski kämpfte mit sich, ob sie Bokan anrufen sollte, um ihn nach den Hintergründen der Entstehung der Fotos zu fragen. Auf der einen Seite brannte sie vor Neugier und wollte die Wahrheit erfahren. Andererseits konnte sie es nicht riskieren, über ihr eigenes Telefon den Kontakt aufzunehmen. Den Vorschriften entsprechend musste sie mit Anderbrügge sprechen und ihm sagen, was sie wusste. Sie konnte nicht einschätzen, wie ihr Partner reagieren würde. Er würde sich selber in eine peinliche und gefährliche Lage bringen, wenn er sie decken und den Serben ungeschoren seines Weges ziehen lassen würde.

Eines stand fest: Bokan hatte den Mord begangen. Oder ihn durch einen Auftragskiller durchführen lassen, was zumindest Anstiftung zum Mord war und nicht minder schwer wog. Und das alles wegen eines geplatzten Geschäfts, für das der ermordete Autohändler seinen Einsatz zurückhaben wollte. 50.000 Euro. Diese Summe erschien lächerlich gering für ein Menschenleben. Doch es waren schon Leute wegen weitaus geringerer Summen aus dem Verkehr gezogen worden. Rogowski erinnerte sich an Überfälle auf kleine Händler, bei denen die Beute nicht mehr als ein paar Scheine gewesen waren und unschuldige Leben in einer Blutlache beendet hatten. Inwieweit Bokans Geschichte stimmte, spielte für sie nur eine untergeordnete Rolle. Rogowski musste keine Details wissen. Sie war sich absolut sicher, dass der Serbe zu einer solchen Tat fähig war. Warum sollte er ihr gegenüber eine solche Andeutung machen, welche sich später als haltlos erwies? Nein, eines war sicher: Bokan hing tief in dem Mordfall mit drin, doch er fühlte sich wegen der Fotos sicher, dass ihm nichts geschehen würde. Im Grunde genommen gab es nur zwei Möglichkeiten für Rogowski: Die erste bestand darin, die Sache in die eigene Hand zu nehmen und erneut mit Bokan zu sprechen. Doch was dabei rauskommen sollte, stand in den Sternen. Er würde sich wohl kaum freiwillig stellen und sie außen vor lassen. Dafür war sein Hass auf sie viel zu groß.

Die zweite Möglichkeit bestand darin, die Vorgesetzten zu informieren und die Vergangenheit aufzurollen. Es würde ein langwieriges Unterfangen werden, peinlich und tränenreich. Es müssten Zeugen befragt werden, mit den Behörden auf dem Balkan korrespondiert werden, die Beweise für Bokans Kriegsverbrechen erbracht werden und so weiter. Ob sie ihren eigenen Namen dabei reinwaschen konnte, war fraglich. Sie steckte zu sehr in der alten Geschichte mit drin, zumal Geld im Spiel gewesen war. Viel Geld.

Die Erinnerung daran kam in diesem Moment hoch und verursachte Kopfschmerzen. Sie fühlte sich wie im freien Fall. Als ob sie aus großer Höhe einem dunklen Abgrund entgegenstürzte.

Über dem Ionischen Meer - 12. Dezember 1991

Der schnittige Lear Jet einer privaten italienischen Airline befand sich in maximaler Reiseflughöhe über dem Ionischen Meer und hielt auf den südlichen Ausläufer des italienischen Stiefels zu. Die beiden Piloten im Cockpit hatten seit ihrem Start in Belgrad einen Kurs über Mazedonien und Albanien gewählt, der sie westwärts Richtung Sizilien geführt hatte. Draußen war es stockdunkel. In zwei Stunden würde die Sonne aufgehen. Bis dahin wäre die Maschine aber schon längst auf dem Aeroporto Internazionale di Catania-Fontanarossa, einem der beiden internationalen Flughäfen auf Sizilien, gelandet.

Zdenka blickte aus einem der kleinen ovalen Fenster und versuchte sich zu orientieren. Die fast geschlossene Wolkendecke gab weder den Blick auf angrenzendes Festland, noch auf den Schiffsverkehr tief unter ihr frei. Es war der erste Flug in ihrem Leben, und er hätte nicht unter dramatischeren Vorzeichen starten können. Nachdem Zlatko das Geschäft mit Pavelic in Belgrad abgewickelt hatte und fast eine Million Dollar in kleinen gebrauchten Scheinen auf drei Koffer verteilt ihren Besitzer wechselten, hatte die Fahrt in einem dunklen Mercedes zunächst in einen Randbezirk der Stadt geführt. Dort hatte der Kroate eines seiner zahlreichen Verstecke, eine kleine und unauffällige Wohnung in einem anonymen Hochhaus, angesteuert. Fast den ganzen Tag über hatte das Trio geschlafen, auf einfachen Matratzen am Fußboden.

Zdenka hatte zwischenzeitlich den Gedanken an Flucht ins Auge gefasst. Diesen hatte sie jedoch schnell wieder verworfen, da sich zwei Mitarbeiter von Pavelic als Wachen im Flur postiert hatten. Dabei hatte die Bewachung weniger ihr, als vielmehr dem Bargeld gegolten. Zlatko hatte Pavelic darum gebeten und die finsteren Typen entsprechend großzügig entlohnt. Zdenka hatte nicht darauf geachtet, welche Namen die Männer trugen. Soweit sie sich erinnerte, waren ohnehin keine Namen gefallen. Kurz nach Mitternacht waren sie alle geweckt worden. Die beiden Wachen hatten das Trio in die Tiefgarage geführt, das Geld im Kofferraum verstaut und die neuen Pässe verteilt. Dann waren sie stadtauswärts gefahren. Die meiste Zeit waren sie unbeleuchteten Straßen gefolgt, bis es irgendwann auf eine breitspurige Schnellstraße ging. Sie hatten ein Areal von der Größe einer mittleren Kleinstadt durchquert und an einem hohen Sicherheitszaun mit einem Wachposten davor Halt gemacht. Bestechungsgeld hatte den Besitzer gewechselt, und schließlich waren die ersten großen und kleinen Passagiermaschinen auf einem Flughafenvorfeld aufgetaucht. Die Wächter hatten eine abseits gelegene Position auf dem Rollfeld angesteuert, wo eine elegante weiße Maschine mit italienischer Kennung zum Abflug bereit gestanden hatte. Zlatko hatte in italienischer Sprache einige Worte mit dem Piloten gewechselt, soweit sie das mitbekommen hatte. Der Mercedes mit Pavelics Männern war davon gefahren, noch bevor am vollgetankten Jet die Tür geschlossen wurde.

Zdenka war zunächst beeindruckt gewesen angesichts des unglaublichen Luxus an Bord. Obwohl das Flugzeug nicht besonders groß war, gab es doch ausreichend Platz und vor allem viel Komfort. Zdenka hatte die Zeit bis zum Start genutzt, um sich einigermaßen herzurichten. Längst hatte Zlatko ihr andere Kleidung besorgen lassen, und so trug sie nun eng sitzende Markenjeans aus den USA, eine weiße Designerbluse, einen dunkelblauen Blazer und hohe Absatzschuhe, die ein wenig zu eng waren und drückten. Sie kam sich wie verwandelt vor und war irritiert, welche Wirkung Mode und ein wenig Make-up auf Männer haben konnte. Milan hatte sie ungläubig angestarrt und kein Wort gesagt, während Zlatko anerkennend seine Augenbrauen nach oben gezogen hatte. Nun schliefen die beiden Männer in etwas entfernt angebrachten Ledersesseln, während Zdenka zu den Sternen hinaufblickte und ihre Situation überdachte.

Es kam ihr vor, als würde sie neu geboren. Sie war den Kriegswirren entkommen, hatte alles Leid und Elend hinter sich gelassen und fand sich in einer Umgebung wieder, von der sie niemals zu träumen gewagt hätte. Sie konnte sich an Anzeigen in Modemagazinen erinnern, in denen attraktive Frauen aus Geschäftsflugzeugen stiegen und den Sitz ihrer Frisur überprüften. Vielleicht war das ganze Leben nur ein einziges Spiel, in dem die Menschen wie Figuren auf einem Brett von einer ungünstigen in eine günstige Position geschoben wurden. Wenn sie Zlatko zwei Reihen vor sich ansah, so erinnerte dieser in seinem beigen Anzug, dem hellblauen Hemd und den sportlichen Segeltuchschuhen eher an den wohlhabenden Besitzer einer Mittelmeeryacht als an einen Soldaten. Er sah ungemein attraktiv aus und hätte ohne Weiteres einen seriösen Geschäftsmann abgeben können.

Zdenka hatte nicht die geringste Ahnung, wie es weiter gehen würde. Sie hatte einen italienischen Pass bekommen und war angeblich in Palermo geboren. Dabei sprach sie nicht einen Brocken Italienisch. Zlatko hatte lediglich eine Andeutung gemacht, dass sie die Sprache in drei Monaten perfekt beherrschen würde, nachdem der Kontaktmann am Flughafen sie zu ihrem neuen Domizil gebracht hätte und erst einmal Ruhe und Alltag eingekehrt wären.

Dies alles klang so phantastisch und unglaubwürdig, dass sie darüber fast vergaß, mit welch grausamen Bestien sie hier an Bord saß und in welche fremdbestimmte Zukunft sie flog. Da sie sich unbeobachtet fühlte und von einer plötzlich über sie kommenden Einsamkeit befallen wurde, ließ sie ihren Tränen freien Lauf und schluchzte leise in ein Taschentuch. Sie konnte selber nicht glauben, welche Torturen hinter ihr lagen und wo sie sich nun befand. Sie hatte einen Menschen erschossen; dabei zugesehen, wie ihre Schwester und ihr Schwager ermordet worden waren, und vor nicht einmal vierundzwanzig Stunden die Gewissheit erlangt, dass ihre gesamte Familie ausgelöscht worden war. Nichts verband sie mehr mit der Vergangenheit. Kein Andenken, kein Foto, kein Brief. Nichts, bis auf einen kleinen Gegenstand in der Jeans, den sie in dem Laster während ihrer Flucht entdeckt hatte und seitdem im Verborgenen als Andenken mit sich führte.

Sie war gespannt darauf, welches Geheimnis der Gegenstand verbarg. Sie ertastete das zylinderförmige Ding unter der Naht ihrer Hosentasche und malte sich aus, welche Geschichte er wohl erzählen würde. Wenn sich die Gelegenheit bot, würde sie es herausfinden. Ihre Gedanken gingen zurück in jene Nacht, als sie auf der Pritsche des Armeelasters gekauert hatte, während draußen die Schüsse gefallen waren. Und als Zlatko sie kurz darauf mit der Weste der Toten zugedeckt hatte.

In ihrem Kopf kreisten tausend Gedanken, die in erster Linie aus unbeantworteten Fragen bestanden. Doch je mehr sie darüber nachdachte und die vielen Fragezeichen in eine logische Reihenfolge zu bringen versuchte, desto undurchsichtiger wurde das Ganze.

Als sie merkte, dass sie immer wieder in einer Sackgasse landete, schweifte ihr Blick ab auf das Gepäcknetz des Vordersitzes, in dem Magazine und eine gefaltete Zeitung steckten. Sie griff nach der Tageszeitung, auf der in großen Buchstaben LA TAMPA stand. Sie blätterte ein wenig hin und her, wobei sie es vermied, laut zu rascheln, damit die beiden Männer nicht aufwachten. Sie versuchte anhand der Überschriften zu erahnen, welchen Inhalt die Artikel hatten, scheiterte aber. Sie interessierte sich weder für Politik noch für Sport und kannte fast keine der abgebildeten Personen. Im hinteren Teil tauchte ein Bild der Popsängerin Madonna auf, deren Musik Zdenka sehr schätzte. Sie musste mehrfach schlucken, als sie sich schmerzhaft daran erinnerte, wie die Welt noch vor einigen Monaten ausgesehen hatte, als sie unbeschwert den Song *Like a Virgin* der Schlagerikone gehört hatte.

Sie blätterte ziellos in der Zeitung weiter und entdeckte einen Bericht mit einer Überschrift, in der die Worte *assassinato* und *cronista* enthalten waren. Darunter waren zahlreiche Portraits von Personen abgebildet, welche vor Ruinen, Panzern oder sonstigen Kulissen standen und entweder ein Mikrofon in der Hand hielten oder eine Kamera um den Hals hängen hatten.

Assassinato cronista ... Sie befühlte den kleinen Gegenstand in ihrer Tasche und dachte für eine Sekunde, dem Rätsel des Gegenstandes auf die Spur gekommen zu sein. *Assassinato cronista – Ermordete Kriegsreporter ...*

In diesem Moment erschütterte ein gewaltiger Ruck die Maschine. Zdenka war nicht angeschnallt und rutschte in den Fußraum, wobei sie mit dem Kopf an dem Leder des Vordersitzes anschlug, jedoch nicht verletzt wurde. Dafür saß der

Schreck umso tiefer und steigerte sich noch, als das Flugzeug vornüber ging und dann seitlich wegsackte. Mit einem zufällig erhaschten Blick durch eines der Fenster bestätigte sich Zdenkas Vermutung, dass etwas Dramatisches geschehen war. Eines der Triebwerke brannte lichterloh. Der Jet vibrierte und ging in einen immer steileren Winkel nach unten. Zdenka hörte Zlatko und Milan aufgeregt durcheinander rufen, während einer der Piloten eine panisch klingende Durchsage auf Italienisch über die Lautsprecher machte. Dann brach das absolute Chaos aus, als im Heck der Maschine eine Explosion zu hören war, auf die ein laut pfeifendes Geräusch folgte. Anscheinend hatte ein abgerissenes Teil der Triebwerksverkleidung die Außenhülle beschädigt.

Das Flugzeug legte sich auf den Rücken und raste im Sturzflug der Erde entgegen. Zdenka hing plötzlich eingeklemmt in einer völlig unnatürlichen Position zwischen zwei Sitzen und klammerte sich verzweifelt an deren Gestellen fest. Für einen Augenblick kreuzte sich ihr Blick mit dem von Milan, der wie ein auf dem Rücken liegender Käfer unter der Decke hing und aus Leibeskräften schrie. Wo sich Zlatko befand, wusste Zdenka nicht. Sie konnte ihn weder sehen noch hören. Er war einfach verstummt und verschwunden. Sie dachte nur noch an sich selber und schloss die Augen. Anscheinend hatte Gott nicht gewollt, dass sie dem Krieg den Rücken kehrte und mit vollen Taschen in ein sicheres Land floh. Bestimmt war dieser Absturz die Strafe dafür, dass sie ihrer Schwester und ihrem Schwager vor deren Exekution nicht beigestanden hatte. Oder die Rache dafür, dass sie den alten Mann in Vukovar hingerichtet hatte. Sie fing an zu beten, während das Grauen seine Fortsetzung nahm und die Maschine immer schneller und schneller wurde.

Essen, Deutschland - 25. Juli

Rogowski wachte schweißgebadet auf ihrer Wohnzimmercouch auf und sah sich orientierungslos um. Es war dunkel im Zimmer, und nur das fahle Licht der Laternen auf der Straße warf einen matten Schein über die Dachterrasse. Sie war eingeschlafen und in taumelnde Schwärze gefallen, nachdem ihr keine Lösung zur Klärung ihres Problems eingefallen war. In ihrem Kopf herrschte Chaos. Langsam richtete sie sich auf und betrachtete eine fette Motte, deren Versuch, durch eine Fensterscheibe zu fliegen, kläglich scheiterte. Sie stand auf und ging ins Bad, um sich frisch zu machen.

Ich muss eine Lösung finden.
Ich kann nicht dauernd davonrennen.
Ich muss es ein für allemal beenden.

Sie kehrte zurück ins Wohnzimmer und machte das Licht an. Dann klappte sie das Barfach ihrer Schrankwand auf und blickte hinein in einen bunten Dschungel aus Hochprozentigem. Sie griff nach einer Flasche Cognac und schraubte den Verschluss ab. Auf einem nach hinten versetzten und beleuchteten Glasboden standen ein paar Gläser. Sie nahm eines davon und füllte es bis zur Hälfte. Anschließend klappte sie das Fach nach oben und ging hinaus an die frische Luft. Sie stellte das Glas auf den verdreckten kleinen Plastiktisch, an dem sie schon ewig nicht mehr gesessen hatte, um ein Buch in der Sonne zu lesen, am Wochenende zu frühstücken oder mit einem Mann eine Flasche Wein bei einem netten Essen zu genießen. Lediglich ein völlig überfüllter Aschenbecher stand auf dem Tisch.

Sie zündete sich eine Zigarette an und beobachtete teilnahmslos das Geschehen vor der Studentenkneipe. Es war wie immer der gleiche Anblick. Menschen kamen, begrüßten sich, umarmten sich, redeten miteinander, verschwanden im Inneren. Andere kamen hinaus, unterhielten sich, rauchten eine Zigarette, verabschiedeten sich, winkten einander zu, verschwanden. Ein Mikrokosmos des Lebens. Hinein, hindurch und wieder hinaus. Dazwischen mitnehmen, was man nur konnte. Alles in sich aufsaugen, jung sein, Spaß haben. Das Leben war unbeschwert wenn man jung war und in einem Land wie Deutschland wohnte. Die Probleme hielten sich in Grenzen, vielleicht ging man mal auf die Straße, um gegen zu hohe Studiengebühren zu protestieren. Aber nur, wenn die Kommilitonen oder Freunde auch da waren und anschließend Party anstand. Krieg und Elend fand irgendwo anders statt, warum sollte man sich über solche Dinge Gedanken machen? Hier war das Paradies, auch wenn die Medien und die jeweilige Opposition in der Regierung gerne gesellschaftliche Horrorszenarien malten.

Rogowski wünschte sich beim Anblick der Unbeschwertheit auf der Straße, dass jene junge Menschen dort unten nur einen Tag in einer Kriegshölle, einem Flüchtlingslager oder auf der Pritsche eines Armeelasters verbracht hätten, um zu begreifen wie ihr gerade zumute war und warum das Leben nicht bei jedem ein ständiger Quell der Freude war.

Sie betrachtete das Glas mit dem samtigen braunen Inhalt und schwenkte es hin und her. *Heute nicht*, dachte sie und erwog den Inhalt auf die Straße zu kippen. Dann stellte sie das Glas auf den Tisch und kehrte in die Wohnung zurück. Ein Bild materialisierte sich vor ihren Augen. *Assassinato cronista*.

Sie blickte in den Aschenbecher auf dem Wohnzimmertisch, wo die verkohlten Überreste von Bokans Bildern lagen. Und mit einem Mal wurde ihr alles klar.

Bokans Aufnahmen waren von der erschossenen Reporterin, welche 1991 am Straßenrand hatte sterben müssen. Zlatkos Worte hallten in Rogowskis Gedanken nach: *Das war eine gute Idee, die Leiche und die Kameras anzuzünden. Milan, manchmal bist du ja doch für was zu gebrauchen.*

Sie hatten die Kamera vernichtet, nachdem sie das mitgeführte Fotomaterial der Reporterin sichergestellt hatten. Irgendwann hatte Milan den Film entwickelt und dabei die Szene der Erschießung des alten Mannes in Vukovar entdeckt; aufgenommen mit Teleobjektiv aus einem gegenüberliegenden Versteck. Dann hatte er den Ausschnitt vergrößert und die entscheidenden Personen für diesen Mord einfach abgeschnitten: Zlatko und er selber.

So musste es gewesen sein. Wer immer die Reporterin gewesen war: Sie hatte über einen langen Zeitraum auf eigene Faust Gräueltaten dokumentiert und war dafür letztendlich selber gestorben. Rogowski hatte oft an sie denken müssen, ohne etwas von ihr zu wissen. Wie ihr Name gewesen war, wo sie gelebt hatte, für wen sie gearbeitet hatte. Doch nun schloss sich der Kreis.

Sie ging in ihr kleines Arbeitszimmer, wo ein einfacher Schreibtisch aus Kiefernholz stand, auf welchem ein ausgeschalteter Laptop darauf wartete, irgendwann entstaubt zu werden. Der kleine Raum war komplett in Rot gestrichen. Überall lagen Klebebänder, zusammengeknautschte Abdeckplanen und alte Zeitungen. In zwei geöffneten Eimern steckten große Pinsel in längst vertrockneter Farbe. Rogowski hatte vor Monaten vorgehabt, dieses Zimmer zu renovieren. Mitten in der Arbeit war ihr aber die Lust vergangen.

Sie öffnete eine Schublade des Schreibtischs und holte einen grauen Karton von der Größe einer Pizzaschachtel hervor. Sie kehrte damit zurück ins Wohnzimmer und setzte sich auf die Couch. Behutsam entnahm sie die Fotos, die sie in einem Labor bei einem ehemals guten Bekannten, der kürzlich verstorben war, vor über zehn Jahren hatte entwickeln lassen. Es waren insgesamt vierundzwanzig Aufnahmen, von denen aber nur gut ein Drittel brauchbar war. Diese waren allesamt schwarz-weiß und zeigten eine einzige düstere Szenerie: Eine heruntergekommene Schweinezuchtfarm mit Militärlastern der Jugoslawischen Volksarmee davor. Ovcara, Kroatien, aufgenommen am 24. November 1991. Unscharf waren einige Soldaten zu erkennen. Unter anderem ein junger Mann, der sich an einem Laternenpfahl erbrach. Seit der Entwicklung der Fotos hatte Rogowski keinen Blick mehr auf diese geworfen, zu schmerzhaft war die Erinnerung daran.

Mit zittrigen Händen nahm Rogowski eines von zwei Bildern aus dem kleinen Stapel. Die Aufnahme war aus einer leicht erhöhten Position aufgenommen, aus einer Entfernung, die etwa fünfzig Meter vom Standpunkt des Objektivs betragen musste. Am unteren Bildrand waren die verschwommenen Ansätze eines Mauerwerks zu erkennen. Die Szene lag im diffusen Licht und bildete einen Halbkreis von Männern in Uniformen ab, die mit Maschinenpistolen auf ein nackt am Boden kniendes Paar zielten, von dem man nur die Rücken sah. Davor standen zwei Männer, die eine bildhübsche junge Frau anstarrten. Die drei Personen waren Zdenka, Zlatko und Milan. Milans Gesicht war kaum zu erkennen.

Rogowski kämpfte mit ihren Schuldgefühlen, als sie das Bild lange und intensiv betrachtete. Tränen liefen über ihre Wangen und fielen auf die alte Aufnahme, die sie an ihr Versagen in dieser Situation erinnerte. Sie redete sich ein, dass ihre Schwester und ihr Schwager noch am Leben sein könnten, wenn sie diese damals nicht verleugnet hätte. Ihr Tod war so sinnlos gewesen wie der der anderen, die an diesem Tag exekutiert worden waren. Selbst wenn ihr Schwager damals als Verbindungsmann für den amerikanischen Geheimdienst CIA gearbeitet haben sollte (was sie nicht glaubte), nichts würde diese grausame Tat jemals rechtfertigen.

Für Rogowski bedeuteten die Bilder alles. Gegenüber der Welt würden sie hingegen nichts beweisen. Dies allein wusste nur sie. Was geschehen war, war geschehen. Nichts würde die Toten wieder lebendig machen; nichts würde das Massaker von Ovcara, das eine Randnotiz des Kroatien-Krieges war, rückgängig machen.

Wofür sie dankbar war, war die Tatsache, dass die Fotos der ermordeten Journalistin, die seinerzeit als nicht entwickelter Film in einer kleinen schwarzen Plastikdose ins Futter ihrer Weste gerutscht waren und die Zdenka nur durch Zufall entdeckt hatte, für immer die Erinnerung daran wachhielten, was einst geschehen war und welche Mitschuld sie selber traf.

Sie erhob sich und wischte sich die Tränen aus dem Gesicht. Sie nahm zwei der Fotos an sich und legte die anderen zurück in die Schachtel. Sie zog ihre Lederjacke über, überprüfte das Magazin ihrer Waffe und aktivierte die SMS-Funktion ihres Handys. Sie tippte eine Nachricht ein, die Anderbrügge galt:

Wollte Dir nur sagen, dass Du der beste Bulle der Welt bist. Mach Dir keine Gedanken, wenn ich morgen nicht zum Dienst erscheine. Muss eine lang aufgeschobene Sache erledigen. Kuss, Z.

Sie löschte das Licht und verließ die Wohnung. Sie war bereit, sich ihrer Verantwortung zu stellen und gleichzeitig Bokan ein für alle Mal aus dem Verkehr zu ziehen. Sie hatte nur dieses eine Foto und musste das gefährlichste Pokerspiel ihrer Karriere spielen. Der Einsatz, der dabei auf dem Spiel stand, war nicht weniger als ihr eigenes Leben. Sie war nun dazu bereit, gemeinsam mit Bokan unterzugehen und einen Schlussstrich unter die Sache zu ziehen.

Als sie das Haus verließ, fiel die Tür hinter ihr mit einem lauten Knall ins Schloss. Von den Gästen vor der Studentenkneipe nahm davon niemand Notiz. Ein Remix von *Love is in the Air* dröhnte aus dem Laden über die Straße.

Sizilien - 12. Dezember 1991

„Ich liebe dich!", schrie Zlatko in der abstürzenden Maschine, während er verzweifelt gegen die auftretenden Fliehkräfte ankämpfte und versuchte, entlang der Decke zur Cockpittür zu gelangen.

Zdenka hatte Zlatkos Worte gehört und versuchte, diesen einen Sinn abzuverlangen. *Ich liebe Dich*, war das Letzte, was sie aus seinem Mund zu hören erwartet hätte. Noch bevor sie einen weiteren Gedanken formulieren konnte, explodierte um sie herum die Hölle. Sie hatte das Gefühl, mit einem Feuerwerk aus Bildern und Eindrücken bombardiert zu werden. Im Schnelldurchlauf jagten albtraumhafte Szenen durch ihre Synapsen, Momentaufnahmen der letzten Sekunden inmitten des vermeintlichen Endes. Ihr entsetzter Schrei erstarb in einer Woge aus Wasser, das die zerschmetterte Kabine überflutete. Alles was sie noch wahrnehmen konnte, war der Geschmack von salzigem Wasser auf ihrer Zunge. Dann verlor sie das Bewusstsein und tauchte hinab in eine Welt aus alles verhüllender Schwärze.

Essen, Deutschland - 25. Juli

Die beiden Scheinwerfer des TÜV-überfälligen Renault Twingo bahnten den Weg durch die Dunkelheit des einsamen Gewerbegebietes, während Rogowski hinter dem Steuer konzentriert nach links und rechts Ausschau hielt, um etwaige Personen zu entdecken. Doch um diese Zeit war niemand mehr auf den Beinen. Zumindest hier nicht; in der Abgeschiedenheit einer Welt aus Rollgittern, Alarmanlagen und hohen Metallzäunen.

Eine Armee aus versteckten Überwachungskameras hielt stumm auf Band fest, was sich zu nachtschlafender Zeit auf eigenem Territorium abspielte. Die Kameras bekamen allerdings nur verirrte Hasen und Igel vor die Linse.

Rogowski schaltete die Scheinwerfer aus und legte den Leerlauf ein, als der Wendekreis vor Bokans Gebrauchtwagenhandel in Sichtweite kam. Langsam und geräuschlos ließ sie den Wagen ausrollen und stoppte vor dem Kiesweg, der auf das Haus des Serben zuführte. Sie stieg aus und überprüfte ihre Waffe. Mit einem eleganten Sprung hechtete sie über den kleinen Zaun, hinter dem sich die vielen Autos im fahlen Licht einiger schwach schimmernder Laternen präsentierten. Im Hintergrund erstrahlte Bokans Haus im vornehmen Glanz diverser Designer-Außenleuchten. Einige im Boden und an der Fassade angebrachte Bewegungsmelder sprangen an und spendeten zusätzliche Helligkeit. Rogowski hoffte, dass Bokan keinen Wachhund hielt, der plötzlich aus dem Hinterhalt auftauchte und die Zähne fletschte. Dass dem nicht so war, sprach für den Eigentümer des Hauses. Denn dieser war selber eine scharfe Waffe; ein beißwütiger Rottweiler auf zwei Beinen.

Im Haus brannte ebenfalls noch Licht. Wie glühende Augen blickten zwei mit roten Vorhängen verhangene Fenster im Dachgeschoss in ihre Richtung und signalisierten Bedrohlichkeit. Auch wenn dahinter wahrscheinlich Bokans Huren lediglich zu verführerischen Höchstleistungen aufspielten: Sie war auf der Hut und setzte vorsichtig einen Fuß vor den anderen.

Rogowski war nur noch wenige Schritte von der Eingangstür entfernt, als sie plötzlich kaltes Metall in ihrem Nacken spürte.

„Je später der Abend, desto ungebetener die Gäste", erklang Bokans Stimme hinter ihrem Rücken. „Endlich hat sich dieses Videokamerasystem mal bezahlt gemacht."

Rogowski unternahm erst gar nicht den Versuch einer hektischen Bewegung. Sie war ohne Anmeldung auf Privatbesitz eingedrungen.

„Was willst du um diese Zeit auf meinem Grundstück?"

„Ich muss mit dir reden."

„Reden? Ich wüsste nicht, was wir beide zu bereden hätten", erwiderte Bokan kalt. „Ich habe dir gesagt, dass du mich in Ruhe lassen sollst. Aber anscheinend habe ich deine Intelligenz unterschätzt. Die Fotos waren wohl nicht Beweis genug dafür, dass ich dich jederzeit fertigmachen kann."

„Fragt sich nur, ob du dich nicht verzockt hast", erwiderte Rogowski unbeeindruckt. „Ich hätte da nämlich auch ein paar Aufnahmen für dein Poesiealbum."

Bokan schwieg einen Augenblick und schubste sie dann unsanft vor sich her. „Geh, wir besprechen das im Haus. Falls das eine Falle ist ..." Er ließ den Satz unbeendet, offenbar dachte er, sie könnte möglicherweise verwanzt sein. Als er vorsichtig die Tür öffnete und sie hinein bugsierte, tastete er sie ausgiebig ab, wobei er langsam über ihre Brüste fuhr und dabei grinste. „Was haben wir denn hier? Du wolltest mich doch nicht etwa abknallen?" Triumphierend hielt er ihre Waffe in der Hand und entfernte sich ein paar Schritte. Er entnahm das Magazin, wobei er mit seiner eigenen Waffe weiterhin auf sie zielte. Dann gab er Rogowski die funktionsuntüchtige Pistole zurück.

Scheiße, ich habe mich wie eine Anfängerin überrumpeln lassen, dachte sie und steckte die Pistole in den Schulterholster unter ihrer Lederjacke. Bokan gab ihr ein Zeichen ins Wohnzimmer zu gehen und in einem roten Ledersessel Platz zu nehmen. Die Jalousien im Erdgeschoss waren nach unten gelassen; lediglich zur Terrasse hin präsentierte sich der Blick ins Freie auf den angestrahlten Swimmingpool. Dahinter stand eine Wand aus Koniferen. Einige griechische Statuen vermittelten eine mediterrane Atmosphäre. Aus dieser Perspektive erinnerte Bokans Refugium nicht daran, dass sein Haus inmitten eines Industriegebiets lag.

„Cognac?", fragte er und spielte den Gentleman, so als träfen sich gerade zwei alte Geschäftsfreunde zur zwanglosen Besprechung eines Deals. Rogowski schüttelte den Kopf, während Bokan sich ein Glas einschenkte.

„Ich nehme an, deine Sexspielzeuge amüsieren sich gerade oben miteinander", gestattete sich Rogowski eine scharfzüngige Bemerkung, als Stöhnen über den Treppenflur nach unten drang.

„Die sind immer geil. Falls ich es denen nicht besorge, fallen sie selber übereinander her. Die sind wie Tiere. Wie ausgehungerte Raubkatzen. Die bringen einen Mann direkt in den siebten Himmel."

Rogowski erwiderte nichts und betrachtete den Serben, während der in aller Seelenruhe sein Glas leerte und sich gegenüber dem Couchtisch auf dem Sofa niederließ. Mit einer in Reichweite liegenden Fernbedienung aktivierte er die Musikanlage. Dezente Jazzmusik erklang aus den Deckenlautsprechern.

„Wo ist dein Partner, dieser Depp von Kommissar? Normalerweise macht ihr Bullen doch keinen Schritt ohne den anderen."

„Er weiß nicht, dass ich hier bin. Falls du meine Ankunft zufällig auf einem Kontrollmonitor beobachtet hast, weißt du, dass ich nicht lüge. Das hier ist eine Sache zwischen dir und mir. Und du kannst sicher sein, dass du ab jetzt verdammt in der Scheiße steckst."

Bokan sah sie neugierig an und spielte unschlüssig mit der Pistole. Sein Gesicht verriet Neugier. Und Respekt.

„Mut hast du, das muss man dir lassen. Tauchst einfach hier auf und versuchst mich unter Druck zu setzen. Ich könnte dich im Pool ersäufen und anschließend verschwinden lassen."

„Du hast mir schon damals keine Angst eingejagt", antwortete Rogowski selbstbewusst. „Ich habe immer gewusst, dass du nur der kleine Lakai von Zlatko bist. Der hatte wenigstens noch so etwas wie Format ... wenn man bei einem Kriegsverbrecher überhaupt davon reden kann."

Bokan ließ sich nicht anmerken, ob ihn die Bemerkung traf. Mit einem verschmitzten Lächeln und einem angedeuteten Schulterheben überspielte er die Situation. „Wie gesagt, das ist alles sehr lange her. Heute bin ich ein angesehener Geschäftsmann und bekomme überall Respekt entgegengebracht." Er ließ eine Pause folgen und tat so, als würde er der Musik lauschen. „Was willst du also von mir? Mich ausfragen, wie ich damals entkommen konnte? Wie ich eine neue Identität annahm und nach Deutschland ging? Ein bisschen über alte Zeiten plaudern?"

Rogowski schüttelte den Kopf. „Das werde ich alles noch früh genug in Erfahrung bringen. Es ist nur eine Frage der Zeit, bis es dich erwischt und du für immer hinter Schloss und Riegel landest."

„Wie süß", säuselte Bokan. „Wahrscheinlich glaubst du den Quatsch wirklich. Wahrscheinlich bist du tatsächlich hierher gekommen um mich zu bitten, freiwillig auszupacken."

„Ich bin hierher gekommen, um dir das zu zeigen!"

Sie warf den mitgebrachten Umschlag über den Tisch und

lehnte sich im Sessel zurück. Bokan betrachtete das Mitbringsel und war sich nicht schlüssig, was er davon halten sollte. „Was soll da drin sein? Die Fotos von dir? Willst du mir erzählen sie seien unecht? Eine Fälschung? Du weißt genau wie ich, dass die Fotos aus Vukovar keine Fälschung sind. Du hast damals dem alten Knacker das Hirn weggeblasen. Und dich nackt mit der Waffe auf dem Bett geräkelt, während ich …"

„Mach einfach den Umschlag auf, und erspar mir deine perversen Fantasien", forderte sie ihn barsch auf.

Bokan zögerte. „Falls da ein Durchsuchungsbefehl drin ist, landest du in der Hölle."

Als Rogowski keine Reaktion zeigte, nahm er den Umschlag und öffnete ihn. Er entnahm die Fotografien. Und erstarrte. „Wo zum Teufel hast du die her?"

„Das spielt keine Rolle."

„Wo hast du diese verdammten Fotos her?", wiederholte Bokan seine Frage. Die Abbildungen wechselten in seinen Händen nervös die Seiten, so als ob er ein schlechtes Blatt zugespielt bekommen hatte und überlegen musste, welche Strategie die beste war.

„Erinnerst du dich an jene Nacht unserer Flucht auf der Landstraße, als plötzlich diese Frau auftauchte und du sie eiskalt erschossen hast? Einfach so, als ob sie Freiwild gewesen wäre?"

Bokan erwiderte nichts. Intuitiv schloss sich sein Griff fester um die Waffe.

Rogowski fuhr fort. „Diese Frau war Journalistin. Eine Kriegsreporterin, die auf eigene Faust im Land unterwegs war. Sie war euch seit langer Zeit auf der Spur und plante wahrscheinlich eine längere Dokumentation. Die Fotos von dem Mord in Vukovar, auf denen ich und der alte Mann zu sehen sind, stammen von ihr. Du hast den Film aus der Kamera der

Toten genommen und später entwickelt. Wann und wo weiß ich nicht, es spielt auch keine Rolle. Fest steht, dass Zlatko mir eine Jacke der Toten gab. Und im Futteral war ein weiterer, nicht entwickelter Film versteckt. Dreimal darfst du raten, was dort alles drauf zu sehen ist, mein lieber Milan."

Milan. So hatte ihn seit Ewigkeiten niemand mehr genannt. Unruhig rutschte er auf dem Sofa hin und her und kratzte sich am Kinn. „Diese Fotos beweisen gar nichts. Ich bin ja noch nicht einmal darauf zu sehen. Wenn das alles ist, weiß ich nicht was du eigentlich hier willst."

„Ich will dir einen Deal anbieten."

Milan lachte einmal kurz auf. Es war ein verächtliches Lachen, voller Antipathie für sein Gegenüber. „Was soll das für ein beschissener Deal sein? Diese Fotos zeigen ein Kaff in Kroatien. Ovcara oder wie das hieß. Und eine Erschießungsszene. Aber auf der bist eigentlich nur *du* zu erkennen. Nackt, mit deinen perfekten Titten."

„Es gibt andere Fotos, eindeutigere", warf Rogowski ein und setzte damit auf eine Lüge. „Bessere, aus einer anderen Perspektive aufgenommen. Und die werde ich morgen über einen Mittelsmann unter allen Kroaten verteilen lassen, die ich kenne. Es sei denn, du verlässt binnen zweiundsiebzig Stunden das Land und überweist vorher dein Vermögen an den Hinterbliebenen-Fond in Ovcara."

„Du musst komplett wahnsinnig geworden sein", platzte es aus Milan heraus. „Mir droht man nicht. Niemand droht mir. Selbst du kannst mir nicht drohen. Was soll diese Scheiße? Ich glaube dir kein Wort."

„Dann werde ich dich des Mordes an Vladimir Midic überführen. Und ich kriege dich, verlass dich drauf. Falls du nichts dagegen hast, darfst du morgen Mittag zum DNA-Test aufs Präsidium anrücken. Alles Weitere dürfte dann nur noch eine

Frage der Zeit sein. Dumm, dass du mir gegenüber heute bereits diese Andeutung mit den 50.000 gemacht hast. Aber du warst ja schon immer etwas vorlaut und dir deiner Sache meist zu sicher."

Milan stand auf und fuchtelte mit der Waffe herum. Unruhig trat er von einem Bein auf das andere und schüttete sich dann hastig einen zweiten Cognac ein. Sein flüchtiges Grinsen wirkte jetzt alles andere als selbstsicher. Nervös trommelte er mit einer Hand auf den Servierwagen, auf dem die alkoholischen Getränke standen.

„Damit kommst du nicht durch. Du meinst gerissener als ich zu sein. Aber du bist es nicht. Bevor ich mich auf irgendetwas einlasse, will ich sehen was du noch für Fotos hast."

Jetzt habe ich eine Verhandlungsbasis, dachte Rogowski und versuchte so gut es ging, ihre Angst zu verbergen. Die Waffe in Milans Hand bereitete ihr einiges Kopfzerbrechen. Da ihre eigene ohne Magazin war, musste sie sich etwas einfallen lassen. Dass Milan sie überrumpeln würde, hatte nicht zu ihrem Plan gehört. Vielleicht wäre es doch besser gewesen, Anderbrügge in die Sache einzuweihen. Aber dafür war es jetzt zu spät. Instinktiv spürte sie, dass sie dieses Haus nur als Siegerin oder als Leiche verlassen würde. „Ich habe die Fotos an einem sicheren Ort. Genauer gesagt im Polizeipräsidium in meinem Schreibtisch", log sie. „Sollte mir irgendetwas zustoßen, wird irgendwer irgendwann den Krempel sichten und sich ein paar Fragen stellen. Mein Partner mag in deinen Augen etwas behäbig wirken. Aber er ist ein guter Bulle und wird dich zur Strecke bringen. Es liegt also in deiner Hand, ob du zahlst und verschwindest, oder lebenslänglich in den Bau wanderst. Eigentlich eine ziemlich einfache Entscheidung."

„Ich glaube eher, dass du die Fotos nicht im Büro versteckst, sondern bei dir zu Hause."

Rogowski musste unwillkürlich schlucken. Ihre Nackenhaare stellten sich auf und etwas verkrampfte sich in der Magengegend. „Warum sollte ich das tun?"

„Weil du auf keinen Fall möchtest, dass die Sache von damals ans Licht kommt. Immerhin ist seinerzeit ein Teil der Beute verschwunden, nach dem Absturz auf Sizilien. Ich habe mich all die Jahre gefragt, wie du es geschafft hast, das Geld verschwinden zu lassen. Vielleicht sollte ich den Spieß einfach umdrehen und ein bisschen Russisch Roulette mit dir spielen. Dieses Spiel kennst du doch noch, oder?"

Rogowski wurde heiß und kalt zugleich. Die Wände schienen auf sie loszumarschieren. Das große elegante Wohnzimmer schrumpfte auf die Größe einer engen Flugzeugkabine zusammen. Als draußen in dem Pool eine beleuchtete Wasserfontäne hochspritzte, fuhr ihr der Schreck sichtbar durch die Glieder.

Milan drehte sich kurz zum Fenster um und sah die aufsteigende Wassersäule. „So schreckhaft wegen einer kleinen technischen Spielerei?"

Sie antwortete nicht. Stattdessen versuchte sie, den Gedanken an den Flugzeugabsturz zu verdrängen. Und das, was Milan gerade als *Russisches Roulette* beschrieben hatte.

„Gib mir deine Wohnungsschlüssel!", forderte er sie auf.

„Wie bitte?"

„Du hast mich richtig verstanden. Gib mir deine Wohnungsschlüssel! Jemand wird mal kurzfristig deine Bude auf den Kopf stellen, während du hier sitzen bleibst und in den Lauf dieser Knarre starrst."

„Du willst bei mir einbrechen lassen? Das ist jetzt nicht dein Ernst?"

„Fragt sich nur, wer bei wem einbrechen wollte. Aber erstens ist das, was ich veranlasse, kein Einbruch; und zweitens musst du wohl kaum etwas befürchten, falls du die Wahrheit gesagt hast und die Fotos wirklich auf der Wache sind. Oder?"

In dem Katz- und Maus-Spiel hatte Milan plötzlich die besseren Trümpfe in der Hand. Rogowski fragte sich, was eigentlich geschehen würde, wenn sie jetzt einfach aufstünde und ginge.

Als ob Milan telepathische Fähigkeiten besaß, sagte er: „Denk erst gar nicht daran zu türmen. Du bleibst schön hier. Und mach' dir schon mal Gedanken darüber, wo du gerne verscharrt werden möchtest ... *nachdem* du den Pool ausgesoffen hast." Dann griff er sich das Telefon, das vor ihm auf dem Couchtisch lag, und drückte eine Taste. Irgendwo unter dem Dach waren ein gedämpftes Klingeln und ein Fluchen zu hören. Anscheinend hatte Milan jemandem am anderen Ende der Leitung gerade den Spaß verdorben. „Zieh ihn raus und schnapp dir einen Wagen. Du musst was für mich überprüfen. Sofort!"

Rogowski verstand nicht auf Anhieb. „Du schickst eine deiner Nutten los? Um meine Wohnung zu durchwühlen? Du musst komplett irre sein."

Milan schwieg. Einige Minuten später kam ein Mann nach unten. Er trug Cowboystiefel, eine schwarze Lederhose und eine rote Lederjacke. Sein dichtes blondes Haar reichte ihm bis zur Schulter. Er war sonnenbankgebräunt und hatte eine ledrige Haut. Er sah wie jemand aus, der bereits einige Zeit im Knast verbracht hatte. Ein Zuhältertyp. Rogowski schätzte ihn auf Mitte vierzig.

„Was'n los?"

„Die Fotze will mich erpressen. Sie ist von den Bullen."

Der Mann staunte nicht schlecht. „Eine Bullin? Ich habe schon immer gesagt, dass du ein bisschen mehr auf deinen Umgang achten solltest."

„Quatsch nicht so viel und schau dich mal ein wenig in ihrer Bude um. Sieh nach, ob du ein paar Fotos wie diese hier findest. Und das ganze möglichst schnell und unauffällig."

Milan gab dem Mann die beiden Fotos und fragte Rogowski nach der Adresse. Widerwillig beantwortete sie ihm die Frage.

„Und du bist dir sicher, dass ich so einfach in ihre Wohnung rein soll? Ich meine ... die ist nicht von den Guten. Das ist eine abgefuckte Cop-Lady", sagte der Mann.

„Hör zu, Falko", entgegnete Milan, „Du bist mir mehr als einen Gefallen schuldig. Also sieh zu, dass du diesen Job schnell und diskret erledigst."

Der Mann nickte und verschwand. Wenig später war von draußen ein sattes, brummendes Geräusch zu hören. Es klang wie ein V8-Motor. Es musste der Mustang sein, Milans Baby.

Soviel zum Thema unauffällig, dachte Rogowski.

Sizilien - 12. Dezember 1991

Zdenkas Kopf brummte. Nur allmählich kam sie zu sich und öffnete die Augen. Ein blutroter Schleier trübte die Sicht und sie hatte Mühe zu begreifen, in welcher Umgebung sie sich befand. Langsam und unter Schmerzen drehte sie sich auf den Rücken, während ihre Hände Abdrücke im nassen Sand hinterließen. Ihre Kleidung war durchnässt und ihr war kalt.

„Zdenka", hörte sie von irgendwo eine Stimme flüstern. Es war Zlatko. Er klang so, als ob er große Schmerzen hatte.

Zdenka rieb sich mit dem Handrücken das Blut aus den Augen, das von einer Platzwunde an der Stirn über ihr Gesicht lief. Schemenhaft kehrte die Erinnerung zurück, bis sich schließlich ein Bild der Umgebung ergab. *Das Flugzeug ist abgestürzt. Ich habe überlebt. Ich lebe.*

Ungefähr hundert Meter vor ihr ragte das Heck der Maschine

aus dem Wasser. Wie die riesige Rückenflosse von einem Hai. Vom Rest des Flugzeugs war nichts zu sehen. Der Rumpf und das Cockpit waren einfach verschwunden. Das spärliche Licht der Morgendämmerung gab den Blick frei auf einige Trümmerteile, die um sie herum verstreut am Strand lagen.

„Zdenka", hörte sie erneut Zlatkos Stöhnen. Sie schaute sich um und sah den Serben an einer Felsgruppe liegen. Eines seiner Beine war grotesk verdreht und irgendetwas schien in seiner Brust zu stecken. Von Milan hingegen fehlte jede Spur.

„Zlatko!" Mühsam rappelte sie sich auf und ging mit wackeligen Beinen in Richtung der messerscharfen Felsen, die sich über die gesamte Uferzone erstreckten und den Blick auf das Hinterland versperrten. Zdenka hatte nicht die geringste Ahnung, wo sie eigentlich war.

„Du musst ... den Koffer mit dem Geld suchen. Wenn er hier nirgendwo ist, musst du ... in das Wrack tauchen", sagte Zlatko, bei dessen Anblick Zdenka erschrak. Aus seiner zerschlissenen Hose ragte ein gebrochener Unterschenkel hervor; sein kompletter Oberkörper und sein Gesicht waren mit Blut und Sand verkrustet. Oberhalb seines Herzens, zwischen Brustbein und Schultergelenk, steckte ein etwa armlanger metallischer Gegenstand. „Ist von einem der Sitze ..." Zlatko röchelte, als er kurz aufsah und Zdenkas besorgten Blick auf die Wunde registrierte.

Tausend Gedanken schossen ihr in diesem Moment gleichzeitig durch den Kopf. Ihr Verstand sagte ihr, dass sie einfach losrennen sollte, bis sie auf Hilfe stieß. Irgendjemand musste schließlich mitbekommen haben, dass die Maschine vom Radar verschwunden war. Bestimmt waren schon Such- und Rettungstrupps unterwegs. Sobald sie den Behörden in die Arme laufen würde, wäre sie in Sicherheit. Niemand könnte ihr dann noch etwas antun; weder Zlatko noch Milan.

„Du musst den Koffer …"

Sie konnte ihn nicht einfach hier liegen lassen. Sie musste ihm helfen. Auch wenn er ein Verbrecher war. Schließlich war sie angehende Krankenschwester. „Halt still und lass mich die Wunde ansehen", sprach sie und kniete sich neben ihm nieder.

Zitternd griff er nach ihrer Hand. „In dem Koffer ist genug Geld … Damit kannst du dir ein sorgenfreies …"

„Du sollst schweigen", ermahnte sie ihn und ignorierte seine Hand, die zitternd nach ihrem Schenkel griff. „Diese Stange hat deinen Lungenflügel durchbohrt. Du verlierst sehr viel Blut. Wenn du nicht sofort in ein Krankenhaus kommst, könnte es sehr kritisch werden."

„Ich werde sterben", unterbrach er sie mit mühsam herausgepressten Worten und führte seine Hand an die Stelle seines Hemdes, wo eine zweite Verletzung unter einem dunklem Fleck verborgen lag.

Zdenka sah den eingerissenen Stoff und bemerkte erst jetzt, dass etwas die Bauchdecke durchstoßen hatte. Schwarze Flüssigkeit sickerte wie Sirup aus einem kleinen kreisrunden Loch. Vorsichtig tastete sie den Bereich ab, wobei Zlatko vor Schmerzen die Augen verdrehte.

„Oh mein Gott, das tut höllisch weh. Es muss die Leber sein."

In diesem Augenblick erkannte Zdenka, wie schlimm es um den Serben bestellt war. Für ihn gab es kaum noch Hoffnung auf Rettung, wenn nicht bald Hilfe kam. Verunsichert darüber, ob ihr sein Tod Genugtuung sein würde oder ob sie ihm einen lebenslangen Aufenthalt in einem Gefängnis wünschte, starrte sie ihm verunsichert in die Augen.

Als ob er ahnte was sie dachte, ergriff er abermals ihre Hand. „Ich habe Schlimmes getan", flüsterte er ihr zu. „Ich habe gedacht, dass ich mit dir ein neues Leben anfangen könnte. Aber daraus ... wird nun nichts ... es ist aus."

„Du musst dich schonen. Sprich nicht weiter."

Zlatko lächelte gequält und unternahm den verzweifelten Versuch, sich aufzurichten und gegen den Fels zu lehnen. Zdenka griff ihm vorsichtig unter die Arme und sah mit faszinierter Abscheu auf die Metallstange, die oberhalb seines Rückens ausgetreten war. Behutsam lehnte sie seinen Körper so gegen das schroffe Gestein, dass die Spitze des Metalls sich nicht daran stieß.

„Es wird ... nicht mehr lange dauern, bis die italienischen ... Behörden uns finden ..."

„Du sollst dich nicht anstrengen. Alles wird gut."

Mit der Andeutung eines Kopfschüttelns ignorierte er sie. „Nichts wird gut. Ich bin ein Kriegsverbrecher. Ich bin ... kurz vor der Ziellinie gestrauchelt." Er hustete. Ein Schwall Blut quoll aus seinem Mund. „Wenn sie mich finden, werden sie mich am Leben halten und mir den Prozess machen. Ich werde mein Leben ... in einer Zelle beenden. Sie werden ... an mir ... ein Exempel statuieren. Ich will so nicht enden. Ich will ..."

Gegen das sanfte Rauschen des Meeres setzten sich aus der Ferne Sirenengeräusche durch. Zdenka blickte auf und versuchte hinter den Felsen etwas zu erkennen. Aber der Horizont des Landesinneren war nicht mehr, als eine diffuse Linie zwischen zwei dunklen Farbschichten; zwischen Himmel und ... Hölle.

So oder so wird er in der Hölle schmoren. Ob lebendig oder tot. Fast tut er mir leid ...

„Hol dir ... das Geld ... aus dem Wrack ... und dann verschwinde", presste er fast lautlos die Silben hervor. Und dann ... tust du ... mir ... einen ... letzten ... Gefallen ..."

Zdenka verstand nicht, was sie jetzt noch für Zlatko tun

konnte. Die Situation überforderte sie und sie war sich nicht einmal sicher, ob sie überhaupt den Mut aufbringen würde, in das Wrack zu tauchen, das irgendwo da draußen auf Grund lag. Wahrscheinlich würde die Zeit auch gar nicht reichen; schließlich wurden die Sirenengeräusche von Sekunde zu Sekunde lauter.

„Ich werde nicht nach dem Koffer suchen; das ist ohnehin sinnlos", sagte sie nach einer kurzen Pause. „Außerdem will ich das Geld nicht."

„Warum … nicht? Es ist … deine Zukunft."

Zdenka dachte fieberhaft über seine Worte nach. Dann schüttelte sie den Kopf. „An diesem Geld klebt Blut."

„Na und?" Erschrocken fuhr sie herum und sah Milan nur wenige Meter hinter sich stehen. Er hatte einen Koffer vor sich abgestellt und stützte sich mit den Händen auf den Oberschenkeln ab. Wasser tropfte von ihm herab. Sein Atem ging schnell; er schien sich von einer Strapaze zu erholen. Er schien wie durch ein Wunder unverletzt geblieben zu sein.

„Du?", fragte Zdenka und ihre Angst kehrte zurück.

„Hattest wohl gedacht, ich sei abgesoffen", grinste der Serbe. „Aber so schnell geht das bei mir nicht. Es hat mich verdammt Mühe gekostet, den Koffer zu bergen. Das Meer ist da hinten nicht tief und zum Glück trieb das Ding unversehrt im Cockpit. Im Gegensatz zu den Piloten."

„Du abartiges Schwein!", fauchte sie ihn an.

„Oh, spricht so etwa eine junge Dame?", amüsierte sich Milan. Dann wurde sein Gesichtsausdruck ernst. „Das Spiel ist aus. Für euch beide. Erfüll' Zlatko seinen letzten Wunsch und dann mach auch du dich bereit zum Sterben!" Er ließ eine Handbewegung folgen, die an das Durchtrennen einer Kehle erinnerte.

Entsetzt dämmerte ihr, was man von ihr verlangte. *Und dann tust du mir einen letzten Gefallen*, hallten Zlatkos Worte in ihrem Kopf nach. „Ich kann das nicht", stammelte sie und starrte das Bowiemesser an, das Milan neben ihr in den Sand warf.

„Du musst es tun. Ihm zuliebe. Er selber ist zu schwach dafür. Nur ihm hast du es zu verdanken, dass du Ovcara überhaupt überlebt hast. Jetzt kannst du deine Schuld bei ihm einlösen."

Übelkeit stieg in Zdenka hoch. Apathisch sah sie in Zlatkos Augen, die nur halb unter seinen Lidern zu sehen waren. Hinter sich hörte sie ein klickendes Geräusch. Sie war sich sicher, dass Milan den Abzug einer Waffe spannte.

„Tu … es, Zdenka. Tu es … für uns", hauchte Zlatko. Sein Gesicht war zu einer schmerzverzerrten Maske erstarrt. Sie musste ihr Ohr an seine Lippen legen, um die letzten Worte zu verstehen. „Ich … liebe … dich. Nimm … das … Messer … und …"

Mit der Wucht eines elektrischen Schlages traf sie seine letzte Botschaft ins Mark. Sie tastete nach dem Messer und hob es langsam auf, um es an seine Kehle zu führen.

„Mitten … ins … Herz. Bitte … mein kleines … Balkanblut!"

Balkanblut. So hatte er sie noch nie genannt. Was immer es bedeuten mochte – dieses Wort grub sich in ihr tiefstes Unterbewusstsein und versteckte sich hinter einer Wand aus Adrenalin, das ihr Körper in diesem Moment ausschüttete.

Balkanblut.

Sie gehorchte Zlatko. Ein allerletztes Mal. In einer einzigen zeitlupenhaften Bewegung ließ sie die Klinge über seinen Hals nach unten gleiten; dort wo sich sein Brustkorb unmerklich hob und senkte. Sie drehte den Griff so in ihrer Hand, dass die Spitze genau auf sein Herz zeigte. Hinter ihr drangen Milans fordernde Worte zusammenhanglos in ihr Gehör, ohne einen

Sinn zu ergeben. Ihr Leben stand buchstäblich auf Messers Schneide; sie erwartete jeden Moment von einer Kugel getroffen zu werden, während sie selber tötete.

Balkanblut.

In einer einzigen ansatzlosen Bewegung schnellte sie drehend hoch und sprang blindlings auf die Stelle zu, an der sie Milan mit einer auf sie gerichteten Waffe vermutete.

Klick!

Ein Koffer klappte auf und sowohl einzelne als auch gebündelte Geldscheine flogen durch die Luft. Ein Messer durchdrang Leder und bohrte sich tief in Fleisch. Ein entsetzlicher Schrei folgte.

Milans Augen waren weit aufgerissen. Er breitete seine Hände wie ein Priester aus und starrte an sich hinab. Wie ein angesägter Baum, der jeden Moment zu kippen drohte, verharrte er sekundenlang mit einem ungläubigen Gesichtsausdruck in der Bewegung und betrachtete den geöffneten Koffer, der zwischen dem Griff des Bowies und seinem Anzug hing. Dann wankte er nach links und rechts und fiel schließlich rücklings in den Sand, während sich die Geldscheine um ihn herum verteilten.

Zdenka sah die beiden Männer an. Zlatkos Kopf war auf die Brust gesunken. Milan zuckte mit den Beinen und schien etwas sagen zu wollen. Seine Hände tasteten zitternd nach dem Koffer und dem darin steckenden Griff des Messers. Er brachte nicht die Kraft oder den Mut auf, es aus seiner Brust zu ziehen. Eine Lache von Blut breitete sich unter ihm aus und verteilte sich im lautlos anschleichenden Wasser, das den Strand umspülte. Dann schloss er die Augen.

Zdenka näherte sich ihm vorsichtig und trat ihn mit der Fußspitze sachte vor den Hinterkopf. Nichts regte sich. Allmählich realisierte sie, dass Milan keine Gefahr mehr darstellte.

Sie konnte überhaupt nicht fassen, dass der Serbe gar keine Waffe hinter ihrem Rücken auf sie gerichtet hatte, während sie Zlatko hatte töten sollen. Er hatte geblufft. Vielleicht war er sich seiner Sache zu sicher gewesen. Vielleicht hätte er sie mit bloßen Händen erwürgt oder ihr das Messer entrissen, um sie anschließend abzustechen. Vielleicht hatte er sie mitnehmen wollen, was ihr aber unwahrscheinlich erschien.

Die Sirenen der heranrasenden Rettungskräfte holten sie in die Realität zurück. Sie blickte über das Meer, aus dem sich das Heck des abgestürzten Lear Jet erhob und auf das die aufgehende Sonne rote und orange Reflexionen zauberte.

Irgendwo da hinten ist meine Heimat, dachte Zdenka, während sie in Blut und Geld stand. Sie blickte zu sich hinab und hatte das Gefühl, in einem Albtraum gefangen zu sein. Ihre Gedanken kreisten um ihre Familie und ihre Freunde; um die Opfer im Dorf; um die unbekannte tote Frau auf der Landstraße. Endete der Wahnsinn genau hier, am namenlosen Ufer des italienischen Stiefels?

Allmählich dämmerte Zdenka, dass sie sich nicht sicher sein konnte, in wessen Hände sie geraten würde. Sie hatte einiges von der sizilianischen Mafia und den hiesigen Carabinieri gehört. Und einiges davon gab Anlass zur Besorgnis. Was würde geschehen, wenn man sie hier aufgriff? Würde man sie als Mörderin verhaften? Würde man sie zurück nach Kroatien schicken; mitten hinein in den ethnischen Wahnsinn? Würde man sie laufen lassen, nachdem sie ihre Geschichte erzählt hatte? Käme sie in ein Zeugenschutzprogramm? Würden Zlatkos Hintermänner Jagd auf sie machen oder sie noch während der Untersuchungshaft umbringen, damit keine Namen und Orte an die Öffentlichkeit drangen? Es gab tausend Fragen und tausend mögliche Antworten. Sie musste sich entscheiden.

Zdenka stieß einen spitzen Schrei aus, als eine Hand zufällig ihr Fußgelenk berührte. Entsetzt stellte sie fest, dass Milan noch lebte. Seine Augen waren zwar geschlossen, aber ein Muskelzucken umspielte seine Lippen. Seine ausgebreiteten Arme schienen mit den Händen das Geld fassen zu wollen.

Ich muss hier verschwinden. Ich muss untertauchen, für immer. Keine Spur darf zu mir führen. Ich muss ein neues Leben beginnen. Irgendwie. Irgendwo.

Geräusche von Motoren und quietschenden Reifen rüttelten sie endgültig wach. Sie drehte sich um, um Zlatko einen letzten Blick zu schenken bevor sie losrennen würde. Er war zur Seite gekippt und lächelte friedfertig, trotz aufgerissener Augen, aus denen das Leben allmählich entwich. Seine Hand lag schlaff im Sand; der Zeigefinger deutete auf den hinteren Buchstaben eines Wortes, das er mit letzter Kraft in den Sand geschrieben hatte und das vom Wasser allmählich ausgewaschen wurde:

BALKANBLUT

Essen, Deutschland - 25. Juli

Bernd Anderbrügge ging unruhig in seiner Wohnung auf und ab und hörte aufmerksam dem Anrufer zu, der am anderen Ende der Leitung wie ein Wasserfall redete. „... und Sie müssen unbedingt was unternehmen; allerdings ohne meinen Namen zu erwähnen. Ich möchte nicht in eine Mordsache hineingezogen werden. Wenn Bokan erfährt, dass ich sein Alibi erfunden habe, wird er mich umbringen."

„Nun mal langsam", versuchte Anderbrügge den jungen Mann zu beruhigen. „Niemandem wird etwas geschehen, solange Sie sich mir anvertrauen. Und jetzt bitte nochmal der Reihe nach, Herr Dindic!"

Vojslav Dindic, der junge Mann aus Bokans Gebrauchtwagenhandel, atmete deutlich hörbar und begann dann erneut damit, seine Geschichte zu erzählen. „Also; die Sache hat mir einfach keine Ruhe gelassen. Ich will nicht bis morgen mit meiner Aussage auf dem Präsidium warten. Wenn ich nicht auf der Arbeit erscheine, wird sich Bokan Gedanken machen. Er wird denken, dass ich ihn verpfeife. Deshalb habe ich heute Abend die Polizei angerufen."

„Ja, die Kollegen haben mich sofort informiert", rekapitulierte Anderbrügge das Geschehen. Eine Viertelstunde zuvor hatte sich ein Kollege bei ihm gemeldet und darum gebeten, einen verunsichert klingenden Zeugen, der ausschließlich mit ihm reden wollte, zurückzurufen. Anderbrügge hatte nicht eine Sekunde gezögert.

„Ich arbeite jetzt seit fast zwei Jahren für Bokan. Er hat immer pünktlich bezahlt und mir manchmal auch was extra spendiert. Ein paar Mal hat er mich sogar eingeladen und gesagt, ich solle mit ihm einen draufmachen. In einem der Puffs, in denen er ab und zu verkehrt. Ist aber nicht mein Ding; ich steh' nicht auf Nutten."

„Prostituierte", korrigierte Anderbrügge.

„Wie?"

„Egal. Fahren Sie fort!"

„Na jedenfalls ist dieser tote Autohändler aus Essen öfters bei uns auf dem Gelände und in Bokans Haus gewesen. Einmal habe ich mitbekommen, wie die beiden sich lauthals gestritten haben. Es ging um Geld. Ich glaube um fünfzigtausend Euro."

Anderbrügge machte sich einige Notizen auf seinem kleinen Block und schaltete den Fernseher aus, auf dem ein Sportkanal die Entlassung des Trainers von Bayern München vermeldete. „Sagten Sie fünfzigtausend?"

„Ja, da bin ich mir ziemlich sicher."

„Kennen Sie auch die Hintergründe? Ich meine ... wissen Sie, wer wem das Geld zu zahlen hatte? Oder wofür es benötigt wurde?"

Dindic zögerte ein paar Sekunden. Er schien sich nicht sicher zu sein. „Weiß nicht. Bokan hat immer erzählt, dass er einen eigenen Club aufmachen wollte. Mit ein paar Geschäftspartnern. Angeblich würde das eine Goldgrube werden. Nur die besten Frauen aus der Umgebung sollten dort arbeiten."

„Verstehe. Der Ermordete sollte oder wollte sich wahrscheinlich an dem Geschäft beteiligen."

„Kann sein, ja, vielleicht."

Anderbrügge setzte sich an den Küchentisch und schob die Flasche Bier beiseite, die er eigentlich hatte trinken wollen. „An welchem Tag haben sich Bokan und Midic das letzte Mal getroffen? Ich meine bei Ihnen in Bochum auf dem Platz?"

„Das war genau einen Tag bevor der Mord geschah. Wenn das Datum in den Zeitungen stimmt."

„Und da sind Sie sich ganz sicher?"

„Ja, absolut", bestätigte Dindic. „Ich weiß es deshalb so genau, weil ich an dem Tag ein Fußballspiel hatte und etwas früher gehen konnte. Bokan hat den Mann am Kragen gepackt und in seinem Büro laut angeschrien. Daraufhin ist dieser kreidebleich geworden und schließlich verduftet."

„Haben Sie mitbekommen, was da genau geredet wurde?"

„Nein. Ich konnte das nur von außen sehen."

„Und dann? Was geschah dann?"

Wieder zögerte Dindic. Im Hintergrund war Musik zu hören. Und eine Frauenstimme, welche dem Anrufer etwas zurief. „Meine Freundin, ich muss Schluss machen."

„Mit ihr?"

„Was? Nein! Ich meine, dass ich nicht weiter reden kann."

Anderbrügge ärgerte sich über seine überflüssige Zwischenfrage, die als kleiner aufheiternder Scherz gedacht war, um die Situation zu entkrampfen. „Nur noch eine Frage, Herr Dindic."

„Ja?"

„Hat sich Bokan am Mittwochmorgen irgendwie anders als sonst verhalten?"

„Mir ist nur aufgefallen, dass er etwas im Garten verbrannt hat."

„Verbrannt? Was denn?"

„Bin mir nicht sicher. Vom Platz aus kann man den Garten nicht einsehen. Ich habe nur den Rauch gesehen."

Anderbrügge kritzelte etwas auf seinen Block und setzte hinter das Wort *Tatkleidung* ein Fragezeichen. „Kam das öfters vor?"

„Das er etwas verbrannte? Nein. Aber ich muss jetzt wirklich auflegen."

„Warten Sie, das ist jetzt wichtig", hakte Anderbrügge nach. „Sie werden mit Bokan kein Wort über unser Telefonat verlieren."

„Ich bin doch nicht lebensmüde."

„Und ich brauche Ihre Aussage schriftlich und mit Unterschrift fürs Protokoll. Sie müssen morgen nach Feierabend unbedingt ins Präsidium kommen."

„Scheiße, Mann. Ich dachte, ich könnte mir das ersparen. Wenn Bokan ..."

„Seien Sie unbesorgt. Ihnen wird nichts geschehen. Es war richtig von Ihnen, dass Sie sich bei der Polizei gemeldet haben. Sie müssen keine Angst haben. Wenn Bokan etwas mit dem Mord zu tun haben sollte, wird Ihr Name aus der Sache rausgehalten werden."

„Können Sie mir das garantieren?"

„Ich werde mein Möglichstes versuchen." Damit beendete Anderbrügge das Gespräch. Er legte sein Handy zur Seite und knibbelte gedankenverloren am Etikett der Bierflasche. Augenblicke später klingelte das Telefon seines Festnetzanschlusses. Verwundert sah er auf die Uhr, da er um diese späte Zeit normalerweise keine Anrufe erhielt. „Ja?"

„Roth hier. Spreche ich mit Bernd Anderbrügge?"

„Am Apparat", antwortete Anderbrügge und wunderte sich über den Anruf der Polizeipsychologin. „Was verschafft mir die Ehre, Frau Doktor?"

Dr. Rita Roth kam ohne Umschweife zur Sache. „Ich darf Sie bitten, mit diesem Anruf absolut diskret umzugehen. Ich mache mir Sorgen um Zdenka Rogowski, ihrer Partnerin. Können Sie reden?"

„Ja …"

„Gut. Wir müssen uns treffen. Am besten morgen nach Dienstschluss. Da ich morgen ein Seminar gebe und tagsüber außerhalb der Stadt bin, wollte ich das jetzt noch mit Ihnen abstimmen. Passt Ihnen 17 Uhr? Sagen wir bei mir in der Praxis?"

Anderbrügge fühlte sich überrumpelt. „Könnten Sie vielleicht etwas konkreter werden? Ich möchte nur ungern hinter dem Rücken von Zdenka … Frau Rogowski, etwas besprechen was sie anbelangt."

„Das kann ich verstehen. Aber ich möchte nicht am Telefon darüber reden. Ich habe heute Abend versucht, Frau Rogowski zu erreichen. Sie geht nicht ans Telefon. Ich habe lange hin und her überlegt, ob ich mich an Sie wenden soll. Ich denke, dass ich einiges wissen muss, sozusagen aus erster Hand. Ich mache mir ernsthafte Sorgen um die psychische Verfassung Ihrer Kollegin."

Das mache ich mir auch, dachte Anderbrügge. „Von mir aus

können wir reden. Ich werde aber nur zu dem Treffen kommen, wenn Sie mir vorab einen Hinweis geben."

Dr. Roth seufzte kurz auf, als ob sie mit der Reaktion gerechnet hatte. „Sie sind ja darüber informiert, dass Frau Rogowski mich aufgesucht hat."

„Ja, ich habe es ihr geraten. Sie wirkt etwas ausgepowert. Ein wenig neben der Spur, wie man so schön sagt."

„Es ist mehr als das", gab sich Roth wissend. „Um beurteilen zu können wie es wirklich um sie steht, brauche ich ein paar Details. Ein paar Hinweise darauf, wie sie sich im Dienst verhält. Wenn ich richtigliege, müsste sie zurzeit ein etwas abnormes Verhalten an den Tag legen."

„Wie meinen Sie das?", fragte Anderbrügge und ging im Geiste die letzten Tage und Wochen durch.

„Wenn Ihnen am Wohl von Frau Rogowski gelegen ist und wenn Ihnen mindestens eine Situation einfällt, in der Ihre Kollegin in letzter Zeit anders als gewöhnlich ... sagen wir ... unprofessionell reagiert hat, dann besprechen wir das morgen."

Anderbrügge überlegte kurz. Ihm fielen auf Anhieb mindestens drei Situationen ein, in denen sich Zdenka seltsam verhalten hatte. Für ihn als psychologischen Laien waren das ganz normale Stresssymptome. Aber man konnte ja nie wissen, was in einem Kopf wirklich vorging. „Ich werde morgen um 17 Uhr in Ihrer Praxis sein. Soweit nichts dazwischen kommt."

„Danke! Und einen schönen Abend noch!"

Anderbrügge legte den Hörer beiseite und begab sich grübelnd ins Wohnzimmer. Er ging an seine Regalwand, die er als Selbstbausatz in einem skandinavischen Möbelhaus erworben und nur zu zwei Drittel aufgebaut hatte. Er nahm den im Regal stehenden Bilderrahmen mit dem Porträt seiner Frau in die Hand und betrachtete ihn eine Weile. „Scheiße!" Er drehte die Bildseite nach unten und legte den Rahmen auf den Regalboden zurück. Dann kehrte er in die Küche zurück. Die mittlerweile warm gewordene Flasche Bier stand einsam und verlassen auf dem Küchentisch. Er schnappte sie und haderte mit sich, ob er sie öffnen sollte. Schließlich verfrachtete er sie zurück in den Kühlschrank, der vor Fertiggerichten und gekühlten Schokoriegeln überquoll. Er strich sich über den Bauch und fasste zum x-ten Male den Entschluss, endlich abzunehmen. Dann ging er zurück ins Wohnzimmer, wo er sich in einen braunen Sessel fallen ließ, den er ebenfalls in dem nordischen Möbelpalast erworben hatte. Er sah sich im Wohnzimmer um und stellte fest, dass seine gesamte Einrichtung so aussah, als wäre sie geradezu aus dem IKEA-Katalog hierher gebeamt worden.

Alter Schwede!

Anderbrügge spielte fünf Minuten mit der Fernbedienung seines Fernsehers und zappte durch die Kanäle, ohne sich wirklich für eine Sendung zu interessieren. Er schaltete das Gerät aus, als eine üppige Blondine auf einem Gewinnspielkanal einem plötzlichen Hitzeanfall folgend die Bluse aufriss und meinte, dass sich das aus vier Buchstaben bestehende Rätsel so vielleicht leichter lösen ließe. Dann langte er nach dem Handy in seiner Hosentasche und wählte Zdenkas Nummer.

„Der Teilnehmer ist vorrübergehend nicht zu erreichen. Bitte hinterlassen Sie ..." Anderbrügge beendete die Verbindung und erhob sich. Ohne zu wissen, was ihn eigentlich dazu trieb, verließ er die kleine Wohnung und machte sich auf den Weg zu seinem Wagen. Vielleicht war Zdenka noch wach und konnte ebenso wenig schlafen wie er. Vielleicht war es an der Zeit, mit ihr ein Gespräch zu führen. Er würde bei ihr anklingeln und sein Kommen mit dem Hinweis auf das Telefonat mit Dindic erklären. Oder mit dem Anruf von Dr. Roth. Oder da-

mit, dass er sie bräuchte, um sich wegen seiner Scheidung auszuheulen.

Er setzte sich in seinen Opel Vectra und fuhr los. Keine fünfzehn Minuten später bog er in Zdenkas Straße ein und fand auf Anhieb eine Parklücke. Er stieg aus und blickte nach oben. In Zdenkas Wohnung brannte kein Licht. Anderbrügge vermutete, dass sie entweder bereits schlief oder vielleicht in der gegenüberliegenden Studentenkneipe war, in der sich um diese Zeit das Publikum erfahrungsgemäß altersmäßig mischte. Nach kurzem Zögern und einem Blick auf die Uhr schritt er auf den Eingang zu und betrat den Laden. Einer der Kellner begrüßte ihn beiläufig. Etwa dreißig Leute hielten sich in dem urigen und völlig verqualmten Laden auf. Aus den Lautsprechern dudelte ein aktueller Chartbreaker.

Anderbrügge suchte sich einen Platz am Fenster und legte sein Handy vor sich auf den Tisch. Eine junge und hübsche Bedienung fragte ihn, was er trinken wollte. Er bestellte zunächst eine Cola, überlegte es sich dann aber anders und orderte eine Apfelschorle. Kurz darauf stand das Getränk vor ihm. Er hatte kaum den ersten Schluck getrunken, als ihm ein Wagen auffiel, der langsam durch die Straße fuhr. Es war ein roter Ford Mustang. Anderbrügge vergaß den Lärm und das Treiben um sich herum und konzentrierte sich ganz auf den Wagen, der in eine frei werdende Parklücke einscherte. Ein Mann stieg aus. Sein Gesicht lag im Halbdunkel. Das Auffälligste an ihm war seine rote Lederjacke. Der Mann ging genau auf das Haus zu, in dem Rogowski ihre Wohnung unter dem Dach hatte. Er kramte etwas aus seiner Jackentasche, vermutlich einen Schlüssel. Dann verschwand er im Hauseingang. Keine halbe Minute später ging in Rogowskis Wohnung das Licht an. Anderbrügge merkte, wie sich sein Pulsschlag merklich erhöhte.

Was um alles in der Welt geht da vor? Anderbrügge gab der Bedienung ein Zeichen, legte einen Fünf-Euro-Schein auf den Tisch und verließ die Kneipe. Er blickte sich kurz um und überquerte die kleine Straße, um auf das rote Auto des Fremden zuzugehen. Er erkannte den Mustang auf Anhieb wieder. Es war ganz eindeutig Bokans. *Verflucht, warum trifft sie sich um diese Zeit mit ... ja mit wem eigentlich?*

Auch wenn Anderbrügge den Mann mit der Lederjacke nicht genau hatte erkennen können, stand eines zumindest fest: Dieser Kerl war nicht Bokan. Anderbrügge nahm sich sein Handy und wählte Rogowskis Nummer. Statt einem Freizeichen erklang die automatisierte Sprachsteuerung der Mailbox. Er fasste sich kurz. „Hallo Zdenka, ich bin's. Bitte ruf mich so schnell wie möglich zurück."

Die Sache war mehr als seltsam. Wenn Rogowski einen Verehrer gehabt hätte; noch dazu einen mit eigenem Schlüssel zu ihrer Wohnung, hätte er es von ihr erfahren. Sie hätte es ihm gesagt, da war er sich absolut sicher.

Wirklich? Anderbrügge rief sich das Telefonat mit Dr. Roth in Erinnerung und dachte an die letzten Tage. Irgendetwas stimmte mit seiner langjährigen Partnerin nicht. Es schien mehr dahinterzustecken, als bloß körperliche oder seelische Müdigkeit vom Job. Die kleinen Verhaltensauffälligkeiten mehrten sich und sorgten in ihrer Summe für Verwirrung; anstatt dass sich ein stimmiges Bild ergab.

Sie empfängt jemanden aus Bokans Umfeld. Privat. Jemand, der einen Schlüssel zu ihrer Wohnung hat ...

Anderbrügge überlegte, wie er sich verhalten sollte. Wenn der Besuch nicht privat war und der Schlüssel nicht freiwillig von ihr an den Unbekannten übergeben worden war, geschah in diesen Minuten ein Einbruch – oder ein Verbrechen!

Er ging eilig auf seinen eigenen Wagen zu und beförderte

aus dem Handschuhfach seine Dienstwaffe hervor. Vorsichtig sah er sich um. Zu seinem Glück war die Straße menschenleer. Aus den geschlossenen Fenstern der Kneipe schien niemand in seine Richtung zu sehen. Er steckte die Waffe ein und begab sich zum Hauseingang. Er hatte einen Ersatzschlüssel von ihrer Wohnung, den sie ihm irgendwann mal gegeben hatte und den er niemals benutzt hatte. Den Gedanken, einfach irgendwo oder aber direkt bei ihr zu läuten, verdrängte er. Er schloss die Haustür auf und betrat den Flur, ohne das Licht anzumachen. Erneut nahm er sein Handy und wählte die Nummer ihres Festnetzanschlusses, während er auf leisen Sohlen nach oben ging. Aus den anderen Wohnungen waren Gespräche oder laufende Fernseher zu hören.

Oben angekommen, hörte er das Telefon läuten, das er gerade anrief. Er legte auf und wartete, ob sich etwas regte. Doch hinter der Wohnungstür blieb es ruhig. Wenige Sekunden später glaubte er, Geräusche zu hören. So als ob jemand Schubladen öffnete. Er konnte sich aber auch irren.

Ein zweites Mal wählte er die Festnetznummer und ein zweites Mal klingelte es hinter der Wohnungstür. Derjenige, der in der Wohnung war, konnte oder wollte das Klingeln anscheinend nicht hören. Anderbrügge wusste aber, dass Rogowski selbst mitten in der Nacht an den Apparat ging; schließlich konnte es immer etwas Dienstliches sein. Wer auch immer da drin war, Zdenka war es mit Sicherheit nicht!

Anderbrügge ließ sein Handy in der Hosentasche verschwinden und steckte vorsichtig und lautlos den Wohnungsschlüssel in die Tür. Gleichzeitig entsicherte er seine Dienstwaffe. Behutsam schob er die Tür einen Spalt breit nach innen auf und betete, dass die Scharniere geölt waren. Das Licht im Flur brannte, ebenso das in dem zur Straßenseite hinausführenden Wohnzimmer. Sein Herz schlug bis zum Hals, als er mit der

Waffe im Anschlag Schritt für Schritt vorwärtsging. Das vom Flur abführende Wohnzimmer konnte er nur zu einem Drittel einsehen; die Türen zum Schlafzimmer und zum kleinen Arbeitszimmer waren geschlossen, ebenso die zum Bad. Lediglich die rechts abzweigende Küche war unbeleuchtet; eine Tür gab es dort nicht. Falls dort jemand hinter der Wand lauerte, hätte dieser eine Chance.

Anderbrügge strengte sich an, irgendein Geräusch zu identifizieren. Doch alles was er vernahm, war gedämpfte Musik und der stotternde Motor eines langsam vorbeifahrenden Autos. Anscheinend war die Balkontür geöffnet.

Ist da jemand übers Dach geflüchtet?

Er war fast am Ende des Flurs angekommen; links und rechts lagen sich Wohnzimmer und Küche gegenüber. Plötzlich klingelte sein Handy. Anderbrügge erschrak und vergaß für den Bruchteil einer Sekunde die Gefahr. Er langte in seine Hose und nahm das Telefon heraus, um es stumm zu schalten. Er registrierte die Festnetznummer, die auf dem Display aufleuchtete. ZDENKA ROGOWSKI

Dann traf ihn ein harter Gegenstand mit voller Wucht ins Gesicht und brach ihm das Nasenbein. Taumelnd und mit einem Schmerzensschrei ging er zu Boden. Ein zweiter Schlag traf ihn mit noch größerer Wucht auf den Hinterkopf, sodass ihm schwarz vor Augen wurde. Eine Person stieg über ihn hinweg und verließ hastig die Wohnung. Anderbrügge drohte das Bewusstsein zu verlieren, während sich die Geräusche von nach unten eilenden Schritten im Treppenhaus immer mehr entfernten und vom brummenden Klangteppich in seinem Kopf schließlich ganz verschluckt wurden. Er sah die schwere gusseiserne Bratpfanne vor sich auf dem Boden liegen. Und das Telefon, von dem die flüchtige Person seinen eingehenden Anruf zurückgerufen hatte. Er fühlte sich wie ein Boxer, den man in der ersten Runde mit einer Finte auf die Bretter geschickt hatte.

Nicht das Bewusstsein verlieren ... Du musst aufstehen ... Zdenka ist in Gefahr ... Anderbrügge stöhnte laut auf und rappelte sich hoch. Er hatte einen riesigen roten Fleck auf dem Teppichboden des Flurs hinterlassen. Das Blut schoss aus seiner Nase und beschmutzte seine Kleidung. Er fasste sich an die Nase und die Schmerzen durchzuckten ihn wie tausend kleine Blitze. Er wankte, drohte umzukippen und lehnte sich an der Wand ab, wobei er mehrere rote Abdrücke auf die weiße Raufaser drückte. *Action Painting*, dachte er mit Galgenhumor.

Er taumelte ins Bad, suchte nach dem Lichtschalter und veranstaltete eine Riesensauerei, als er nicht auf Anhieb ein Handtuch fand, um es sich mit Wasser getränkt in den Nacken zu legen. Das rote Zeug tropfte weiter aus seiner Nase und hinterließ ein gesprenkeltes Muster auf den weißen Fliesen. Er kehrte dem Bad den Rücken zu, ging in die Küche, um dort im Gefrierfach nach Eiswürfeln zu suchen. Er fand keine und hielt sich stattdessen einen Flaschenkühler in Form einer silbrig glänzenden Manschette an die Stirn. Er legte den Kopf in den Nacken und begab sich ins Wohnzimmer. Dort ließ er sich in den Sessel fallen und registrierte, welche Schweinerei er angerichtet hatte. Dann erst bemerkte er das Chaos auf dem Wohnzimmertisch und am Boden vor der geöffneten Schrankwand. Überall lagen Fotos und sonstiger Dokumentenkrempel aus dem Haushalt verstreut herum. Der Einbrecher musste schnell und systematisch vorgegangen sein, bevor er überrascht worden war. Knapp fünf Minuten Vorsprung hatte er gehabt. Aber nach was hatte er gesucht? Nach Fotos? Und hatte er auf die Schnelle gefunden, wonach er gesucht hatte?

Anderbrügge brauchte geschlagene zehn Minuten, um den

Kopfschmerz und die ramponierte Nase vollkommen zu ignorieren. Er war sich nicht sicher, ob er eine Fahndung nach dem roten Mustang herausgeben sollte. Zweifelsohne hatte Bokan Dreck am Stecken. Zumal das abendliche Telefonat mit dem jungen Mitarbeiter sich im neuen Licht der Dinge als eindeutiges Indiz dafür erwiesen hatte, dass der Serbe etwas vertuschen wollte.

Was aber war, wenn Rogowski aus irgendeinem Grund mit dem Mord am Essener Autohändler zu tun hatte? Von Anfang an war sie in diesem Fall sehr unorthodox vorgegangen.

Nein, das kann nicht sein. Zdenka hat mit dem Mord nichts zu tun. Sie steht auf der Seite des Gesetzes ...

Anderbrügge fluchte und legte das Handtuch auf den Wohnzimmertisch. Mittlerweile hatte die Nase aufgehört zu bluten und schwoll nun auf die Größe eines Tennisballs an. Anderbrügge nahm das Handtuch vom Nacken und reinigte sich damit notdürftig die Hände. Neugierig betrachtete er die vielen Fotos.

Unter allen Bildern stachen zwei ganz besonders hervor. Er war entsetzt, als er sich die Details ansah. Soldaten, eine nackte Frau – zweifelsohne Zdenka in jungen Jahren – und ein Todesschuss. Allmählich fing er an zu begreifen, dass es hier um sehr viel mehr ging als den Mordfall, in dem sie gemeinsam ermittelten. Es musste irgendetwas mit Zdenkas Vergangenheit zu tun haben, über die er trotz all der gemeinsamen Jahre im Dienst nicht besonders viel wusste.

Scheiße, dachte er und erinnerte sich an die letzte SMS, die ihm Zdenka geschickt hatte. Er öffnete den Nachrichtenspeicher des Handys und las die Nachricht, die nun einen ganz anderen Sinn ergab:

Wollte Dir nur sagen, dass Du der beste Bulle der Welt bist. Mach Dir keine Gedanken, wenn ich morgen nicht zum Dienst erscheine. Muss eine lang aufgeschobene Sache erledigen. Kuss, Z.

In diesem Moment wusste Anderbrügge, dass seine Kollegin in großer Gefahr schwebte. Er hatte gar keine andere Wahl, als Verstärkung anzufordern und dorthin zu fahren, wo der rote Mustang sein Zuhause hatte. Wenn ihn nicht alles täuschte, wurde dort gerade eine alte Rechnung beglichen. Die Frage war nur, wer dort wen zur Kasse bat und weswegen – und ob Zdenkas Alleingang nicht in einem tödlichen Desaster endete.

Sicherheitshalber nahm er die Fotos an sich, die Zdenka als nackte Gefangene und jugendliche Mörderin zeigten. Er wollte gerade das Licht löschen, als ihm eine vage Idee in den Sinn kam. Was, wenn das wonach der Einbrecher gesucht hatte, sich noch hier befand?

Neugierig inspizierte er den Tatort. Er entdeckte eine kleine Pappschachtel auf dem Boden, deren Deckel ein Jesusmotiv trug. Anderbrügge nahm den Deckel ab. Eine kleine Bibel kam zum Vorschein, mit demselben Motiv. Er schlug den Einband um. Das Werk war in italienischer Sprache verfasst. Eine handschriftliche Bemerkung stand unter dem Kreuz: *Assassinato cronista.*

Anderbrügge wunderte sich, warum Zdenka ausgerechnet eine Bibel in italienischer anstatt in kroatischer oder deutscher Sprache besaß, fand aber keine Erklärung dafür. Er blätterte das kleine Büchlein gedankenverloren weiter durch und schließlich kam eine kleine Postkarte zum Vorschein. Die Postkarte ließ sich einmal aufklappen und war zum Versenden in einem Umschlag gedacht. Das Äußere war durch zwei jeweils schlichte eingravierte Kreuze geprägt, im Inneren war eine Radierung angebracht, die ein Kloster in mediterraner Landschaft zeigte. Anderbrügge hatte in den letzten Jahren einige Italien-Urlaube hinter sich gebracht und konnte auf einen rudimentären Wortschatz zurückgreifen, der genügte um in einer Kneipe ein nicht besonders tief gehendes Gespräch mit einem Einheimischen zu führen. Er strengte sich an, den einen handgeschriebenen Satz mit den gut ein Dutzend schnörkeligen Handschriften darunter zu übersetzen. Wenn er sich nicht komplett täuschte, lautete die Transkription wie folgt: *Unserer lieben Schwester Zdenka zum Abschied. Möge unser Herrgott ihr für immer den Weg weisen.*

Anderbrügge verstand die Welt nicht mehr. Er sah sich ein letztes Mal um, ob es noch weitere Geheimnisse zu entdecken gab. Fast hätte er sich bekreuzigt, entschied sich dann aber dazu, endlich aufzubrechen und die Kollegen zu alarmieren. Wer auch immer Zdenka Rogowski in Wirklichkeit war – es wurde Zeit, dass er es endlich herausfand.

Draußen schlug wie zur Mahnung die Glocke eines Kirchturms zur vollen Stunde. Hoffentlich war es noch nicht zu spät.

Bochum, Deutschland - 26. Juli

„Du bist fünf Jahre in einem Kloster auf Sizilien abgetaucht?", fragte Bokan ungläubig und blickte auf die Uhr. Es war genau Mitternacht.

„Ja. Und ob du es glaubst oder nicht, im Nachhinein betrachtet waren es die fünf wertvollsten Jahre meines Lebens", antwortete Zdenka, während ihr Gegenüber die Zeit bis zu Falkos Rückkehr mit einer Art Zeitreise in die Vergangenheit überbrückte.

Bokan stieß ein verächtliches Lachen aus. „Und das Geld hast du natürlich den armen Nonnen hinterlassen, mein kleines Balkantäubchen?"

Balkantäubchen? Der Ausdruck amüsierte Zdenka. Wäre

ihre Lage nicht so verdammt brenzlig, hätte sie eigentlich drauf los geprustet. Den Ausdruck hatte sie einmal aus Anderbrügges Mund gehört, wo auch immer er ihn aufgeschnappt hatte. Wenn sie ehrlich zu sich selber war, vermisste sie ihn gerade. Nicht um ihn in die Sache mit hineinzuziehen, sondern um sich seiner Anteilnahme an ihrem Schicksal gewiss zu sein. Im Grunde genommen hatte sie zu keinem anderen Menschen als zu ihm in all den Jahren seit ihrer Scheidung eine enge Verbindung aufgebaut. Er war wie ein Bruder für sie. Der große Beschützer. Ein Mann, der an sie dachte. Auch wenn er seinen Wunsch, ihr näherzukommen, auf meist unbeholfene Art und Weise in die Tat umsetzte. Aber was nicht war, konnte ja noch werden. Unwillkürlich musste sie schmunzeln.

„Was ist daran so lustig? Ich habe dich etwas gefragt!", riss Bokan sie aus ihren abschweifenden Überlegungen. „Was ist mit der Beute von damals passiert? Die Nonnen werden es wohl kaum angenommen haben. Das Geld hast du bestimmt irgendwo versteckt und es dir nachträglich geholt. Wahrscheinlich liegt es auf einem Konto oder in einem Tresor im Ausland. Als Altersrente."

Zdenka zuckte mit den Schultern. „Ich wüsste nicht, was dich das noch angeht. Aber um dich zu beruhigen: Ich habe es nicht an mich genommen. Ich wollte kein Geld, an dem Blut klebte."

Bokan goss sich einen weiteren Drink ein. Es musste mittlerweile der sechste sein, falls sie richtig mitgezählt hatte. Vielleicht auch der siebte. Der Inhalt der Flasche war jedenfalls ordentlich geschrumpft. Auch wenn dem Serben noch nicht anzumerken war, das sich sein Blut langsam in Alkohol verwandelte. Misstrauisch beäugte er sie von oben bis unten. „Seltsam, dass die Carabinieri nie etwas von dem Geld erwähnt haben. Der italienische Staatsanwalt ebenfalls nicht. Als man Zlatko beerdigte und mich in Untersuchungshaft nahm und schließlich wegen Drogenbesitzes fünf Jahre einlochte, kam anschließend niemand auf die Idee, mich nach den vielen schönen Dollarscheinen zu befragen."

„Fünf Jahre nur? Du hättest eigentlich fünfhundert bekommen müssen."

„Nicht wegen zehn Kilogramm Heroin, das die Bullen aus dem Wrack geholt haben, luftdicht verpackt in einem Stahlbehälter. Das war sozusagen der Teil unseres kleinen Tauschgeschäfts in Belgrad. Es gab nicht nur Dollars, sondern auch dieses Zeug."

Zdenka rechnete im Kopf nach. Der Preis für Heroin war in den letzten Jahren starken Preisschwankungen unterworfen gewesen. Je nach Reinheitsgehalt musste die Ware damals fast eine halbe Million wert gewesen sein. Gemessen in heutigen Euro. „Du bist also nie als Kriegsverbrecher verurteilt worden?"

„Nein. Wir hatten gefälschte Pässe. Italienische Pässe. Mit Belgrad bestand damals kein Auslieferungsabkommen. Es herrschte Krieg. Und ich habe die ganze Zeit nicht den Mund aufgemacht. Sie haben mich dann wegen den Drogen verknackt. Und Zlatko anonym auf einem Friedhof in Palermo beigesetzt. Als ich freigekommen bin, sprach ich perfekt Italienisch und habe die Kontaktleute aufgesucht, die Zlatko gekannt hatte. Sie haben mir eine neue Identität verpasst. Dann bin ich rüber nach Deutschland, um einen Neubeginn zu starten. Mit einem gefälschten Pass und ein paar lumpigen Lira in den Taschen."

„Wie rührend", versetze Zdenka. „Wahrscheinlich haben wir sogar im selben Flieger gesessen. Am gleichen Tag … nachdem wir beide unser unfreiwilliges Exil verlassen haben."

Bokan leerte sein Glas und betrachte sie nachdenklich. „Schon möglich. In unseren beiden Adern schlägt Balkanblut. Wenn ich dir nicht grundsätzlich misstrauen würde, könnte ich fast auf die Idee kommen, mit dir gemeinsame Sache zu machen."

„Ich glaube kaum, dass dies einer von uns beiden will. Zumindest was mich anbelangt kann ich die Idee nur als grotesk von mir weisen. Bilde dir bloß nicht ein, dass ich auch nur im Ansatz darüber nachdenken würde. Für mich warst du immer ein kranker Irrer. Ein widerlicher kleiner Perverser. Einer, der immer im Schatten von Zlatko stand. Es erfüllt mich noch heute mit Ekel, wenn ich an damals denke."

Bokan knallte sein leeres Glas auf den Tisch und lief rot an. „Treib es nicht zu weit. Du solltest wissen, dass ich sehr unangenehm werden kann. Und außerdem gehörte das Geld mir. Mir und Zlatko. Du warst mehr oder weniger nur ein Betriebsunfall in unseren Plänen. Wenn du also irgendetwas über den Verbleib sagen kannst, wäre es besser jetzt zu reden."

„Du hättest Zlatko eiskalt im Stich gelassen. Das habe ich damals an dem Strand gespürt", brachte Zdenka das Gespräch mit einer erneuten Provokation in eine andere Richtung.

Bokan wurde mit einem Mal verdächtig ruhig. Er nahm die Waffe in die Hand und blickte hinaus auf den Pool. „Ich hätte ihn nie im Stich gelassen."

„Ach? Und warum nicht?"

Bokan ließ sich Zeit mit seiner Antwort. Langsam goss er sich ein weiteres Glas ein, deutlich voller als die vorherigen. Er schwenkte den Inhalt hin und her und sah ihr dabei tief in die Augen. „Weil er mein Bruder war."

Essen/Bochum, Deutschland - 26. Juli

„Danke Leute, hervorragende Arbeit", sagte Anderbrügge zu den beiden Bochumer Beamten, die den roten Mustang an der Stadtgrenze in einer allgemeinen Polizeikontrolle gestellt hatten. Die von Anderbrügge ausgelöste Ringfahndung war von

Erfolg gekrönt gewesen; der Typ in der roten Lederjacke saß zähneknirschend auf dem Rücksitz eines Polizeiwagens und haderte mit seinem Schicksal. Anderbrügge ging auf den Polizeiwagen zu und betrachtete den Mann, dem die Kollegen Handschellen angelegt hatten.

Der Bochumer Kollege erklärte den Stand der Dinge. „Hier sind die Infos aus der Zentrale. Sein Name ist Falko Steiner. Er ist hier in Bochum als Zuhälter bekannt. Ein alter Bekannter sozusagen. Hat ein paar Jahre gesessen, wegen verschiedenen Delikten. Einbruch, Steuerhinterziehung, Zwangsprostitution, Hehlerei ..."

„Danke, das genügt mir schon", unterbrach Anderbrügge. Er war noch immer außer Atem und sein Schädel dröhnte, als ob ein Bohrmaschinen-Hersteller eine Verkaufsveranstaltung in seinem Kopf abhalten würde. Er öffnete die Tür des Polizeiwagens und nahm neben dem Mann Platz. Dem Beamten gab er ein Zeichen, dass er alleine klarkam. „Tja, da sitzt jemand ganz schön in der Scheiße."

„Leck mich am Arsch." Der blonde Zuhälter starrte grimmig aus dem Fenster.

„Falko Steiner, toller Name, klingt verdammt sexy", sagte Anderbrügge.

Der Mann schwieg und zog es vor, den Autobahnverkehr unter der Brücke zu verfolgen.

„Falls du mir vor etwa dreißig Minuten die Bratpfanne vor den Kürbis geknallt hast ... Das war klasse, wirklich. Eine Meisterleistung! Ich werde bestimmt vier Wochen krankgeschrieben, danke! Endlich mal ein bisschen die Sonne genießen, hier und da ein Bierchen kippen; zusehen wie die Nase wieder in Form kommt ... Was man eben so macht, wenn man ein bisschen Freizeit wegen einem kleinen Dienstunfall hat."

Steiner drehte sich um und sah Anderbrügge direkt ins Gesicht. „Und? Was hat dein kaputter Zinken mit mir zu tun? Falls du darauf stehst, dir selber Bratpfannen in die Fresse zu kloppen, ist das dein Privatvergnügen. Alter, ich habe keine Ahnung, warum ich hier sitze. Ich bin weder zu schnell gefahren noch sonst was. Ihr könnt mir gar nichts."

Anderbrügge lächelte milde, doch dann griff er dem Mann unvermittelt in den Schritt und drückte zu. Draußen war es zu laut, als dass jemand etwas von Steiners Schreien mitbekam. „Ich mach dich fertig, richtig fertig. Nicht wegen der scheiß Nase, vergiss das. Aber wegen meiner Kollegin, die wahrscheinlich gerade bei deinem Kumpel Bokan sitzt. Und komm mir nicht plötzlich mit Anwaltsscheiß. Ich habe dich gesehen als du in das Haus gegangen bist. Wir werden die Schlüssel überprüfen. Oder soll ich dich direkt wegschließen lassen wegen Beihilfe zum Mord?" Er ließ los.

Steiner war unter seiner sonnengebräunten Haut rot angelaufen und japste wie verrückt nach Luft. „Mord, scheiße ... was für ein Mord ... ich weiß von nichts ... Ich sollte nur etwas suchen ... Fotos ... scheiße ... Mord ... damit habe ich nichts zu tun."

Anderbrügge packte noch einmal zu. Zdenka hätte ihre helle Freude an diesen Verhörmethoden gehabt. Anderbrügge hingegen verabscheute normalerweise solch rüdes Vorgehen.

„Ja verdammt, die Alte ist bei Bokan ... Die beiden haben ... irgendein Problem ..."

„Geht doch", sagte Anderbrügge und lächelte den Beamten an, der in diesem Moment die Tür öffnete und fragend seinen Kopf herein steckte. Anderbrügge setzte eine Unschuldsmiene auf und streichelte Steiner liebevoll über das Haar. „Ihm geht es wohl gerade nicht so gut. Zu viel Stress. Habt ihr vielleicht ein Glas Wasser da?"

Der Beamte hob die Brauen und grinste wissend. „Ich schau mal nach."

Anderbrügge nutze die Gelegenheit, um Steiner ins Gebet zu nehmen. „Jetzt erzählst du mir mal mit ein bisschen Tempo, warum du in Rogowskis Wohnung gewesen bist. Und wenn ich nur ansatzweise mit meinem Verdacht richtig liege, dass da eine große Schweinerei im Gange ist, rufst du Bokan an und sagst ihm, was ich dir jetzt sage. Haben wir uns da verstanden?"

Bochum, Deutschland - 26. Juli

Für Zdenka wurde das Warten zu einer Qual. Einerseits hoffte sie, dass Bokans Bekannter nichts in ihrer Wohnung finden würde, was den vor ihr sitzenden Kriegsverbrecher gegen sie aufbringen konnte. Andererseits wollte sie die Sache endlich hinter sich bringen und war darauf vorbereitet, dass die Situation eskalieren konnte. Mit wachsender Besorgnis musste sie feststellen, dass die vielen Drinks bei Bokan langsam Wirkung zeigten. Er wirkte enthemmt und blickte sie mit lüsternen Augen an. Wenn er versuchen würde sie zu vergewaltigen, würde sie sich bis aufs Äußerste wehren – und höchstwahrscheinlich wieder keine Chance gegen den kräftig gebauten Serben haben. Sie fragte sich, ob Bokans Sexgespielinnen bereits schliefen oder sich noch einmal nach unten ins Wohnzimmer begeben würden. Sie brauchte einen Moment der Verwirrung, um die Situation für sich auszunutzen. Einen kleinen Augenblick der Unachtsamkeit, um aus der Ziellinie herauszukommen und ihre Waffe zurückzuerlangen. Zweifel kamen in ihr auf, ob der Alleingang richtig gewesen war. Sie hätte Anderbrügge mit einweihen müssen; er hätte vermutlich Verständnis für ihre Situation aufgebracht. Jetzt konnte sie noch nicht einmal Kontakt zu ihm aufnehmen, da ihr Handy ausgeschaltet war. Bokan würde es ihr niemals gestatten, jetzt ein Telefonat zu führen. Deshalb versuchte sie, ihn so lange wie möglich in ein Gespräch zu verwickeln, in der Hoffnung er würde durch den Alkohol in seinen Reaktionen langsamer werden. Es war ein riskantes Spiel.

„Zlatko war also dein Bruder?"

„Wir waren unzertrennlich."

„Und er starb noch an der Absturzstelle?"

„Du bist doch dabei gewesen, was soll die Fragerei? Nach all den Jahren wirst du wohl kaum Tränen an seinem Grab vergießen wollen. Ich hätte nie zugelassen, dass du ihm in Italien die Kehle durchschneidest. Ich wollte nur wissen, ob du wirklich dazu in der Lage gewesen wärst. Du hättest es getan, oder?"

„Kein Kommentar."

Die darauf folgende Stille wurde durch das Klingeln des Telefons unterbrochen. Bokan nahm das Gespräch entgegen und hörte aufmerksam zu. „Keine weiteren Fotos? Und du hast wirklich alles auf den Kopf gestellt?"

Zdenka lag richtig mit ihrer Vermutung. Am anderen Ende der Leitung berichtete der Mann mit der roten Lederjacke Bokan von seinen Recherchen. „Hör zu, Falko! Du kommst jetzt zu mir und schaffst mir die beiden Weiber aus dem Haus. Die sollen sich irgendwo amüsieren und sich ein Hotel nehmen. Anschließend werden wir uns um mein kleines Problem kümmern. Ist das klar?" Falko schien etwas länger für eine Antwort zu brauchen. Vielleicht war auch die Verbindung schlecht. Jedenfalls musste Bokan mehrmals nachfragen. „Was? Was hast du gesagt? Das ist so laut im Hintergrund. Stehst du gerade an der Autobahn? Hallo? Ich verstehe dich nicht; du musst lauter sprechen!"

Zdenka rutschte unruhig in ihrem Sessel hin und her. *Sich um das Problem kümmern* konnte nichts Gutes bedeuten. Gegen zwei Männer wäre sie hoffnungslos unterlegen. Sie erwog, aufzuspringen und aus Bokans Vitrine mit der Waffensammlung eine Pistole zu nehmen; in der Hoffnung, dass sie eine mit Munition ergatterte.

Bokan durchkreuzte ihre Gedanken und richtete während des Telefonierens mit Nachdruck seine Waffe auf sie. „Falko? … Ah, jetzt höre ich dich wieder. Also wie abgesprochen. Sei so schnell du kannst hier. Ich schicke dir die Weiber raus und dann setzt du sie irgendwo in der Stadt ab. Ich will nicht, dass die von einem Taxi abgeholt werden. Das könnten die Bullen später zurückverfolgen." Eine kurze Pause trat ein, anscheinend wegen eines Funklochs. Bokan stieß einen Fluch aus und legte auf. „Hoffentlich rast dieser Schwachkopf nicht in eine Kontrolle." Bokan nahm den Festnetzanschluss und rief über die interne Hausleitung im Dachgeschoss an. „Ich will heute Ruhe mit meinem Besuch haben. Zieht Euch irgendeinen Fummel an und verschwindet. Falko ist in ein paar Minuten da und fährt euch. Und keine Widerrede!"

Da die Verbindung auf Freisprechen stand, konnte Zdenka das Gespräch mithören. Eine der Frauen hatte anscheinend keine Lust, zu dieser Uhrzeit das Haus zu verlassen. „Hey Baby, muss das sein? Es ist schon spät."

„Tausend extra für euch. Cash. Plus Hotel. Und jetzt Abmarsch, zack zack!"

Die Frauen tuschelten etwas miteinander; ein Jubelschrei war zu hören. Dann meldete sich die mädchenhafte Stimme zurück. „Wir sind schon auf dem Weg. Dragoslav, du bist der Größte!"

Bokan legte auf und schüttelte den Kopf. Fünf Minuten vergingen, ohne dass ein weiteres Wort fiel. Zdenka sah schweigend dabei zu, wie Bokan einen weiteren Drink zu sich nahm und mit der Waffe hantierte. Mehrmals richtete er den Lauf auf sie, täuschte vor abzudrücken und setzte dabei ein eiskaltes Grinsen auf. Er stand auf und ging an die Vitrine und öffnete sie. Dort tauschte er die Pistole gegen einen Revolver aus und kehrte zurück zu Zdenka. Er drückte ihr den Lauf gegen die Stirn und flüsterte fast lautlos: „Das ist ein Korth-Revolver der Nullserie. Ein ganz besonderes Liebhabermodell von 1950. Das Ding ist eine echte Wertanlage, sündhaft teuer. Wer hiermit ausgepustet wird, darf sich geehrt fühlen. Fühlst du dich geehrt, meine kleine Zdenka?"

Zdenka versuchte seinem irren und mittlerweile betrunkenem Blick standzuhalten und das kreisrunde Profil, das sich in ihre Haut drückte, zu ignorieren. „Natürlich. Es muss ein erhabenes Gefühl sein, durch dich getötet zu werden. Vor allem wenn man nicht den Hauch einer Chance hat."

„Hast du das nicht schon mal gesagt?" Bokan drückte den Lauf tiefer in ihre Stirn, sodass sie mit Kopf und Oberkörper in den Sessel zurückwich. Ihre Handflächen waren schweißnass und ihr Herz schlug ihr bis zum Hals. Plötzlich erklangen Geräusche vom Treppenaufgang her. Es waren die Frauen. Zdenka saß mit dem Rücken zu ihnen und konnte sie nicht sehen, als sie den Flur betraten und nach Bokan riefen.

„Du bewegst dich keinen Millimeter", hauchte er ihr seinen alkoholgeschwängerten Atem ins Gesicht. „Ich gebe den Ladies ihr Spielgeld und bin sofort wieder bei dir. Dann spielen wir Russisch Roulette."

Zdenka verharrte zunächst regungslos in ihrer Position. Sie bekam mit, wie Bokan den Frauen Geld gab und ihnen sagte, sie sollten raus auf die Straße gehen und auf Falko warten, der jeden Moment eintreffen würde. Fieberhaft überlegte sie, was sie nun tun konnte. Bokan hatte einen Schlüssel zum Öffnen der Waffenvitrine benutzt. Ihre eigene Waffe hatte er ihr entwendet. Diese lag unerreichbar für sie irgendwo im Flur. *Mein Handy!*, überlegte sie, griff in ihre Hosentasche und zog das kleine Handy raus. Es war ausgeschaltet und sie tippte blitzschnell die Pin-Nummer ein. Es kam ihr wie eine Ewigkeit vor, bis sich das Gerät aktivierte. Endlos verstrichen die Sekunden, bis schließlich das Display die Menüsymbole anzeigte. Im Hintergrund ließ Bokan gerade die Haustür ins Schloss fallen, während sie Anderbrügges Nummer per Schnellfunktion anwählte. Sie deaktivierte die Mithörtaste und ließ das Gerät auf den Boden vor ihr fallen, wo rund um die Sitzgruppe ein flauschiger Teppich den Marmor bedeckte. Dann schob sie das Handy mit dem Absatz unter ihren Sessel und hoffte, dass das Mikrofon obenauf lag und Anderbrügge seinerseits auf Empfang war.

„Alles klar, mein kleiner geiler Engel?"

Zdenka schauderte es, als Bokan ihr von hinten durchs Haar fuhr. Aber anscheinend war ihr Timing perfekt gewesen. Der Serbe schien nichts bemerkt zu haben. Sie rechnete sich eine minimale Chance aus, falls Anderbrügge abhob und seine Schlüsse aus dem seltsamen Anruf zog. Sie musste sich etwas einfallen lassen, und zwar sofort, damit ihr Anruf nicht wirkungslos verpuffte. Sie musste sich irgendwie bemerkbar machen. „Alles klar, Bokan. Schade nur, dass wir beide nicht die Spritztour mit dem Mustang machen. Du hast meine eigene Karre ja bestimmt auf den Überwachungsmonitoren gesehen ... die törnt nicht besonders an, falls man vorhat, darin 'ne schnelle Nummer zu schieben. Aber da du mich bestimmt in deinem eigenen Haus vergewaltigen willst, bevor ich sterbe, sollte ich dir vielleicht noch sagen, dass ich auf Gummis mit Erdbeergeschmack stehe." Sie hatte es so laut und verächtlich gesagt, dass Bokan einige Sekunden brauchte, um eine passende Antwort zu formulieren. Zdenka hoffte ihrerseits, dass er sich nicht über ihre Lautstärke wunderte.

Seine Antwort fiel ruppig aus und er zog ihren Kopf brutal an den Haaren nach hinten. „Ich habe es nicht an den Ohren, Frau Kommissarin! Und dein Ton gefällt mir überhaupt nicht. Er hat mir schon damals nicht gefallen. Bis heute habe ich nicht verstanden, wie dir Zlatko auf den Leim gehen konnte."

Sie musste sich ein Stück aus dem Sessel erheben, um den Schmerz auszuhalten. Sie hatte nicht den Hauch einer Chance, sich seinem Griff zu entziehen. Tränen der Wut und des Schmerzes stiegen ihr in die Augen. Langsam ging es in Richtung Finale und ihr blieb nicht mehr viel Zeit, um die eigene Haut zu retten oder den Spieß umzudrehen. „Du tust mir weh. Wollten wir nicht Strip-Poker spielen?"

Bokan lockerte den Griff und ließ schließlich ganz von ihr. Er ging um den Couchtisch herum und setzte sich wieder an seinen angestammten Platz, wo er zunächst einen Schluck trank und sie hasserfüllt fixierte. Dann richtete er wieder die Waffe auf sie. „Strip-Poker? Nein ... Russisch Roulette! Wie damals in ... wie hieß nochmal dieses Kaff entlang unserer Fluchtroute? Hilf mir auf die Sprünge, mein Gedächtnis lässt mich etwas im Stich."

„Keine Ahnung, wovon du sprichst", antwortete Zdenka.

„Hm, das wundert mich nicht. Der Mensch neigt dazu, unangenehme Erlebnisse zu verdrängen. Vielleicht warst du damals aber auch nur dermaßen zugedröhnt, dass sämtliche Erinnerung verblasst ist. Jedenfalls hat man dir am nächsten Tag nichts angemerkt."

Zdenka spürte, wie sich die gespenstischen Bilder der Vergangenheit in ihrem Kopf zu einer düsteren Collage zusammenfügten. Tausend Bilder, die sich einfach nicht vergessen ließen. Doch da war noch etwas. Ein fehlendes Bild. Eines, das wie in altes Zeitungspapier eingeschlagen sein Motiv versteckte; zugeschnürt mit dicken Kordeln, für die man eine Schere zum Durchschneiden brauchte. Sie bekam es mit einer plötzlich auftretenden, fast greifbaren Angst zu tun. Nicht die Angst vor dem Tod, falls Anderbrügge nicht zur Hilfe eilte. Es war eine Angst, die auf einer uralten Schuld beruhte. Auf einem Geschehnis, für das sie alleine die Verantwortung trug. Ein Geschehnis, das ein psychischer Verdrängungsmechanismus aus Gründen des menschlichen Selbstschutzes in die tiefsten Verliese ihres Gehirns verbannt hatte. Alles, was noch fehlte, um dieses Erlebnis zu Tage zu fördern, war irgendein Schlüsselreiz. Zum Beispiel ein Anfangsbuchstabe, falls man sich an einen bestimmten Schauspieler erinnern wollte, von dem man nur noch dessen Auftritt in einem Spielfilm, nicht jedoch dessen Namen vor Augen hatte.

„Lass uns nach oben gehen", sagte Bokan und forderte sie unmissverständlich zum Aufstehen auf. „Vielleicht fällt uns der Name des Kaffs ein, wenn wir uns ein wenig entspannen. Das wird der Abschiedsfick deines Lebens!"

Ohne jeglichen Versuch des Widerstands erhob sie sich. Sein Revolver war Argument genug. Sie stiegen über die Treppe in das Dachgeschoss, wo ein etwa vierzig Quadratmeter großer Raum in rotes Licht getaucht war. Den Mittelpunkt des Zimmers bildete ein kreisrundes, mit schwarzem Leder gepolstertes Bett.

Eine Real Doll, eine mehrere tausend Euro teure und fast täuschend echt wirkende Silikon-Sexpuppe, saß nackt und mit gespreizten Beinen in einem Acrylsessel und hielt sich ihre Brüste. Ihr Mund war weit geöffnet, die Glasaugen schauten lasziv unter künstlichen Lidern hervor, während ihr glattes schwarzes Haar über die Schultern fiel. Eine Liebesschaukel war zwischen zwei Dachbalken aufgespannt, und an den

Schrägen hingen und lagen diverse Korsagen, Lederstiefel, Peitschen und eine beachtliche Anzahl an sonstigen Stimulationsartikeln. Ein elektrischer Apparat von der Größe eines kleinen Kühlschranks war auf ein Podest aufgestellt. Aus diesem ragte eine teleskopartige Stange heraus, an deren Spitze ein Dildo auf die Mitte eines Gynäkologen-Stuhls zeigte. Der Boden des komplett verspiegelten Dachgeschosses war mit rotem Teppich ausgelegt. Zdenka hatte den Eindruck, als ob sie die Räumlichkeiten eines Sexbesessenen betrat. Der Geruch eines schweren Parfüms lag in der Luft, und es war eine Spur zu stickig.

„Na, ist das nicht ein kleines Paradies?", fragte Bokan und lachte schmutzig. Seine Zunge schien schwerer geworden zu sein.

„Was ist mit diesem Falko?", fragte Zdenka. Sie musste Zeit gewinnen.

„Was soll mit ihm sein? Der holt die Nutten ab, bringt sie in die Stadt und kommt dann zurück. Er hat 'nen Schlüssel. Es stört dich doch nicht, wenn er uns zusieht, oder? Warst ja noch nie besonders zimperlich, wenn es um so was geht."

Zdenka versuchte, Bokans Worte und den aufsteigenden Ekel zu ignorieren. „Du kannst mich nicht einfach beseitigen. Mein Wagen steht vor der Tür."

„Mir gehört noch ein Schrottplatz." Bokan lachte dumpf. „Willst du dich erst ein bisschen an der Maschine aufgeilen?"

Zdenka sah auf den Gynäkologen-Stuhl und den riesigen Gummipenis auf der wahrscheinlich geschwindigkeitsmäßig steuerbaren Teleskopstange und unterdrückte ein Würgen. Das war alles nur pervers und abartig. „Warum knallst du mich nicht einfach ab, wenn du meinst, damit dein Problem aus der Welt schaffen zu können?", fragte sie mit belegter Stimme.

„Mein Problem? Ich habe kein Problem", versetzte er kalt.

„Jetzt, wo ich weiß, dass du überhaupt keine Beweisfotos gegen mich hast, ist alles ziemlich easy. Niemand ahnt, dass du hier bist. Mein Angestellter hat das perfekte Alibi für mich, es gibt keine Zeugen. Alles läuft perfekt. Wenn ich irgendwas von meinem toten Bruder gelernt habe, dann ist es, Spuren zu verwischen. Und bevor ich dich für immer verschwinden lasse, will ich noch meinen Spaß mit dir haben. Das bist du mir schuldig. Schließlich habe ich es dir zu verdanken, fünf Jahre in einem Knast gesessen zu haben. Wäre Zlatko seinerseits nicht so dumm gewesen, sich mit dir einzulassen, wäre alles anders gekommen. Ich werde dich aus Rache töten. Rache ist ein starkes Motiv, das solltest du wissen!" Er drängte sie zu dem Bett hin und gab ihr einen Stoß.

Zdenka fiel hinten rüber und landete auf dem roten Satin der nachgebenden Wassermatratze. Langsam richtete sie sich wieder auf und setzte sich auf die weiche Umrandung des Bettes. „Ich habe das Flugzeug damals nicht zum Absturz gebracht", versuchte sie den Versuch der Rechtfertigung. „Ich habe euch nie im Weg gestanden. Ich habe wegen dir einen Menschen erschießen müssen, meine eigene Schwester verraten und nichts von der Beute an mich genommen. Ich bin das Opfer, nicht der Täter."

Bokan stieß ein Schnaufen aus. Die Wahrheit prallte an ihm wie Wasser an einem harten Felsen ab. „Täter, Opfer ... wen interessiert das? Es siegt immer der Stärkere. Oder derjenige, der cleverer oder skrupelloser ist. So ist das nun mal. Und jetzt zieh dich aus, ich will meinen Spaß. Und leg dir diese Dinger an!" Bokan deutete auf ein Paar stoffgepolsterter Handschellen, die neben einem Kopfkissen lagen. Als sie keine Anstalten machte, ihre Kleidung auszuziehen, schlug er ihr mit der flachen Hand ins Gesicht. „Wird's bald?"

Zdenka streifte ihre Jacke ab. Ein eiskalter Schauer lief ihr über den Rücken, als Bokan der Name des Ortes wieder einfiel.

„Ha, ich wusste doch, dass ich noch drauf komme, wo wir Russisches Roulette gespielt haben. Dieses verdammte Kaff hieß *Lovas*. Soll ich deine Erinnerung ein bisschen auf Trab bringen?" Bokan setzte sich auf einen Lederhocker und zog einen kleinen Beistelltisch aus Glas zu sich heran. Er ließ die Trommel des Revolvers aufspringen, nahm drei der insgesamt sechs Patronen aus den Kammern, und legte diese vor sich auf den Tisch. Dann ließ er die Trommel wieder einrasten, versetzte sie mit einer schnellen Handbewegung in Rotation, spannte den Hahn des Revolvers und sprach langsam weiter. Es hörte sich an, als ob er einen alten Kinderreim aufsagte. „Eine Patrone für Papa, eine Patrone für Mama, eine Patrone für die Kleine ... wie hieß sie noch gleich?"

Zdenka starrte wie paralysiert zu den Patronen auf dem Tisch. Die unsichtbaren verlängerten Linien der todbringenden Geschosse formten sich zu einem Gebilde, das an ein großes A erinnerte.

A wie ... Zdenka stockte der Atem. Ein verborgenes Bild kehrte langsam aus den Tiefen ihres Unterbewusstseins an die Oberfläche zurück. Die Kordel löste sich. Das fallende Papier gab das Motiv frei. Der Rahmen präsentierte eine Szene, die aus frostiger Kälte aufzutauen schien und das innere Auge dorthin führte, wo die Tat stattgefunden hatte. Der Schlüsselreiz war so stark, dass Zdenka glaubte, alles noch einmal zu durchleben. Eine verdrängte Grausamkeit machte sich auf den Weg durch ein düsteres Seelengefängnis, hinauf ans Tageslicht, wo plötzlich die ganze Schuld des Verbrechens zum Vorschein kam.

A wie Ana.
Meine kleine Schwester.
Ana.

Lovas, Kroatien - 08. Dezember 1991

Der Lastwagen stoppte in dem kleinen Dorf, dessen kleine und einfache Häuser nur noch Ruinen waren, aus denen Rauchschwaden aufstiegen. Brandgeruch lag in der Luft und vermischte sich mit den Ausdünstungen eines morastigen Bodens. Es stank nach Tod und Verwesung. Einige ausgebrannte Trecker und Zugmaschinen standen wie verkohlte Gerippe von prähistorischen Sauriern auf dem menschenleeren Areal.

Dies war Lovas, die Todeszone, keine Autostunde von Vukovar entfernt. Vor gut einem Monat hatten serbische Freischärler und Soldaten der Jugoslawischen Volksarmee einen Teil der Einwohner durch die Minenfelder getrieben. Wer den selbstmörderischen Lauf überlebt hatte, war anschließend brutal abgeschlachtet worden. Wer dennoch die Flucht durch das besetzte Gebiet geschafft hatte, war entweder später aufgespürt und eliminiert worden, oder hielt sich irgendwo an den Ufern der Donau oder im Hinterland versteckt.

„Halt da an!", befahl Zlatko und zeigte auf ein freistehendes Haus, von dem nicht mehr als ein paar Grundmauern stehen geblieben waren. Verkohlte Dachbalken und zu Asche verbranntes Mobiliar türmten sich innerhalb des Hauses zu einem trostlosen schwarzen Chaos auf.

Milan stoppte den Laster und ließ den Motor laufen. „Warum halten wir?"

Es war kalt und regnerisch; die Temperaturen gingen fast auf den Nullpunkt zu und würden in wenigen Tagen den matschigen Boden zu einer harten rauen Oberfläche gefrieren lassen. Zum Glück funktionierte in der Fahrerkabine die Dieselheizung.

„Weil ich etwas suchen muss", antwortete Zlatko. „Als wir

vor einem Monat hier waren, habe ich von einem der Aufständischen erfahren, dass eine größere Summe Bargeld in einem Tresor im Gemeindehaus untergebracht war."

„Und das fällt dir erst jetzt ein?", fragte Milan.

„Ich hatte meine Leute zu kommandieren, das war wichtiger!" Zlatko reagierte mit Unmut.

„Ob der Tresor nach der anschließenden Luftbombardierung unversehrt geblieben ist, wage ich zu bezweifeln. Viel werden wir da bestimmt ohnehin nicht rausholen."

„Wir werden sehen", versetzte Zlatko. „Der Tresor hat quasi die Funktion eines Schließfachs in einer Bank gehabt. Und jetzt schnapp dir zwei Brecheisen und dann los!"

Die beiden Männer stiegen aus dem Laster und trafen sich am Heck des Fahrzeugs. Milan schlug die Plane zur Seite und kletterte auf die Ladefläche. In der hintersten Ecke kauerte Zdenka. In der Hand hielt sie eine Flasche mit durchsichtigem Inhalt. Sie schien betrunken zu sein. Zlatko registrierte ihren Anblick mit einer Mischung aus Verwunderung und Zorn. „Von wem hat sie den Alkohol?"

„Von mir", antwortete Milan. „Das ist irgendwas Selbstgebrautes. Von einem Bauern in Vukovar. Es geht sofort ins Blut; habe 'ne Kiste ergattert. Ich dachte mir, dass sie dann wenigstens die Klappe hält. Habe natürlich ein wenig beim Trinken nachgeholfen, da sie sich ... etwas geweigert hat, das Zeug zu schlucken. Aber es hat wohl gewirkt; die scheint schon völlig weg zu sein."

Zlatko ballte die Faust und hielt sie Milan vor das Gesicht. „Demnächst fragst du mich, ist das klar?"

Milan wich Zlatkos Blick aus und schwieg. Kurz darauf machten sich die beiden Serben auf den Weg, um das Gelände zu erkunden und den Tresor zu finden. Zlatko gab Milan zu verstehen, dass sie sich aufteilen sollten. Die Zeit drängte, und sie wollten so schnell wie möglich weiterkommen, da es einen Fluchtplan einzuhalten gab.

Zdenka bekam von alledem kaum etwas mit. Ihre Sinne waren getrübt, ihr Blick verschwommen. Sie hatte jegliche Orientierung verloren und wusste nur, dass sie in einem alten Armeelaster saß. Sie wusste nicht, wohin die Reise ging. Belgrad war wahrscheinlich das Ziel; ob und über welche Strecke sie dorthin gelangen würde, stand in den Sternen. Angeblich würden sie noch an verschiedenen Orten Halt machen, um sorgsam versteckte Kriegsbeute aufzuladen.

Als sie den Versuch unternahm, sich aufzurichten, sackte sie mit wackeligen Beinen zusammen und stieß sich den Hinterkopf an einer hölzernen Querverstrebung der Pritsche. Mit viel Mühe gelang es ihr schließlich, sich an den herabhängenden Gummischlaufen entlang zu hangeln und einen Blick ins Freie zu riskieren.

Was sie sah, ließ eine Todessehnsucht in ihr aufsteigen. Inmitten des zerstörten Dorfes erinnerte nichts mehr an die ehemalige Anwesenheit einfacher aber glücklicher Bewohner, die sich an Sommerabenden vor ihren Häusern trafen, um den Tag bei einem Schwätzchen ausklingen zu lassen. Dies war ein Ort, den ein schreckliches Verbrechen heimgesucht hatte. Die Überlebenden – sollten sie jemals wieder heimkehren – würden für immer damit konfrontiert sein. Die Vergangenheit würde mit jedem Stein und mit jeder Dachschindel, die man zu einem neuen Haus auftürmte, allgegenwärtig sein, weil sich das Blut der Erinnerung nicht aus den Fundamenten waschen ließ.

Ein leises Wimmern, herangetragen vom Wind, erregte plötzlich ihre Aufmerksamkeit. Zunächst wusste sie nicht, ob das Geräusch von einem Tier stammte; von einer ziellos umherirrenden Katze oder einem streunenden Hund. Der Alkohol in ihrem Blut setzte ihre Sinne außer Gefecht und sie brauchte eine ganze Weile, um zu erkennen, dass das Wimmern menschlichen Ursprungs war. Sie fühlte sich zunächst überhaupt nicht in der Lage, angemessen zu reagieren und dem klagenden Laut auf den Grund zu gehen. Das Geräusch schien aus einem kleinen barackenähnlichen Verschlag zu kommen, der an einer bombardierten Hausfront nahezu vollständig in sich zusammengefallen war.

Zdenka stieg von der Ladekante des Lasters und torkelte einige Schritte ziellos umher. An Flucht war nicht zu denken, dafür war sie viel zu betrunken. Milan hatte mehr als eine halbe Flasche Hochprozentiges in sie hineingeschüttet; mehr als sie jemals in ihrem Leben getrunken hatte. Sie fühlte sich seltsam entrückt, so als ob alles um sie herum nur ein unwirklicher Traum sei. Die Flasche glitt aus ihrer Hand und fiel hinab in den matschigen Boden. Der restliche Inhalt lief fast gänzlich aus, bevor sie die Flasche mit unsicheren Bewegungen zu fassen bekam und den letzten Schluck zu sich nahm, um sich das trügerische Gefühl einer tröstenden inneren Wärme zu geben. Dann bewegte sie sich in Schlangenlinie auf die Baracke zu, hinter deren rostigem Wellblech das Wimmern zu hören war.

„Ssht!" Eine leise Stimme, dann wieder ein Seufzen. Zdenka hantierte an einem provisorisch als Eingang hergerichteten Stück Wellblech, das den Blick in den Verschlag verwehrte. Sie wusste nicht was sie eigentlich tat und sah verwundert dabei zu, wie die Metallplatte langsam zur Seite kippte.

„Wen haben wir denn da?" Milans Stimme drang an ihr Ohr, ohne dass sie dabei erschrak. Warum der Soldat so schnell zurückgekehrt war, beschäftigte sie nicht. Teilnahmslos nahm sie im Unterbewusstsein wahr, wie er über ihren Rücken in das dunkle, regen- und windgeschützte Versteck schaute und ein höhnisches Lachen ausstieß. „Drei Flüchtlinge. Drei verdammte Bastarde, die sich hier anscheinend pudelwohl fühlen."

Drei verängstigte Menschen – ein Mann und eine Frau jenseits der Vierzig, und ein kleines Mädchen mit langen Zöpfen – blickten auf. Die Gruppe hockte eng zusammengerückt auf dem nasskalten Boden und wirkte völlig entkräftet. Ihre einfachen Kleidungsstücke waren zerrissen und verdreckt, ihre mit Schmutz verkrusteten Gesichter waren ausgemergelt. Auf Anhieb war ihnen anzusehen, dass sie eine Ewigkeit keine Nahrung mehr zu sich genommen hatten. Sie waren dem Tod näher als dem Leben und sahen apathisch in Zdenkas Richtung, ohne dass diese sie richtig wahrnahm.

„Wasn ...", versuchte Zdenka einen Satz zu formulieren, scheiterte aber jämmerlich.

„Ist wohl besser, wenn wir das gleich an Ort und Stelle erledigen", sagte Milan und griff nach seiner Pistole. Er zerrte Zdenka von dem Eingang weg und drückte sie rücksichtslos auf den Boden. Seine Waffe schien Ladehemmung zu haben und er stieß einen Fluch aus. Er hantierte am Abzug herum und gab schließlich ein zufriedenes Grunzen von sich. Wenig später gab er in kurzer Abfolge drei Schüsse auf die wehrlosen Personen in dem Verschlag ab. Dann machte er auf dem Absatz kehrt und packte Zdenka mit einem brutalen Griff an den Haaren. „Los, mitkommen und zurück auf den Laster, du versoffene Scheißnutte!"

Zdenka wehrte sich nur halbherzig. Als sie aber ein erneutes Seufzen registrierte, fing sie an, auf Milan einzuschlagen. „Diesndnichtot!"

„Was? Und wenn schon. Das waren drei Treffer, die werden bald verrecken", gab er kaltschnäuzig zurück.

„Bidde!", schrie Zdenka und mobilisierte ihre letzten Kräfte. Übelkeit stieg in ihr auf und sie erbrach sich an der Hinterachse des Lasters, direkt über Milans Stiefel.

„Verdammte Scheiße, was soll das?", fluchte der Serbe und versetzte ihr einen Schlag ins Gesicht. „Musst du mich hier vollkotzen?"

Zdenka hatte sich aus seinem Griff gelöst und sah den Mann schielend an. Milan verwandelte sich vor ihren Augen zu einem olivgrünen Schemen, aus dem lediglich die in der Hand gehaltene Waffe hervorsprang. Sie fixierte das matte Metall und langte danach, ohne es in ihren Besitz bringen zu können.

„Was wird das jetzt?", höhnte Milan und stieß sie zurück in den Dreck. „Willst du etwa, dass ich dich auch abknalle? Hä? Jetzt und hier?"

„Diesndnichtot!", presste sie erneut mühsam die Worte hervor und zeigte in die Richtung, wo sie den Schuppen vermutete. Erbrochenes lief an ihrem Kinn hinab und tröpfelte auf ihre Kleidung.

Milan hob die Augenbrauen und hatte plötzlich eine Idee. Er bleckte sich über die Lippen und zeigte seine hässlichen gelben Zähne. Neugierig riskierte er einen Blick in die Richtung, aus der jeden Moment Zlatko kommen musste. Er packte Zdenka und zog sie wie ein schlachtreifes Tier hinter sich her in Richtung der Stelle, wo zuvor die Schüsse gefallen waren. Das Menschenknäuel lag blutüberströmt und in sich zusammengesackt an der Rückwand der Baracke. Die beiden Erwachsenen waren tot; hingerichtet durch zwei Kopfschüsse. Das kleine Mädchen atmete noch.

Zu Zdenkas unfreiwilliger Betrunkenheit kam erschwerend hinzu, dass ihr Blut in die Augen lief. Die alte Platzwunde an ihrer Schläfe pochte heftig. Sie musste sich fast ausschließlich auf ihr Gehör verlassen. Es entging ihr nicht, dass es das kleine Mädchen war, das dort herzzerreißend schluchzte.

Milan ließ die Szene vollkommen kalt. „Hier, eine Patrone

ist noch im Magazin. Bring es zu Ende, falls du unbedingt Mutter Theresa spielen willst. Kannst dich auch selber abknallen, ist mir scheißegal. Die Knarre brauche ich übrigens nicht mehr. Irgendwas klemmt an dem Ding. Probier es halt öfters." Er reichte ihr die Waffe und entfernte sich rückwärts vom Ort des Geschehens, wobei er eine zweite Pistole nahm und sich absicherte, falls Zdenka es versuchen sollte, auf ihn zu schießen. Dann stieg er auf die Ladefläche des Lasters, um nach einer Schaufel zu suchen. Kurz darauf verschwand er, nicht ohne einen letzten Blick auf den Schuppen zu richten, in den Zdenka mittlerweile gekrochen war. „Alles in Ordnung, nur ein paar Kroatenschweine!", brüllte er in Zlatkos Richtung. Der hatte offenbar in hundert Metern Entfernung von den Schüssen Notiz genommen. „Ich bin sofort wieder bei dir. Wir werden den Tresor schon ausbuddeln!" Dann eilte Milan davon, der Kriegsbeute entgegen.

Zdenka blieb alleine zurück und war Lichtjahre entfernt von ihrem eigenen Ich. Sie erlebte das Grauen in dem kleinen muffigen und nasskalten Unterstand wie einen unwirklichen Traum, den es mit dem nächsten Öffnen der Augen zu verdrängen galt. Sie nahm das schwer atmende Mädchen an ihre Brust und streichelte ihm über den Kopf. Sie wog es in ihren Armen hin und her, in der Hoffnung, es würde so friedlich einschlafen. Die Kleine krallte sich mit ihren winzigen Fingern in Zdenkas Kleidung fest und schnappte nach Luft. Sie öffnete den Mund und wollte etwas sagen, was ihr aber nicht gelang. Aus der Kehle der Kleinen entwichen röchelnde Laute, als sich die verletzte Lunge langsam mit Blut füllte. Zdenka blickte tief in die Augen des Mädchens und sah darin nicht mehr, als ein weiteres unschuldiges Opfer, das entsetzlich litt. Alles was sie tun konnte, war die Qual zu lindern. Der restliche Funken funktionierenden Bewusstseins glühte auf und gab ihr die

Energie zum Handeln. Ohne zu wissen, wen sie eigentlich vor sich hatte.

„Duhassesgleichgeschafft ... meine Kleine", nuschelte Zdenka und hielt das süße blonde Mädchen ein Stück von sich, um den Lauf der Waffe auf deren immer schwächer pochendes Herz zu richten. „Wir ... wirsehnuns ...imhimmelwieder..."

In den Augen der Kleinen sammelten sich Tränen des Schmerzes und der Trauer. In den letzten Sekunden ihres jungen und unschuldigen Lebens krallten sich ihre kleinen Finger in Zdenkas Kleidung.

Dann erlöste die Kugel das Mädchen von allen Qualen.

Bochum, Deutschland - 26. Juli

Der rote Ford Mustang näherte sich langsam und mit dem unverwechselbaren Sound seines V8 dem Wendekreis vor Bokans Anwesen. Falko Steiner wirkte nervös und blickte immer wieder in den Rückspiegel, wo nur ein paar Schemen die Polizeiwagen mit den ausgeschalteten Lichtern verrieten.

„Wenn die jetzt nicht stoppen, kann Bokan die Karren vielleicht auf seiner Überwachungskamera sehen", gab der Zuhälter kleinlaut zu bedenken.

„Mach dir mal keine Sorgen", erwiderte Anderbrügge mit gespielter Gelassenheit. „Die Kollegen sind instruiert und halten jetzt." Nachdrücklich forderte Anderbrügge die Beamten über Funk auf, in sicherer Entfernung in der Dunkelheit zu warten. Unmittelbar darauf waren die Schemen aus dem Rückspiegel verschwunden. „Der Staatsanwalt wird deine Kooperation zu schätzen wissen", fuhr Anderbrügge fort, während er mit entsicherter Waffe Steiner vom Beifahrersitz aus im Auge behielt. „Und komm mir nicht auf dumme Gedanken, in zehn Minuten ist das gesamte Gelände vom Mobilen Einsatzkommando umstellt. Solltest du versuchen zu türmen, findet dich unser Heli mit seiner Infrarotkamera auch in tiefschwarzer Nacht."

„Ja doch!" Steiner fuhr den Ford an den Eingangsbereich des Autohandels, wo auch Rogowskis Wagen stand. „Ich hol jetzt die Nutten."

„Prostituierte."

„Was?"

„Ach, vergiss es. Hauptsache, du baust jetzt keinen Scheiß."

Steiner ließ den Motor laufen und stieg vorsichtig aus dem Wagen. Langsam begab er sich vor die Motorhaube, wo er in die Lichtkegel der eigenen Scheinwerfer tauchte. Anderbrügge behielt ihn aufmerksam im Auge, während er seinerseits vorsichtig die Beifahrertür öffnete und geduckt ausstieg. Sollten die beiden Frauen bereits vor dem Eingang des Hauses stehen, würden sie ihn nicht sehen können, da die Flotte der Gebrauchtwagen ein optisches Hindernis bildete.

„Und? Siehst du sie?", fragte Anderbrügge so laut wie nötig, um den Motor zu übertönen.

Steiner nickte unmerklich.

„Dann pfeif sie hier hin", befahl Anderbrügge und schlich auf die Fahrerseite, sodass er jetzt Steiner von hinten und den ausgeleuchteten Eingangsbereich von Bokans Haus von vorne sehen konnte. Er duckte sich und erkannte die Frauen, die laut Steiners Schilderung bei der Polizeikontrolle Bokans Gespielinnen sein mussten.

„Hey, kommt her!", rief Steiner und gestikulierte gut sichtbar mit einem Arm in Richtung der Frauen. „Machen wir 'ne Spritztour. Einmal Bochum bei Nacht mit allen Schikanen."

Ein entferntes Kichern war zu hören. Anderbrügge atmete tief durch. Bis hier hin war alles glatt gelaufen. Zu glatt, wie er fand. Noch mussten die Frauen in den beengten Innenraum des Fords steigen und Steiner weiterhin mitspielen. Der Plan sah vor, dass der Zuhälter ein paar hundert Meter raus aus dem Industriegebiet fahren sollte, wo die Kollegen der Streife und vielleicht ein paar Mann vom bereits eingetroffenen MEK die Fahrt stoppen würden. Unauffällig, sodass man von Bokans Haus aus nichts mitbekam. Um Steiner machte sich Anderbrügge dabei weniger Sorgen als um die beiden Frauen, die sich nicht gerade leise dem Mustang näherten.

„Falko, Baby, der Big Boss hat ordentlich was springen lassen, damit er in Ruhe sein Mäuschen vernaschen kann", rief eine der Frauen ihnen bereits lauthals im Gehen entgegen. Sie klang angetrunken oder wie auf Droge. Anderbrügge vermutete beides.

„Steigt ein, wir fahren ins Ritz", bemühte sich Steiner im lässigen Ton, während er die Beifahrertür des Ford aufhielt.

„Ritz? In Bochum?", lallte die zweite Frauenstimme. „Wow, du hast echt Phantasie. Das mag ich so an dir."

„Aber lass uns vorher an irgendeiner Tanke stoppen. Ich brauche Kippen und Schampus. Schampuuuus!", kicherte die andere.

Anderbrügge behielt das Trio aus seiner hockenden Position hinter dem Heck im Auge.

„Los jetzt, rein da!" Steiner drängte die Frauen ins Innere. Da keine der beiden auf den hinteren Notsitz wollte, dauerte es eine Weile, bis man sich geeinigt hatte. Schließlich kuschelten sich die zwei zierlichen Frauen gemeinsam auf den Beifahrersitz. Steiner stieg auf seiner Seite ein und schickte ein kaum wahrnehmbares Kopfnicken in Anderbrügges Richtung. Dann fuhr er mit dem Mustang los.

Anderbrügge überbrückte während des Wendemanövers im toten Winkel zwischen dem Auto und dem Eingang des Firmengeländes die Distanz. Er hoffte inständig, nicht über die Überwachungskamera von Bokan entdeckt zu werden. Geduckt schlich er zwischen den Gebrauchtwagen vorwärts, bis er an dem vorgelagerten Büro Halt machte und das Funkgerät in die Hand nahm. „Bin vor dem Haus. Steiner und die Frauen müssten in einer Minute bei euch sein. Was macht das MEK?"

„MEK braucht noch zehn Minuten. Sie kommen von Norden, über das angrenzende Gelände." Die Antwort kam postwendend.

„Sie sollen Stellung beziehen. Aber kein voreiliger Zugriff. Ich versuche alleine ins Haus zu gelangen und die Lage zu checken."

Ein paar Sekunden blieb es ruhig, dann meldete sich der Beamte erneut. „Okay. Aber seien Sie vorsichtig. Wenn Sie mich fragen, sollten Sie die Sache komplett dem MEK überlassen."

Ich frage Sie aber nicht, es geht um das Leben meiner Partnerin, dachte Anderbrügge und sagte: „Der Heli soll außer Reichweite bleiben. Kein unnötiges Risiko. Ich will nicht, dass der Typ da drinnen etwas merkt." Anderbrügge wartete drei Minuten, um zu sehen, ob sich irgendetwas Verdächtiges tat. Seine größte Sorge war im Moment, dass sich irgendwo ein zähnefletschender Rottweiler herumtrieb. Denn wenn er eins hasste, dann waren es unliebsame Überraschungen in Form von vierbeinigen Beißmaschinen. Doch anscheinend war Bokans Anwesen eine komplett hundefreie Zone.

„Anderbrügge, kommen!", krächzte es leise aus dem Funkgerät.

„Ja?"

„Der Mustang wurde gestoppt. Es gab keine Probleme. Der Verdächtige hat sich wie vereinbart gestellt. Die beiden Frauen haben leichten Widerstand geleistet. Wir nehmen gerade die Personalien auf."

„Alles klar. Ich schalte jetzt aus", flüsterte Anderbrügge. Dann richtete er den Blick wieder auf das Haus. In fast allen Räumen brannte Licht, ohne dass irgendwelche Personen zu sehen waren. Anderbrügge entschied sich dazu, einmal die gesamte freistehende Außenfront abzuschreiten, um einen Blick ins Innere zu bekommen. Fraglich war nur, wie er den Zaun überwinden sollte, der die Rückseite mit dem Swimmingpool vom Rest des Geschehens abschirmte.

Lass ihn bitte keine Armee von piepsenden Bewegungsmeldern versteckt haben, betete Anderbrügge und behielt die zwei fest installierten Kameras unterhalb des Dachgiebels und auf einer Art Fahnenstange im Auge, die seit seiner Ankunft unbeweglich in der gleichen Position verharrten. Jeden unliebsamen Eindringling mussten die unübersehbaren Geräte schon aus der Ferne abschrecken. Anderbrügge konnte sich nicht vorstellen, dass zusätzliche elektronische Fallen auf ihn warteten. Fraglich war nur, ob Bokan genau in dieser Sekunde auf irgendwelche Monitore blickte, während sich ein nächtlicher Besucher mit gezogener Waffe näherte.

Anderbrügge musste es riskieren. Er musste die offene Strecke bis zur Eingangstür zurücklegen. Es erschien ihm wenig sinnvoll, durch einen Beamten des MEK von außen die Stromzufuhr zu den Kameras zu unterbrechen. Wenn Bokan zufällig auf einen schwarzen Monitor glotzen würde, wären seine Nackenhaare wahrscheinlich sofort bis zum Anschlag in Alarmstellung ausgefahren.

Anderbrügge aktivierte sein Headset, das via Bluetooth über das Funkgerät kommunizierte, und war so mit dem Beamten an der Straßensperre verbunden. „Anderbrügge hier. Auf welchem Kanal ist die mobile Truppe?"

„Zwo. Das MEK ist auf Zwo."

Er drehte an dem winzig kleinen Rädchen, um mit dem laut-

los anrückenden Sondereinsatzkommando in Dialog treten zu können. Sein Flüstern war kaum wahrnehmbar, umgekehrt drang jetzt lediglich verdächtiges Rauschen und Knarzen in sein Ohr. „Anderbrügge hier, direkt am Objekt. Wer ist mein Ansprechpartner bei euch?"
Rauschen.
„Anderbrügge hier, hört mich jemand?"
Wieder Rauschen.
„Hey Leute! Gebt mir mal ein Zeichen. Oder hat irgendein Bürokrat im Präsidium den Zugriff abgesagt?"
„Hallo Anderbrügge. Kirch hier, habe das Kommando und weiterhin grünes Licht für den Zugriff."
Anderbrügge war sich nicht ganz sicher, ob er es mit einem Mann oder einer Frau zu tun hatte. Die Kontaktperson hatte sich nicht mit Vornamen vorgestellt. Die Stimme klang weiblich, was aber auch an der leichten Verzerrung liegen konnte. Er hasste solche Situationen. Noch bevor er fragen konnte, redete Kirch weiter. „Lassen Sie uns das Objekt anpeilen und einen kleinen Lauschangriff starten. Meine Leute haben außerdem den Infrarot-Krempel dabei. So können wir sicher sein, nicht ins offene Messer zu laufen. Bei Ihrem Anruf sagten Sie, es sei vermutlich eine einzelne Person, die Ihre Kollegin in Schach hält. Noch korrekt?"
Anderbrügge hatte schon lange keinen mobilen Zugriff mehr mitgemacht. Seine Hand zitterte. Er wollte Zdenka so schnell wie möglich da rausholen. Entsprechend nervös und ungehalten reagierte er. „Hören Sie, Kirch, es geht um Sekunden. Da drin ist nur ein Kerl, Dragoslav Bokan, ein Serbe. Und der hält Kommissarin Rogowski, ... gefangen. Ich habe die Infos von seinem Kumpel, der vor ein paar Minuten festgenommen wurde. So wie es aussieht, bedroht Bokan meine Kollegin mit einer Waffe. Der Typ hat außerdem ein ganzes

Waffenarsenal da drin gehortet. Plus Überwachungstechnik. Vielleicht hat er Ihre Leute schon auf dem Monitor. Wo sind Sie überhaupt?"

„Wenn Sie sich vorsichtig umdrehen ... und bitte nicht erschrecken ... direkt neben Ihnen."

Anderbrügge zuckte unwillkürlich zusammen, als er aus dem Augenwinkel einen schwarzen Springerstiefel neben sich am Boden erkannte. „Scheiße, Ihr seid wirklich gut."

Die vermummte Person mit Helm, Splitterbrille und kugelsicherer Weste drückte sich breitbeinig mit der Schulter an die Hausfront und hielt eine Heckler & Koch MP5 nach oben gerichtet. Ein Mann. „Okay. Dann erkläre ich Ihnen mal die Lage", fuhr der Leiter der Spezialeinheit fort. „Hinten ist alles abgecheckt. Da ist ein beleuchteter Swimmingpool. Strahlt wie ein Weihnachtsbaum bis rauf zur ISS. Habe drei Männer dort postiert und mich selber durch die Botanik geschlagen. Die andere Flanke, die Südseite, bewachen zwei weitere Männer. Einen Präzisionsschützen habe ich hinten auf dem Büro platziert, weitere Kollegen liegen in Poolnähe."

„Und links?"

„Kellerzugang und die Alarmanlage wird gerade gecheckt. Abhauen kann dieser Serbe jedenfalls nicht mehr."

„Wie geht es weiter?"

Kirch schien Anderbrügge etwas mitleidig anzusehen, soweit Anderbrügge das unter der Maske, dem Helm und dem Sehschlitz erahnen konnte. Der erfahrene MEK-Mann wusste wohl nur zu gut, dass eingerostete Kommissare bisweilen in konkreter Gefahrensituation etwas hilflos wirkten. „Wenn Sie den Befehl geben, gehen wir rein. Wir öffnen die Tür hier und ..."

„Nein, warten Sie", unterbrach ihn Anderbrügge. „Vielleicht sollte *ich* rein gehen. Oder Bokan rauslocken."

„Sie wollen den Köder spielen?"

„Nicht unbedingt. Aber der Zugriff scheint mir da drinnen zu riskant. Wenn ich ihn vor die Tür bekomme, wäre es doch einfacher, oder?"

Kirch überlegte kurz. Als er antworten wollte, meldete sich einer seiner Männer über Funk. Anderbrügge hörte das Gespräch mit. „Sniper hier. Zielperson wurde gerade am Fenster gesichtet. Oben, im Dachgeschoss. Redet mit irgendwem. Zielperson ist bewaffnet. Rocky hat ihn im Fokus."

„Verstanden, Sniper", bestätigte Kirch.

Sniper? Rocky? Anderbrügge musste fast schmunzeln. Die MEK-Typen benutzten bisweilen martialische Codenamen. Seine Sorge galt jedoch einzig und alleine Zdenka. Humor war in dieser Situation fehl am Platz. „Sie sind also oben?"

„Ja. Sagen Sie *Go* und ich gehe hier mit zwei Männern rein, die Tür ist kein Problem. Währenddessen rufen Sie diesen Bokan an und lenken ihn ab. Dann Blendgranaten und das übliche Programm. Ich würde sagen, die Chancen stehen zehn zu eins. Zehn, dass wir den Kerl ohne einen Schuss überraschen, eins, dass er etwas bemerkt und losballert."

„Das ist mir zu riskant. Ich will das Leben meiner Kollegin nicht gefährden. Wir sollten vielleicht auf Verhandlung setzen, auf Deeskalation."

„Sniper hier nochmal", hallte es durch die Leitung. „Zielperson scheint alkoholisiert zu sein. Richtet anscheinend gerade Waffe auf die Geisel."

„Geht es etwas konkreter? Könnt ihr die Geisel sehen?", hakte Kirch nach.

„Negativ. Nicht von unserer Position aus."

„Scheiße!"

„Was jetzt?", keuchte Anderbrügge seine Frage heraus.

„Das liegt an Ihnen. Sie sind hier der leitende Beamte. Gefahr ist eindeutig im Verzug. Geben Sie Ihr *Go* und ..."

„Nein", unterbrach Anderbrügge unwirsch. „Ich läute an der Tür. Er soll mich nehmen, im Austausch." Noch bevor Kirch etwas erwidern konnte, hatte Anderbrügge die Klingel gedrückt. Eilig riss er sich das Headset vom Kopf und drückte es samt Funkgerät dem MEK-Mann in die Hand. „Verschwinden Sie, los!"

Der athletische Kirch schüttelte nur verständnislos den Kopf, verschwand dann katzenartig um die Ecke, wo zwei weitere Beamte mit entsicherten Waffen standen. „Dieser Irre. Will hier den Helden spielen. Scheiße!"

*

Zdenkas Chancen, von Anderbrügge gehört zu werden, waren verschwindend gering. Ihr Handy lag unten im Wohnzimmer, nutzlos auf diese Entfernung. Wahrscheinlich war es auf die Tastatur gefallen und hatte den Anruf erst gar nicht ausgelöst. Hier oben unter dem Dach, weit weg von irgendwelchen Wohnblocks und Bewohnern, umgeben von abartigem Sexspielzeug und einem Mann, der im Krieg ohne mit der Wimper zu zucken gemordet hatte, schien ihr Martyrium zu beginnen und zu enden. Bokan grinste sie mit einem irren Blick an, wie ein ausgehungerter Wolf, der seine Beute umkreist, um im nächsten Moment zuzuschlagen.

Ding Dong ... Ding Dong ...

Zwei lang gezogene Töne aus dem Erdgeschoss ließen beide kurz innehalten. Die Tür!

„Verdammte Scheiße", raunzte Bokan. „Was ist jetzt schon wieder los? Dieser dämliche Idiot soll die Nutten in die Stadt fahren und mich in Ruhe lassen. Ich dachte, der wäre schon längst weg." Damit war Falko Steiner gemeint, der aber in diesem Moment einen Kilometer weiter in einem grün-weißen

VW-Transporter saß und versuchte, mit Handschellen an den Händen seinen Anwalt per Handy zu erreichen.

Bokan überlegte kurz und schnappte sich eine Gummimaske, die neben allerlei Lederutensilien an einem kunstvoll verzierten Metallrahmen hing. Die Maske hatte lediglich zwei Nasenlöcher zum atmen und war Teil einer bizarren Sexverkleidung. „Zieh die an, sofort!"

„Ich versteh nicht ..."

„Sofort!" Bokan schleuderte das schwarze Teil in Zdenkas Richtung.

Widerwillig spannte sie sich die Kopfbedeckung über ihr Haar, bis hinunter zum Hals. Deutlich zeichneten sich die Konturen des Gesichts unter dem Material ab. Bokan nutzte die Gelegenheit, um sein Opfer mit Hilfe der Handschellen an den Bettrahmen zu fesseln.

„So ist es brav. Versuch doch mal zu schreien!"

Unter der engsitzenden Maske drückten Zdenkas Lippen gegen das Gummi. Zu hören war nur ein dumpfes, kaum wahrnehmbares Geräusch. „Mmmph."

Ding Dong ... Ding Dong ...

„Ja, doch. Bin ja schon unterwegs." Instinktiv warf Bokan beim Verlassen des Zimmers einen Blick in den kleinen Nebenraum, der direkt vor dem Treppenabgang vom Flur abführte und als Arbeitsraum diente. Vier Flachbildschirme standen dort auf einem eleganten Sideboard und lieferten hintereinander geschaltet die Anmutung eines 360 Grad Panoramas seines Anwesens. Alles schien okay zu sein. Bis auf ein winziges Detail. Ein Detail, das im Wendekreis der Sackgasse hätte zu sehen sein müssen. Der Mustang. Er war nicht da. Stattdessen stand dort ein Kleinwagen billiger Bauart. Ein weiterer Monitor überwachte die Haustür. Dort war eine Person zu sehen, die mit Falko Steiner nicht die geringste Ähnlichkeit hatte: Der

Kommissar! Sofort bauten sich bei Bokan ein paar Promille ab, der Soldat wurde in ihm geweckt. Blitzschnell und auf erstaunlich leisen Sohlen raste er ins Erdgeschoss. Er brauchte einen Plan, und zwar sofort. Ein Blick ins Wohnzimmer erinnerte ihn daran, dass irgendwelche Hinterlassenschaften auf die Kommissarin hindeuten konnten.

„Bin gleich da, Falko! Moment noch!", rief er lauthals Richtung Eingangstür und versuchte, so entspannt wie möglich zu klingen. Er ging um den Wohnzimmertisch, entfernte die Gläser und die Flasche und stellte sie in einen Schrank. Die Fotos wanderten in die Hostentasche. Durch Zufall sah er das Handy unter dem Sofa. *Diese kleine Schlampe*, dachte er und hob das Gerät auf. Es zeigte den Status *ABBRUCH* und die zuletzt angewählte Nummer an. Der Teilnehmer stand mit *Supercop* im Betreff. Bokan reimte sich Eins und Eins zusammen und wusste nun, dass Rogowski in einem unbemerkten Moment versucht hatte, ihren Kollegen anzurufen.

Ganz ruhig jetzt! Der Typ hat nichts gegen mich in der Hand.

Schnell ließ er Rogowskis Handy in seiner Hosentasche verschwinden. Seine Waffe klemmte er hinter den Gürtel im Rücken. Dann ging er an die Tür. Auf dem kleinen Bildschirm der Türüberwachung war zu sehen, wie der Kommissar unruhig auf der Stelle trat. „Oh, Herr ... Kommissar. Was verschafft mir die nächtliche Ehre? Entschuldigen Sie, ich habe leider Ihren Namen vergessen."

„Anderbrügge. Darf ich reinkommen?"

„Gibt es ein Problem, das wir um diese Zeit klären sollten? Sie wissen schon ... es ist nach Mitternacht." Eine Pause entstand. „Was ist mit Ihrer Nase? Brauchen Sie ein Pflaster?"

Anderbrügge ignorierte die Bemerkung.

Bokan erinnerte sich in dieser Sekunde an den Anblick der Überwachungsmonitore.

Der Kleinwagen. *Ein* Kleinwagen. Rogowskis Wagen. Ein Wagen zu wenig. Da stimmte etwas nicht.

Bokan schlussfolgerte, dass der Bulle bestimmt nicht nächtliche Spaziergänge in Industriegebiete unternahm. Er musste seinen Wagen abseits geparkt haben. Aber warum? Um sich irgendwo zu besprechen? Um etwas vorzubereiten? Was? Und mit wem? Einen Einsatz? Scheiße!

Scheiße!

„Also gut, kommen Sie rein", säuselte Bokan und versuchte, seine Stimme freundlich aber bestimmt klingen zu lassen. „Ich habe etwas getrunken und wollte mich eigentlich gleich hinlegen. Ich hatte vielleicht noch einen Bekannten erwartet, aber nun ja ..."

„Etwas Wichtiges?", fragte Anderbrügge und trat in den Flur.

„Nichts, was nicht auch noch bis morgen Zeit hätte. Wo ist übrigens Ihre hübsche Kollegin, Frau Ro ..., Ro ...?"

„Kommissarin Rogowski?"

„Ja, genau ..." Bokan machte eine entschuldigende Geste und bugsierte Anderbrügge vor sich her. Die beiden Männer marschierten in Richtung Wohnzimmer.

„Deshalb bin ich hier, wegen meiner Kollegin", fuhr Anderbrügge fort und rechnete insgeheim jeden Moment mit dem Schlimmsten. Seine Nackenhaare hatten sich aufgestellt und sein Herz schlug schneller als üblich. Mit dem Serben im Rücken durch das Haus zu gehen, war eine bedrohliche Erfahrung. Jetzt, wo dieser Verdacht da war, dass der Mann möglicherweise mit lange zurückliegenden und schrecklichen Ereignissen auf dem Balkan zu tun gehabt haben könnte. In seiner Phantasie malte sich Anderbrügge aus, wie er von dem Serben durch einen dunklen Wald geführt wurde, um sich vor einem Erschießungskommando sein eigenes Grab zu schaufeln. Sollten Zdenka und er heil aus dieser Situation herauskommen, würde er alles in Erfahrung bringen, was bisher Zdenkas Geheimnis geblieben war. Sie schien eine schwere Last mit sich zu tragen und dies war mit Sicherheit der Grund dafür, warum die Dinge in letzter Zeit nicht so liefen, wie sie eigentlich hätten laufen sollen. Rita Roth sorgte sich nicht umsonst, so viel stand mittlerweile fest.

„So so, wegen Ihrer Kollegin sind Sie also hier?", sagte Bokan, wobei er sich nach wie vor souverän und lediglich ein wenig zu sehr betont müde gab. „Woher sollte ausgerechnet ich wissen, wo Ihre Kollegin ist?"

Anderbrügge setzte sich, ohne eine Aufforderung dazu abzuwarten. Genau an die Stelle, an der zuvor Rogowski gesessen hatte. Bildete er es sich nur ein, oder war dieser Platz noch warm? „Ich habe Sie überhaupt nicht gefragt, ob Sie wissen, wo meine Kollegin ist, Herr Bokan."

„Oh, haben Sie nicht? Na dann habe ich mich wohl verhört", fühlte sich der Serbe ertappt, überspielte aber seinen Fehler geschickt mit einem aufgesetzten Lächeln. Breitbeinig blieb er an der Wand stehen, direkt vor einem großen abstrakten Gemälde in hellen Farbnuancen. Seine Hände blieben hinter dem Rücken verschränkt, seine Handrücken fühlten den harten Griff der versteckten Waffe.

Anderbrügge ließ währenddessen seinen Blick beiläufig durch den Raum und hinaus auf die Terrasse und den Pool wandern. Er konnte nirgendwo Anzeichen von Aktivität erkennen. Kirchs Männer schienen die Eigenschaften von Chamäleons zu haben und mit dem Grün hinter dem Maschendrahtzaun zu verschmelzen.

Eigentlich wäre dies jetzt der richtige Zeitpunkt, um die Geisel über das Dach aus der oberen Etage zu befreien. Anderbrügge verfluchte sich dafür, sich nicht doch mit dem MEK-Mann intensiver abgestimmt zu haben. Zwar war er dankbar dafür, das Team in seiner Nähe zu wissen und einen Dienststellenleiter im Präsidium zu haben, der ihm nach kurzer Schilderung während der Fahrt zwischen Essen und Bochum den Einsatz bewilligt hatte, aber was nutzte der ganze Sicherheits- und Behördenapparat, wenn er jetzt Mist baute und die Situation vermasselte? Ohne seinen Befehl würden Kirch & Co draußen ausharren, bis die Sonne aufging oder Schüsse fielen. Insofern hatte er sich selber ganz schön reingeritten. Und das alles nur, weil seine Kollegin Geheimnisse vor ihm hatte und hier auf eigene Faust Ermittlungen anstellte. Sie war so ein richtiger Dickkopf, so eine richtig sture, liebenswerte ...

Anderbrügge musste einen klaren Kopf behalten. Er durfte sich jetzt nicht von Gefühlen leiten lassen, egal was Bokan und Zdenka verband. Und auch ganz unabhängig davon, was er selber für seine langjährige Gefährtin im kriminellen Großstadtdschungel empfand. Das Problem war nur, dass er nicht die geringste Idee hatte, was nun passieren sollte. Er hatte keinen Plan A, geschweige denn einen Plan B. Verließ ihn gerade jetzt zum ersten Mal in seiner Karriere die Intuition? Vielleicht weil er voreingenommen war, weil in ihm Gefühle aufkochten, die ohnehin nicht erwidert wurden?

Weil er verliebt war? Die Erkenntnis traf ihn wie ein Schlag. Unschlüssig starrte er auf den Tisch vor sich, so als stünde dort eine verschlüsselte Antwort für sein Problem. Eine ganze Weile herrschte Schweigen.

„Könnten Sie dann mal bitte zur Sache kommen, Herr Kommissar?" Bokan faltete seine Hände bedächtig auf den Knien. So, wie er jetzt dastand, erinnerte er an einen Bodyguard. An einen dumpfen Typ in Nadelstreifen, dem nur noch die Sonnenbrille fehlte. Der intelligente und geschäftsmäßige Blick des ersten Treffens war einer gereizten und leicht verschlagen wirkenden Fassade gewichen, hinter der düstere Gedanken zu kreisen schienen. Nervös zuckten Bokans Mundwinkel, er spürte wohl, dass etwas Unangenehmes folgen würde.

„Ja, natürlich. Sagen Sie mir einfach, was Sie mit Kommissarin Rogowski verbindet", platzte Anderbrügge heraus und vergaß dabei jegliche Regeln der psychologischen Befragungstaktik.

„Was soll mich schon mit Ihrer Kollegin verbinden? Was soll diese Frage? Kommen Sie deswegen nachts in mein Haus?" Bokan schüttelte ärgerlich seinen Kopf. „Wie soll ich denn diese Frage überhaupt verstehen?"

„Kennen Sie Kommissarin Rogowski persönlich?", insistierte Anderbrügge.

Bokan lachte kurz auf und legte den Kopf in den Nacken, klatschte einmal in die Hände und schüttelte sie in gebetartiger Haltung mehrmals vor seiner Brust. „Woher sollte ich die Kommissarin kennen? Noch dazu persönlich? Und wie definieren Sie denn überhaupt *persönlich*? Wollen Sie etwa wissen, ob ich mit ihr im Bett war? Was hat das alles mit diesem Mordfall zu tun, in dem Sie ermitteln?"

„Es hängt ... zusammen", versetzte Anderbrügge ausweichend und nahm direkten Blickkontakt auf. „Mehr müssen Sie nicht wissen. Also beantworten Sie bitte einfach meine Frage. Kennen Sie Frau Rogowski persönlich? Sind Sie ihr früher schon einmal begegnet?"

„Nein", log Bokan. Er presste das Wort schnell und ohne Umschweife heraus.

Einen Tick zu schnell, wie Anderbrügge fand. „Ist sie heute Abend hier gewesen?"

Bokans kleine graue Zellen begannen fieberhaft zu arbeiten. Er war sich nicht sicher, ob er die Frage verneinen oder ein Märchen erzählen sollte. Draußen vor dem Autohandel stand schließlich Rogowskis Auto. Nervös biss er sich auf die Unterlippe.

Anderbrügge bemerkte die Reaktion. „Nun? Was gibt es da so lange zu überlegen, Dragoslav Bokan?"

Das breite Grinsen des Serben konnte seine Unsicherheit nicht überspielen. Er war an einem Punkt angekommen, wo der nächste Schritt den Sturz in den Abgrund bedeuten konnte. Wenn er jetzt den Wagen vor der Tür leugnete, würde in Kürze eine Hundertschaft vor seiner Tür stehen und jeden Quadratzentimeter in einem Kilometer Umkreis unter die Lupe nehmen – wobei dies gar nicht nötig war, da des Rätsels Lösung ein Stockwerk höher lag, angekettet und ruhig gestellt in seinem privaten Erotikparadies.

Eine Lüge würde ihm allenfalls einen kleinen Zeitvorsprung verschaffen. Wenn es ihm allerdings gelänge, Anderbrügge jetzt zum Gehen zu bewegen, könnte es vielleicht sogar klappen. Aber Bokan war sich sicher, dass Anderbrügge und ein Trupp von Bullen in Kürze Spuren sichern würden, überall im Haus. Und wenn sie nur auf ein winziges Indiz, ein einziges Haar oder einen Speichelrest unter der Gummimaske stoßen würden, wäre das Schicksal besiegelt. Sie würden anfangen in seiner Vergangenheit zu wühlen und die Verbindung zwischen ihm und ihr suchen. Und woher konnte er wissen, ob Zdenka Rogowski nicht wirklich Fotobeweise gegen ihn im Präsidium aufbewahrt hielt? Egal wie er sich entscheiden würde, es konnte schlimm ausgehen. Die einzige Alternative war, Anderbrügge gleich jetzt und hier umzubringen, dann Rogowski den Hals umzudrehen, und beide in einer Nacht-und-Nebel-Aktion für immer verschwinden zu lassen.

Langsam nahm er einen Arm hinter den Rücken und streifte die Waffe im Hosenbund. Seine Hand glitt nach oben, umschloss den Griff des Revolvers, während seine Augen Anderbrügge fixierten und seine Zunge die falschen Zähne leckte. In diesem Moment klingelte ein Telefon. Rogowskis Telefon.

Das Handy in Bokans Hosentasche. Die beiden Männer sahen sich noch an. Anderbrügge ließ sich nicht anmerken, dass er den Klingelton kannte.

„Ein Anruf für Sie. Gehen Sie doch dran", forderte er Bokan auf.

„Hm, um diese Zeit?", versuchte Bokan Zeit zu gewinnen.

„Warum nicht? Vielleicht ist es meine Kollegin?"

Mit Sicherheit nicht, dachte Bokan und griff nach dem Handy in der Hose. Er ließ den Klappdeckel aufspringen und sah aufs Display. Die Rufnummer war nicht unterdrückt, ein Name stand dort. DUNJA MILOSEVIC

Dunja Milosevic, die Barfrau aus dem Happy Club. Wie klein doch die Welt war. Die Bullen ermittelten also auch schon in diese Richtung. Bokan drückte den Anruf weg. „Das hat Zeit. Wir haben jetzt wichtigere Dinge zu besprechen." Bokans Bemerkung klang so, als ob er jetzt das Heft in der Hand habe und den inhaltlichen Verlauf der Unterredung bestimmen wolle.

„Tatsächlich? Gut!", entgegnete Anderbrügge und machte es sich in gespielter Lässigkeit etwas bequemer auf der Couch. „Erlauben Sie, dass ich mal eben selber telefoniere?"

Misstrauisch beäugte Bokan sein Gegenüber. „Wen wollen Sie um diese Zeit anrufen?"

„Den Dienststellenleiter. Da Kommissarin Rogowski nicht bei Ihnen war und ich sie nicht erreichen konnte, höre ich mal im Präsidium nach. Reine Vorsichtsmaßnahme, dauert nur ein paar Sekunden. Und nach zwei, drei Fragen bin ich dann auch wieder verschwunden. Es ist schon viel zu spät und was zu klären ist, kann auch morgen erledigt werden."

Noch bevor Anderbrügge das Handy aus seiner Hemdtasche holen konnte, war Bokan zur Stelle. Der Lauf seiner Waffe zielte genau auf die Brust des Kommissars. „Sie werden niemanden anrufen. Weder die Dienststelle, noch Ihre Kollegin. Die würde ohnehin nicht drangehen, glauben Sie mir."

Anderbrügges dunkle Vorahnung wurde in diesem Moment zur Gewissheit. Sein beabsichtigter Anruf hätte nicht der Dienststelle gegolten, sondern seinem eigenen Anrufbeantworter zu Hause, um Bokan abzulenken. Er hätte mit einem Selbstgespräch vorgetäuscht, dass der Verdächtige nichts mit dem spurlosen Verschwinden seiner Kollegin zu tun hat. Um sich dann anschließend zu verabschieden, Bokan unter einem Vorwand mit vor die Tür zu nehmen, wo ihn hoffentlich die Männer des MEK überrumpelten. Doch dieser Plan war nun wie eine Seifenblase geplatzt. „Bokan, machen Sie keinen Unsinn, nehmen Sie die Waffe runter!"

„Halten Sie den Mund", echote der Serbe in rüdem Ton und forderte Anderbrügge auf, ihm seine Waffe auszuhändigen. Ohne Widerstand folgte Anderbrügge der Anweisung und schob langsam die Dienstpistole über den Tisch. „Was ist mit Kommissarin Rogowski? Was haben Sie mit ihr angestellt. Ist sie …"

„Tot? Nein, nein. Sagen wir mal so: Das Reden fällt ihr gerade etwas schwer."

In Anderbrügges Kehle schnürte sich etwas zusammen. Bokans Antwort konnte alles Mögliche bedeuten und ließ viel Raum zur Spekulation. Er musste nachhaken, Gewissheit haben. „Ich habe keine Ahnung, was hier vor sich geht. Sie sind der Verdächtige in einem Mordfall und richten gerade eine Waffe auf mich. Irgendetwas verbindet Sie mit meiner Kollegin, das muss etwas weit Zurückliegendes sein. Aber bitte: Sagen Sie mir, was Sie mit Zdenka gemacht haben?"

Dragoslav Bokan konnte trotz der Konsequenzen, die sich aus seinem Handeln ergeben mochten, der Situation etwas Positives abgewinnen. Sein kurzes Lachen war echt, fast befreiend. Anderbrügge hingegen war sich sicher, dass ein abgebrühter Sadist vor ihm stand.

„Die liebe Kommissarin Zdenka Rogowski, Herr Kommissar, ist vielleicht gar nicht so nett, wie Sie glauben. Hat sie Ihnen nie erzählt, was sie vor ihrer Zeit in Deutschland so getrieben hat?"

Er spricht in der Gegenwart von ihr, dachte Anderbrügge und atmete einmal tief durch. Sie musste also noch leben. Auf alles andere konnte er sich keinen richtigen Reim machen. Alles, was er sich in seiner Vorstellung über Zdenkas Vergangenheit konstruierte, beruhte auf ein paar gemeinsamen Dienstjahren, dem Wissen, dass sie mal verheiratet gewesen war, unzähligen Plaudereien im Büro, gemeinsamen Kneipenbesuchen nach Feierabend, ihrer stets ausweichenden Haltung wenn es um die Jahre ihrer Jugend ging, und der Tatsache, dass er heute Abend diese Bilder und diese Postkarte aus dem Kloster gesehen hatte. „Ich weiß nur, dass ihre Akte sauber ist. Sie war mal verheiratet, mit einem Typ vom BKA. Was früher war, kann ich nicht beurteilen, dafür …"

„Kennen Sie sich zu wenig?" Bokan lachte erneut. „Da arbeiten Sie Hand in Hand über Jahre mit einer Frau, die eine Mörderin ist. Bei der Kripo. Das ist eine wirklich verrückte Sache. Aber sie hat es schon immer verstanden, Situationen für sich auszunutzen. Wissen Sie, wie wir Sie damals genannt haben?"

Zdenka eine Mörderin? Anderbrügge konnte das einfach nicht glauben. Da musste ein Irrtum vorliegen. Bokan reimte sich da irgendetwas zusammen. Vielleicht hatte ihm der Alkohol zugesetzt, seine Fahne war auf zwei Meter Distanz zu riechen. „Keine Ahnung, wie man sie irgendwann mal genannt hat. Verraten Sie es mir!"

Bokan schmunzelte. Jetzt, wo die Entscheidung gefallen war,

dass beide die Nacht nicht überleben würden, konnte er ruhig reden. „Balkanblut."

„Balkanblut?"

„Ja, Balkanblut. So haben wir sie damals genannt, 1991, als die Party in Vukovar losging."

„Ich verstehe kein Wort. Könnten Sie das etwas präzisieren?"

Bokan setzte sich in den Sessel, den Revolver weiterhin auf Anderbrügge gerichtet. „Das ist eine lange Geschichte. Sie zu erzählen würde die ganze Nacht dauern. Aber diese Zeit haben wir leider nicht. Also fasse ich mich kurz. Sie sollen schließlich nicht dumm sterben, Kommissar."

„Das ist nett von Ihnen, wirklich nett", versuchte Anderbrügge zu spotten. In seiner Stimme schwang Angst mit. Dennoch wollte er die Wahrheit hören. Wenn er schon von der Bühne abtreten sollte, dann wollte er wenigstens Gewissheit haben.

„Sie hat fünf Menschen auf dem Gewissen, eigentlich sogar sechs. Ihre Schwester und deren Mann, irgendeinen namenlosen alten Knacker, ein etwa fünfjähriges Mädchen, und noch jemanden. Erstaunt Sie das?"

Anderbrügge schüttelte mit dem Kopf. „Das kann ich nicht glauben. Das ist unmöglich."

„Unmöglich?" Bokan hieb verächtlich mit der Faust auf den Tisch und fixierte Anderbrügge mit einem irren Blick. „Gar nichts ist unmöglich. Waren Sie jemals im Krieg? Haben Sie jemals gesehen, was der Krieg aus Menschen macht? Er macht sie zu Bestien, zu gefährlichen Monstern. Wer den Krieg überlebt, wird niemals mehr der sein, der er davor gewesen ist. Auch Zdenka hat den Krieg mitgemacht. Vor langer Zeit hat sie sich dazu entschlossen, den Krieg zu akzeptieren. Sie hat damals einen Pakt mit dem Teufel geschlossen, ihre Seele an ihn verkauft. Sie war nicht bereit zu sterben, und hat dabei andere über die Klinge springen lassen. Sie hat sich in feiger Art und Weise dem eigenen Tod verweigert und nur ihren eigenen Vorteil gesucht. Und sie hat sich einem Mann an den Hals geschmissen, der daraufhin von ihrer angeblichen Liebe geblendet war. Es war der größte Fehler im Leben dieses Mannes gewesen, sich mit ihr einzulassen. Er hat diesen Fehler mit seinem eigenen Leben bezahlt. Zdenka Rogowski hat den Tod meines Bruders zu verantworten. Er war die Nummer sechs auf ihrer Liste."

Anderbrügge hörte regungslos zu. Zu mehr war er nicht in der Lage. Die Story verursachte in seinem Kopf eine Art Hirnbeben. Bokans Worte wirkten zerstörerisch auf das Bild ein, das Anderbrügge von Zdenka hatte.

Bokan redete indessen einfach weiter. „Anscheinend ist es ihr gelungen, unter neuer Identität ein bürgerliches Leben in Deutschland aufzubauen. Wie sie das geschafft hat, ist mir ehrlich gesagt ein Rätsel. Muss sie wohl diesem BKA-Typen zu verdanken haben, den Sie erwähnten. Wahrscheinlich hat sie sich ihm ebenso an den Hals geschmissen, wie sie es zuvor bei meinem Bruder gemacht hat. Und dann ist sie irgendwann Beamtin der Mordkommission geworden, eine Hüterin des Gesetzes. Ha, dass ich nicht lache, welche Ironie des Schicksals!"

Eine Minute schwiegen sich beide Männer an, jeder seinen eigenen Gedanken nachhängend. Anderbrügge Lichtjahre entfernt von diesem Planeten, sich Bilder einer eiskalten Killerin ausmalend, die als Polizistin alle an der Nase herumgeführt haben soll; und Bokan einen Plan schmiedend, wie er die Leichen der Beamten verschwinden lassen würde.

„So, damit ist wohl alles gesagt und zwischen uns geklärt", entschied Bokan. „Dummerweise sind Sie da irgendwie mit reingerutscht. Wäre diese Schlampe nicht hier aufgekreuzt, um mich zu erpressen, wäre wahrscheinlich alles im Sande verlaufen. Aber so ..." Er machte eine entschuldigende Geste, indem er kurz die Schultern hob, als täte es ihm leid, Anderbrügge umbringen zu müssen.

Anderbrügge war bei dem Wort *Schlampe* kurz zusammengezuckt. Es erschien ihm unpassend, so von einer Frau zu reden, die immerhin im Dienste des Staates arbeitete. Außerdem war da noch der Mordfall, den sich Anderbrügge jetzt in Erinnerung rief, und der seine Kollegin wohl auch hierhin geführt hatte. „Wo ohnehin alles für mich gelaufen ist", begann er leise, „habe ich noch eine Frage: Haben Sie Vladimir Midic umgebracht?"

Bokan rümpfte einmal die Nase, als fühlte er sich an etwas Unangenehmes erinnert. „Midic? Diese Kakerlake? Ja, habe ich. Er hatte es verdient."

„Warum?"

„Das habe ich bereits Ihrer Kollegin erzählt. Sie hat mein Geständnis. Mehr müssen Sie jetzt nicht mehr wissen. Legen Sie sich jetzt Handschellen an. Sie werden ja wohl welche dabei haben. Wir machen jetzt einen kleinen Ausflug. Gemeinsam mit der Schlampe da oben." Bokan machte eine Kopfbewegung Richtung Dachgeschoss. Anderbrügge nahm die Geste trotz der ungeheuerlichen Vorwürfe gegen Zdenka und des bevorstehenden gemeinsamen Endes mit Erleichterung zur Kenntnis. Vielleicht würde er noch einmal Gelegenheit haben, mit ihr zu sprechen und ihre Sicht der Dinge zu hören. Außerdem begann er fieberhaft zu überlegen, wie er der Situation entrinnen konnte. Draußen wartete das MEK, in vollkommener Unkenntnis darüber, was sich hier gerade abspielte. Sobald sie die Tür verlassen würden, konnte die Situation eskalieren. Vielleicht wäre es besser, Bokan auf das umstellte Haus hinzuweisen, um wenigstens die eigene Haut zu retten. Schließlich traf ihn nicht die geringste Schuld; er war nur ein unschuldiges Opfer in diesem verworrenen Spiel. Fast apathisch ließ er die eigenen Handschellen um seine Handgelenke schnappen. „Werden Sie sich absetzen wollen?", fragte er müde.

„Ja, hier ist es zu heiß geworden." Bokan bewegte sich auf eine Schrankwand in weißer Klavierlackoptik zu und öffnete ein Fach. „Sitzen bleiben!" In aller Ruhe entnahm er mehrere Ordner und stellte sie auf dem Boden ab. Hinter den Ordnern war die Schrankwand ausgeschnitten und ein kleiner Stahltresor ins Mauerwerk eingelassen. Bokan drehte an dem Kombinationsschloss und entriegelte den Mechanismus. Dann holte er diverse Bündel heraus, allesamt vakuumverschweißte Euro-Scheine. Die Bündel legte er auf den Tisch, sie ergaben einen kleinen Haufen von gut dreißig Zentimetern Höhe. Genug, um damit einen Aktenkoffer zu füllen. Dann entnahm er noch einen schwarzen Ledergürtel, in dem zahlreiche Goldmünzen eingelassen waren, sowie drei Pässe unterschiedlicher Farben, allesamt Fälschungen mit getürkten Namensangaben. Er langte nach einem silbernen Pilotenkoffer seitlich der Schrankwand und verstaute sämtliches Geld und Gold darin.

Anderbrügge, der nicht genau wusste, welchen Wert vakuumgepresste Geldbündel darstellten, schätzte die Summe auf rund eine Million Euro. „Der Autohandel scheint einträglich gewesen zu sein."

Bokans Mienenspiel verriet, dass es Geld aus allen möglichen Geschäften war. Aus illegalen, was jetzt aber nichts mehr zur Sache tat. Wer solche Summen im Haus aufbewahrte, musste ständig damit rechnen, irgendwann wegen irgendwas Hals über Kopf untertauchen zu müssen. Womöglich hatte er weitere Barmittel an anderen Orten oder bei Mittelsmännern versteckt. Anderbrügge würde es wahrscheinlich nie mehr erfahren.

Als Bokan den Koffer verschlossen hatte, lehnte er sich im

Sessel zurück und schaute auf die Uhr. Es war fast halb zwei in der Nacht. Er war eigentlich fahruntüchtig, was ihm in einer zufälligen Polizeikontrolle den Hals kosten konnte. Vielleicht sollte er Anderbrügge fahren lassen und Rogowski in den Kofferraum legen.

Bis zum Regionalflughafen in Dortmund war es eine gute halbe Stunde Fahrt über die Autobahn. Er könnte einen Abstecher an den Kanal machen, den Wagen mit den beiden Insassen dort versenken, einen alten Kampfgefährten anrufen, der mittlerweile über eine kleine Chartergesellschaft für Geschäftsflugzeuge verfügte und ihm einen Gefallen schuldig war, und dann mit Ziel London verschwinden. Von dort würde er Richtung Florida fliegen, wo mittlerweile ebenfalls alte Kameraden lebten und sich bester Gesundheit und Lebensumstände erfreuten. Er würde wieder einmal ein neues Leben anfangen und es würde ihm verdammt nochmal richtig gut gehen.

Er entschied sich für eine Zigarette und bot Anderbrügge ebenfalls eine an. Der lehnte jedoch schweigend ab.

„Sie schauen aus, als ob Ihnen die Geschichte mit Ihrer Kollegin ziemlich zugesetzt hat", witzelte Bokan und ließ genüsslich Rauchkringel aufsteigen. „Aber an Ihrer Stelle würde ich wahrscheinlich genau so reagieren."

Anderbrügge verweigerte jegliche Antwort. Ihm waren mittlerweile Zweifel aufgekommen, ob Bokan die Wahrheit gesagt hatte. Je mehr er über dessen Version nachdachte, desto abstruser erschien sie ihm. Dieser Mann hatte eiskalt einen anderen Autohändler erschossen und machte sich keine Mühe, dies zu verheimlichen. Er würde auch ihn umbringen, mit der gleichen Kaltschnäuzigkeit. Anderbrügge erinnerte sich an den Beginn des Kosovo-Krieges und daran, wer die Aggressoren gewesen waren. Er war zwar meilenweit von jeglichen rassistischen Einstellungen entfernt, aber damals war die Sache ziemlich eindeutig gewesen. Bokan war Serbe, Zdenka Deutsche mit kroatischen Wurzeln. Egal, wie sie damals in den Konflikt reingerutscht war, er musste ihr zunächst die Opferrolle zubilligen. Wie sich dann alles entwickelt hatte und warum Zdenka angeblich das getan hatte, was Bokan behauptete, konnte nur Zdenka selber beantworten. Soweit sie sich erinnerte oder erinnern wollte, da sie offensichtlich traumatisiert an den Ereignissen zu knabbern hatte.

„Was war eigentlich damals Ihre Rolle im Krieg?", brach Anderbrügge sein Schweigen.

Bokan nahm einen letzten tiefen Zug und drückte dann die Zigarette in einem Aschenbecher aus. „Ich war der Mann fürs Grobe. Reicht Ihnen das als Antwort?"

Anderbrügge ahnte, dass alle weiteren Worte sinnlos waren. Nichts konnte ihm jetzt noch helfen.

„Stehen Sie auf, Herr Kommissar, mein Ferienflieger wartet. Sie werden mich ein Stück begleiten und dann auf den Wagen aufpassen."

Anderbrügge konnte gedanklich nicht ganz folgen. Er erhob sich umständlich vom Sofa und ließ sich von Bokan in den Flur führen. In einer kleinen fensterlosen Abstellkammer musste er dann der Dinge harren, die da kamen. Bokan stülpte ihm kurzerhand einen Müllsack über den Kopf, obwohl der Lichtschalter zu dem Raum ohnehin außerhalb lag. Der weniger als einen Quadratmeter kleine Raum zwang Anderbrügge dazu, einfach stehen zu bleiben und seinem eigenen Atmen zu lauschen. Von draußen drehte Bokan den Schlüssel im Schloss um und machte sich auf den Weg nach oben. Vorab warf er einen Blick auf die Überwachungsmonitore. Draußen schien alles ruhig zu sein. Er beglückwünschte sich nochmals zu seiner Idee, seine beiden Geiseln samt Wagen irgendwo im Dortmund-Ems-Kanal zu versenken, weil dies genau jenen Zeitvorsprung bringen würde, den er benötigte. Falls man den Wagen jemals finden würde, wäre seine Spur längst verwischt. Anders würde es laufen, wenn er seine Opfer bereits im Haus erschießen würde. Spätestens in ein paar Stunden, wenn Vojslav Dindic zur Arbeit käme und wie gewohnt anklingeln würde, um sich die Büroschlüssel geben zu lassen, ginge die Kettenreaktion los: Warten, anrufen bei der Polizei, Chef vermisst, Bullen im Anmarsch, Alarm, Ringfahndung.

Nein, dieser Plan war der bessere, er war sozusagen narrensicher. Schade nur, dass er Zdenka nicht in den Knast schicken konnte, wo sie lebenslänglich über ihn und seinen Bruder nachdenken konnte, bis ihr allmählich die Haare ergrauten. Aber der Gedanke daran, dass an ihrem Fleisch bald die Fische auf dem Grund des Kanals knabbern würden, war für ihn tröstlich genug.

*

Zdenka lag regungslos auf dem Bett des Serben und atmete schwer unter ihrer engen Maske, als sie Schritte hörte und registrierte, wie eine Tür geöffnet wurde. Es kam ihr vor, als hätte sie eine Ewigkeit hier gewartet. Die Sekunden waren zu Minuten geworden, die Minuten zu Stunden, die Stunden zu einem ganzen Leben, das wie in einem sich ständig wiederholenden Film Bilder abspulte, in denen sie als unfreiwillige Hauptdarstellerin zwischen die Fronten geraten war.

„Los, komm hoch", forderte Bokan sie auf und öffnete mit einem kleinen Schlüssel die Handschellen, sodass sich das kreisrunde Metall vom Bettrahmen lösen konnte. Grob fasste sie der Serbe am schmerzenden Handgelenk und drückte sie vor eine Wand. Blitzschnell schnappten die Fesseln wieder zu, diesmal hinter dem Rücken. Dann ging es in völliger Dunkelheit die Treppen runter.

„So, kleiner Zwischenstopp. Da drin wartet jemand auf dich." Bokan öffnete die Tür der kleinen Abstellkammer und zwängte Zdenka in den engen Raum. Dabei stieß sie mit dem Kopf gegen Anderbrügge, woraufhin ein Aufstöhnen zu hören war.

Während sich Bokan draußen im Flur entfernte, um kurz die Toilette aufzusuchen und das Licht zu löschen, stand Zdenka mit einem Fuß auf dem des unsichtbaren Gegenübers. Unfähig, durch die eng sitzende Maske zu sprechen, wartete sie auf ein Zeichen der anderen Person in dem Kabuff.

„Zdenka? Bist du das?", erklang eine Stimme. „Ich bin's, Anderbrügge. Mach dich irgendwie bemerkbar."

Die Antwort erfolgte ein paar Sekunden später, in Form von suchenden Händen, die sich in der Dunkelheit ihren gefesselten Weg zum Gegenüber ertasteten. Einen Moment hielten sich die Hände und schienen miteinander zu spielen. Zdenka kam es vor, als würde durch die Haut des anderen neue Energie und Lebenskraft in ihren Körper fließen. Sie ertastete eine alte Narbe auf dem Handrücken und wusste, dass es Anderbrügge war.

Der Kommissar war sich seinerseits sicher, dass es Zdenka war. Die Reste ihres markanten Parfüms waberten durch die Luft und diesen Duft kannte er genau. Er mühte sich damit ab, den Oberkörper in eine vornüber gebeugte Lage zu bringen und den Müllsack vom Kopf zu bekommen. Ein Unterfangen, das angesichts der klaustrophobischen Enge fast unmöglich war. Er schaffte es dennoch. Allerdings sah er nicht viel mehr als zuvor. Lediglich ein kleiner Lichtstrahl drang durch den unteren Türschlitz und erhellte schemenhaft den Boden. Er brachte seinen Kopf ganz nah an Zdenka heran und roch etwas, was ihn an teure Autositze erinnerte.

„Leder? Der Dreckskerl hat dir eine Ledermaske aufgesetzt? Sag was!" Er sprach leise, fast flüsternd. Die Antwort war unverständlich. „Verstehe, die Version ohne Mundschlitz."

„Mmmhh!"

„Hör zu, Bokan will türmen und uns umbringen. Ich habe keine Ahnung, wie du in diese Geschichte rein geraten konntest und was dein Geheimnis ist. Sollten wir das irgendwie überleben, bist du mir ein paar Erklärungen schuldig. Vor oder hinter Gittern. Jedenfalls wartet draußen das MEK. Ich hatte eigentlich vor, mich als Geisel im Austausch gegen dich anzubieten, doch dann entwickelte sich alles ganz anders. Hast du das verstanden?"

„Hmmmaa." So sehr sich Zdenka auch anstrengte, ihre Worte klangen verzerrt.

„Du kannst mich nicht hören. Ich könnte dir jetzt sagen, dass ich dich liebe und dich total scharf finde, und dass ich meine, wir sollten ein Paar werden ... und du würdest es nicht verstehen." Anderbrügge registrierte so etwas wie ein Seufzen. Dann drehte sich ein Schlüssel im Schloss und die Tür ging auf. Bokan war offenbar abmarschbereit.

„Alles klar da drin? Amüsiert Ihr euch gut?" Sein Ton war sarkastisch, schneidend bissig. „Los, raus jetzt! Und die Tüte setzen wir schön wieder auf. Beim geringsten Versuch, mich auszutricksen, lege ich euch beide um!"

*

Kirch hockte etwa zehn Meter entfernt vom Eingangsbereich, versteckt hinter der Betonbox, in der die Mülltonnen standen. Über sein Headset war er nach wie vor mit seinen Männern verbunden, die ihm vom rückwärtigen Garten, vom Flachdach des kleinen Büros, von der Garagenseite und von einem Baum herab die Positionswechsel des Verdächtigen durchgaben. Seit einer Viertelstunde hatten die Männer über hochempfindliche Richtmikrophone ein paar Gesprächsfetzen aufschnappen können, die auf eine Flucht Bokans mit seinen Geiseln hindeuteten. Zuvor war Kirch jeder Zugriff zu riskant erschienen, da Bokan in der ständigen Nähe von Anderbrügge war und ihn ununterbrochen mit einer Waffe bedrohte. Er wollte lieber – entgegen seiner ursprünglichen Absicht – einen günstigen Moment abwarten. Und dieser schien nun zu kommen, als sich die Haustür einen Spalt öffnete und Bokan nichts ahnend einen Blick ins Freie riskierte. Hinter ihm waren im Anschnitt die beiden Geiseln zu sehen.

„Hab ihn im Visier", meldete sich Sniper.

„Ziel erfasst", bestätigte auch Rocky.

„Fadenkreuz", kommentierte ein dritter Beamter kurz und knapp.

Kirch, dessen dunkle Kleidung mit einigen rund um den Abfallbereich gepflanzten Sträuchern gut getarnt verschwamm, ermahnte seine Leute zur Vorsicht. „Wir schlagen in dem Moment zu, wo er auf meiner Höhe ist und er keine Rückzugsmöglichkeit mehr hat. Croft, Murdock, Ryan: Ihr kommt von hinten. Croft, du schnappst dir die Kommissarin. Murdock: Du ziehst Anderbrügge aus der Gefahrenzone. Ryan, wir beide schalten Bokan aus. Der Rest: Das übliche Gebrüll zur Verwirrung. Alles klar?"

Das Team mit den Codenamen aus irgendwelchen amerikanischen Agenten- und Actionfilmen bestätigte nacheinander. Kirch sah, wie sich seine Leute an den Seitenwänden des Hauses in Stellung brachten.

Bokan zog hinter sich die Tür zu und schob seine unfreiwilligen Begleiter vor sich her. Bis zur Straße waren es keine fünfzig Meter, auf dem Weg dorthin standen lediglich die Gebrauchtwagen, unter denen Bokan die freie Auswahl hatte. Er sah weder den Schützen auf dem Bürogebäude, noch die lauernden Angreifer in seinem Rücken. Dass sein Kopf gerade im Fadenkreuz von drei Präzisionsgewehren lag, kam ihm nicht in den Sinn. „Eigentlich schade, dass ich das hier aufgeben muss", sagte er und stieß Anderbrügge unsanft mit der Waffe in den Rücken. „Nach meinem Abtauchen wird wohl der deutsche Staat die Wagen und das Haus bekommen."

„Wenigstens etwas", brummelte Anderbrügge unter dem Müllsack. „Aber egal, was mit uns geschieht. Man wird Sie schnappen. Ihr Mord an Midic wird nicht ungesühnt bleiben."

Auch wenn Kirch nicht alles verstehen konnte, war für ihn soviel klar: Die zurückliegende Unterredung im Haus musste ergeben haben, dass der Serbe de facto ein Mörder war. Umso motivierter war der MEK-Mann, seine Kollegen aus der Gefahrenzone zu holen und den Kerl seiner Verurteilung zuzuführen. Hochkonzentriert bis in die Haarspitzen, jeglichen Schritt seiner eigenen Leute und den des Trios verfolgend, wartete er wie ein Panther sprungbereit ab. Ein einziges Wort würde die Kettenreaktion auslösen. „Jetzt!", rief er in sein Headset.

Dann ging alles blitzschnell. Murdock und Ryan preschten los. An ihrer Flanke Croft, die einzige weibliche Beamtin im Team. Kirch selber sprang aus seiner Deckung in den Laufweg der beiden Trios. Im Hintergrund schrien die übrigen Beamten, um die Situation zu verwirren und noch bedrohlicher erscheinen zu lassen.

Anderbrügge, der jede Sekunde mit einem Zugriff gerechnet hatte, machte unwissentlich einen entscheidenden Fehler. Er zog Rogowski, die er am Handgelenk hielt, zur Seite und warf sich mit ihr auf den Boden. Bokan, der nun in den Schnittlinien der auf ihn zulaufenden Beamten stand, drehte sich einmal um die eigene Achse. Seine Waffe war entsichert, er drückte einfach auf den erstbesten Schatten ab. Es war Murdock, den die Wucht der Kugel an einer ungeschützten Stelle seines Oberarms traf und herumwirbelte.

Damit war der Ablauf der Operation gestört. Ryan änderte daraufhin seinen Laufweg und warf sich schützend in Richtung der am Boden liegenden Geiseln. Croft zögerte den Bruchteil einer Sekunde und hielt auf Bokan zu. Kirch kam von der anderen Seite.

Bokan, die einzige Person am Platz, die bereits in einem Krieg gekämpft hatte, war zwar überrascht, aber nicht vollkommen perplex. Er versuchte einen gezielten Schuss gegen Croft anzubringen, um anschließend weitere Beamte mit ins Verderben zu ziehen. Es gelang ihm, zu feuern. Die Kugel prallte aber an der Schutzweste ab. In diesem Moment spürte Bokan den Aufprall durch Kirch, der ihn zu Boden reißen wollte. Die beiden Männer gerieten ins Wanken, Croft sprang ihrem Anführer zu Hilfe. Bokan feuerte einmal, zweimal, dreimal, ohne zu wissen, wohin die Geschosse gingen.

Sniper, dem in der Distanz lediglich eine absichernde Aufgabe zuteil geworden war, hatte die Situation blitzschnell erfasst und war fast schon zur Stelle, als sich ein weiterer Schuss löste. Schlaff rollte Croft zur Seite, abgelöst vom herbeistürzenden Sniper. In einer wilden Rauferei und von panischen Schreien untermalt, löste sich ein weiterer Schuss, diesmal aus der Waffe von Kirch. Verletzt schrie Bokan auf, die Kugel hatte ihm die Bauchdecke aufgerissen. Blut spritzte, und in einem letzten Aufbäumen versuchte sich der Serbe seinen Angreifern zu widersetzen.

Mittlerweile war auch Ryan wieder auf den Beinen und warf sich mit der gesamten Kraft seines durchtrainierten Körpers auf Bokans Kopf, wobei dessen Unterkiefer brach. Croft hatte sich ebenfalls wieder hochgerappelt und unterstützte ihre männlichen Kollegen, indem sie Bokans wild tretende Beine umschlang. Kurz darauf waren die restlichen Beamten vor Ort.

„Scheiße!", fluchte Kirch, als von Bokan keine Gegenwehr mehr ausging. „Sofort die Notärzte her!"

Der Atem des Niedergekämpften ging schnell und flach, aus seinem Mund lief Blut.

Wenige Sekunden später waren Martinshörner zu hören. Die Situation entwirrte sich, es bildeten sich zwei Halbkreise um die am Boden liegenden Verletzten.

Kirch sondierte die Lage. Der Einsatz war alles andere als routiniert abgelaufen. Die Vorgesetzten würden eine Menge Fragen stellen, und er hoffte inständig, dass sein Team danach zusammenbleiben würde. Wenn es ein Danach überhaupt gab. Seine Sorge galt erst einmal den Angeschossenen. „Croft?"

„Alles in Ordnung."

„Murdock?"

„Alles klar, nur ein Kratzer", antwortete der Beamte. Sein schmerzverzerrtes Gesicht ließ anderes vermuten.

„Die Geiseln?"

„Die Frau scheint okay zu sein", antwortete Sniper und nahm Rogowski die Maske ab.

„Anderbrügge?"

Statt einer Antwort erntete Kirch ein langsames Kopfschütteln. Bernd Anderbrügge lag blutüberströmt mit aufgerissenen Augen da und kämpfte um sein Leben.

„Scheiße!"

Wenig später waren die Krankenwagen zur Stelle. Der Tatort war in gespenstisches Licht getaucht, überall flackerten Blaulichter, Streifenpolizisten riegelten die Kampfzone ab. Ein Lokalreporter, der zufällig durch den Rand des Industriegebiets gefahren war und an der Straßensperre die Festnahme

Falko Steiners mitbekommen hatte, witterte seine Chance auf einen exklusiven Bericht. Er wurde von zwei Beamten zurückgehalten und mit vagen Informationen abgespeist.

*

In den drei Krankenwagen lagen der angeschossene MEK-Mann, der nach einer schmerzstillenden Spritze schon wieder lächeln konnte, auch wenn ihm nicht danach zumute war, sowie Bokan und Anderbrügge.

Für Bokan kam jede Hilfe zu spät. Zdenka Rogowski war vollkommen unverletzt und sah dem abfahrenden Fahrzeug nachdenklich hinterher, wobei ihre ausschließliche Sorge Anderbrügge galt. Im Inneren des dritten Krankenwagens waren die Notärzte damit beschäftigt, eine Infusion und alles Weitere für eine OP vorzubereiten. Unruhig und in großer Sorge versuchte sie, einen Blick durch die Fenster zu erhaschen. Ein Sanitäter und Kirch zogen sie weg vom Geschehen. „Sie können jetzt nichts tun, außer für ihn zu beten."

Rogowskis Augen füllten sich mit Tränen. Sie gab sich sämtliche Schuld für die dramatischen Ereignisse und realisierte erst jetzt so richtig, wie haarscharf sie am eigenen Tod vorbeigeschlittert war. Doch erschien ihr der Preis, den ihr eigenes Überleben gekostet hatte, zu hoch. Sie würde es sich nie verzeihen, sollte ihr Kollege sterben. „Und er hat sich für mich im Austausch angeboten?", fragte sie mit belegter Stimme und ließ sich von Kirch Feuer geben, da ihre eigenen Hände zu sehr zitterten.

„Das hat er. Meiner Meinung nach hätte er das nicht tun sollen. Unsere Chancen standen gut, unbemerkt ins Haus einzudringen und die Situation zu entschärfen. Ich weiß nicht, warum er so gehandelt hat. Er muss Ihnen sehr nahegestanden haben." So, wie Kirch formulierte, klang es, als sei der tragische Tod von Kommissar Bernd Anderbrügge bereits bittere Realität. Er steckte Rogowski ein Handy zu. „Das hat der Serbe in dem Chaos verloren. Hinten stehen Ihre Initialen drauf. Ist es Ihres?"

Geistesabwesend nahm Rogowski das Telefon an sich, überprüfte es kurz und nickte dann stumm. Einem Impuls folgend drückte sie auf das Nachrichtenpostfach, in der Hoffnung, etwas von Anderbrügge dort zu lesen. Sie hielt sich in diesem Moment für verrückt, weil sie den Wunsch hegte, Anderbrügge könnte aus dem Krankenwagen heraus eine SMS schicken, die sie aufmunterte. So nach dem Motto: *Hey, mir geht es gut. Drei Kugeln können mir nichts anhaben. Lust auf ein Bier?*

Doch nichts davon stand dort. Stattdessen fand sich eine Mitteilung, die einiges entwirrte. Sie war genau sieben Minuten alt und stammte von Dunja Milosevic: *Würde Sie gerne sprechen. Hatte den Eindruck Sie könnten denken, wir hätten miteinander – haben wir nicht! Freue mich auf Nachricht! D. M.*

Rogowski spürte, wie etwas von ihr abfiel, ein belastender Gedanke, ein nagender Zweifel. Sie fühlte sich dennoch leer, ausgebrannt, in einem letzten Kraftakt unruhig hin und her taumelnd. Wie das Pendel einer Uhr, dem langsam die Batterien den Lauf verweigerten.

„Sie sollten sich untersuchen lassen", meldete sich einer der Sanitäter, ein junger Mann mit roten Haaren und Sommersprossen, zu Wort. „Möglicherweise haben Sie einen Schock. Folgen Sie mir bitte zum Wagen."

Rogowski zog an der Zigarette und warf sie in den Kies. „Nein, ich habe keinen Schock. Ich leite hier die Ermittlungen. Die Ermittlungen in einem Mordfall. Ich bin ... vollkommen ... okay ... muss Anderbrügge noch was ... sagen ..." Dann brach sie bewusstlos zusammen, durch ereignislose Dämmerung gleitend, das Podium des Verbrechens hinter sich lassend.

Die zwei wetteifernden Martinshörner, die sich gemeinsam ihren Weg durch die nächtliche Stadt Richtung Universitätsklinikum bahnten, klangen vom Rand des Wahrnehmungshorizonts wie Signalhörner von alten Fischerbooten, die sich inmitten einer aufgepeitschten See gegenseitig suchten und warnten. Während ihr eigenes Boot am Rande eines gewaltigen Strudels kreiste, versank vor ihren Augen weiter unten ein Kahn, auf dem ein einzelner Mann mit einem runden und freundlichen Gesicht lachend eine Laterne schwenkte, bevor er in den Fluten unterging. Als der fahle Schein der Laterne unter Wasser immer schwächer wurde und zum Grund hin ganz zu erlöschen drohte, stieg Zdenka über die Reling und folgte dem Licht.

EPILOG

Palazzolo Acreide, Sizilien - Ein Jahr später

Keine fünfzig Kilometer entfernt vom rund zehntausend Einwohner umfassenden Städtchen Syrakus, am Fuß der Monti Iblei, der Hybleischen Berge im Südosten Siziliens, deren kalksteinige und von tiefen Furchen und Schluchten durchzogenen Böden vom vulkanischen Ursprung dieser Region erzählten, spielte die Sonne an diesem Tag ein gelegentliches Versteckspiel mit den einzelnen Wolkenformationen, die sich wie gigantische Wattebäusche ein lautloses Rennen am Himmel lieferten. Es war Mitte Oktober, und das angenehme mediterrane Klima hielt zumindest in diesen Breitengraden das, was man allgemein von ihm erwartete. Vom Meer her mischte sich ein salzhaltiger Duft mit den Ausdünstungen der Nebrodi-Tanne, deren dunkelgrüne Nadeln frisch und würzig rochen.

Auf einem kleinen Plateau, umgeben von vereinzelten Korkeichen, Johannisbrot- und Olivenbäumen, die sich in der rauen und zerklüfteten Landschaft gegen den schroffen weißen Fels behaupteten, legten zwei Wanderer eine Rast ein und suchten sich ein bequemes Plätzchen vor einem großen Brocken, auf dessen Mooswucherungen vorwitzig Wildblumen für bunte Farbtupfer sorgten, so als wollten sie sich in ihrer kleinen Schönheit gegen den in weiter Ferne sichtbaren Ätna behaupten, dessen gewaltige Größe von hier nur erahnt werden konnte. Die beiden Wanderer waren die einzigen Menschen weit und breit in dieser grandiosen Naturkulisse.

„Ein paar Oliven? Schafskäse? Brot?", fragte der Mann, dessen Atem schwer ging, angesichts des kraftraubenden Aufstiegs in luftige Höhen. Er legte seine Ausrüstung ab, die aus Thermomatte, Schlaf- und Rucksack bestand. Im Rucksack war allerlei Wegzehrung verstaut, unter anderem eine Flasche 2006er Cartagho Mandrarossa, ein typischer Roter aus der Gegend.

„Wasser, einfach nur Wasser. Ich habe das Gefühl, gleich zu verdursten", sagte die Frau und stemmte ihre Hände in die Hüften, wobei sie sich leicht vornüberbeugte und dabei tief ein- und ausatmete. Dann legte auch sie ihre Ausrüstung ab und setzte sich auf den Boden.

„Acqua minerale, Signora, prego!", scherzte der Mann und reichte das Wasser in Form einer zur Hälfte geleerten 2-Liter-Flasche.

„Signora? Gnädige Frau? Wenn schon, dann bella donna ... oder so ähnlich. Schau das bitte gleich mal im Wörterbuch nach."

„Si, si, das mache ich."

Eine Weile saß das Paar einfach nur da und berauschte sich am Anblick der Landschaft, die sich, umgeben vom Gestein, zum Ozean hin öffnete. Hier schien die Zeit stillzustehen, alle Probleme dieser Welt waren Millionen Jahre entfernt. Zum Glück bedurfte es nicht viel, nur einer einfachen Mahlzeit und eines Ortes, der alle das Gemüt plagenden Sorgen zu absorbieren schien.

„Denkst du noch oft daran, wie es vorher war?", fragte der Mann plötzlich, während er an einer schwarzen Olive knabberte und den Kern in den Kreislauf des Lebens zurück spuckte.

Die Frau nahm seine Hand und streichelte sie. Sie lächelte und sah ihn an. Hinter dem Glanz seiner Augen schien sich ein weit zurückliegendes Geheimnis zu verbergen. „Nein, es gibt keine Vergangenheit. Nur diesen Moment. Was zählt, sind nur wir."

Als hätte der Mann genau diese Antwort erwartet, nickte er stumm und drehte den Kopf in Richtung des weit vor ihnen liegenden Meeres, wo Myriaden von Lichtreflexen auf der Oberfläche tanzten. Er nahm sein Fernrohr und fokussierte die Schärfe auf ein reflektierendes Objekt, das wie die Fluke eines weißen Wals in Strandnähe aus dem Meer ragte. Ein kleines Touristenboot steuerte gerade das Objekt an, ein halbes Dutzend Taucher machten sich bereit, jeden Moment in die Tiefe zu springen. Zufrieden legte der Mann das Fernrohr wieder zur Seite. Die Frau schmiegte sich an seine Seite.

„Dies ist ein guter Platz. Wir sollten heute Nacht hier bleiben", entschied er und legte seinen Arm um die Frau. „Einverstanden?"

„Einverstanden."

Der Mann legte seine Hände um den Kopf der Frau und streichelte eine Strähne aus ihrem Gesicht. Behutsam näherten sich seine Lippen den ihren, während von irgendwo der Wind den Ruf einer Möwe weit hinauf in die Berge trug. Er hielt kurz inne, um sich Gewissheit zu verschaffen. „Haben dir die letzten Tage gefallen?"

„Ja, sehr", hauchte sie ihm entgegen.

„Auch der Besuch des Klosters und das Wiedersehen mit den Schwestern?"

„Ja, es hat mir Kraft gegeben."

„Und der kleine Friedhof bei Palermo?"

„An einem schöneren Ort kann man die Vergangenheit nicht begraben."

Er schloss die Augen und sog den Duft ihrer Haut in sich auf. „Ich liebe dich, Zdenka."

„Ich liebe dich auch ..." Weiter kam sie nicht. Sein Kuss beraubte sie jeglicher Sinne.

DANKSAGUNG

Mein tiefer Dank gilt jener Frau, die als real existierende Person Pate für die Figur der Zdenka Badric/Rogowski stand und die sich mir gegenüber in einem langen und schmerzvollen Prozess offenbahrte. Ihre wirkliche Lebensgeschichte ist in Wahrheit noch viel dramatischer, als ich es jemals in Worte fassen könnte bzw. aufgrund ihrer noch lebenden Peiniger von damals überhaupt dürfte. Mit dem Wissen zu leben, für den Tod geliebter Angehöriger mitverantwortlich zu sein, stelle ich mir als die größte seelische Belastung vor, der ein Mensch ausgesetzt sein kann.

Ferner gilt mein Dank Jörg Kaegelmann, der mir als mein Verleger volles Vertrauen schenkte und nicht auf die Offenlegung meiner Quellen und Informanten bestand. Dank seiner wertvollen Tipps ist aus der ersten Manuskriptfassung einiges entfernt worden, was für bestimmte Personen – auch wenn sie nur als Pseudonym agierten – hätte kompromitierend und gefährlich werden können. Der vorliegende Roman ist in seinen Handlungsorten bewusst verfälscht worden. Die wahre Geschichte hat ihren Ursprung nicht in Vukovar bzw. Ovcara.

Ein Dankeschön richte ich an einen anonym bleiben wollenden Freund, der in einer norddeutschen Stadt Dienst in einem Mobilen Einsatzkommando (MEK) verrichtet. Dank seines Abratens ist das Ende nicht zu einem unrealistischen und der reinen Spannung geschuldeten Showdown geworden, wie ich ihn ursprünglich im Sinn gehabt hatte.

Abschließend danke ich den Leserinnen und Lesern, die Zeit und Geld für *Balkanblut* investiert haben und die sich angesichts des Epilogs vielleicht die gleiche Frage wie ich stellen: Wer ist der Mann neben Zdenka und welche extremen Formen kann die Liebe – ob in der Vorstellung oder in der Wirklichkeit – annehmen?

Mit herzlichen und nachdenklichen Grüßen
Andy Lettau, im Sommer 2011